ＡＡ制婚姻

张无花◎著

作家出版社

目 录

第一章

　　韩新是普通的上班一族，上下班挤公交车，月薪四千来块钱，有些小聪明，有点幽默感，人缘还不错，喜欢在办公室发牢骚。现在的世道，房价贵、工资低、股市不靠谱、女人靠不住、上下班受约束、加班不给加班费等问题多多，韩新经常和公司里几个年轻人凑一块唠叨，抱怨完了心情就会好一点，不论走到哪儿，普通人的烦恼都一样。房子、车子、票子，女人、亲戚、朋友，世界很大，但一个人能拥有的很少。

　　这种生活就像一张网，韩新经常有一种被网住的感觉。有时候做梦他都梦到自己变成了一条滑不溜秋的鱼，在一张渔网里挣啊挣啊，醒来就是一头冷汗。工作吧，每天都那么累，很多愿望都实现不了，不工作吧，连基本的生活都不能保障，愿望更实现不了。

　　烦恼和无奈像是男人的肚皮，越积越厚，激情和梦想像是女人的衣服，越穿越少。跟所有都市小白领一样，韩新只能在绝望而枯燥的生活里机械地上班下班，吃饭睡觉。好在韩新女人缘还不错，加上人长得不赖，又比较聪明，偶尔会收到上帝发给他的安慰奖。比方说他没费什么周折就收到了上帝发给他的老婆，一个很清秀的女孩。

　　公交车还没来，站牌前站满了人，韩新盯着身边一个穿低腰裤的

1

女孩子看了一会儿。那女孩正蹲在地上打电话，屁股露了一半，白得刺眼。现在的女人太大胆，没什么不敢穿的。

"等车呢韩新?"张大伟开着银白色的马自达，停在站牌边，那张柿饼脸上挂着油汪汪的笑。韩新说："是啊，想送我一程?"张大伟打着哈哈："今天没时间，下次吧。对了，哪天有空一起出去放一炮，我认识两个美眉，很正点。"韩新怒道："滚，没工夫和你瞎掰。瓜娃子!"

张大伟是他们公司的网管，一个月一千五百块钱的工资，已经低于全国平均数了，可他上下班来回都开着车，那点工资根本不够他的油钱。韩新一直不明白张大伟这么做图什么，如果他真有钱，根本没必要呆在这个公司，既然挣钱不多，就不要成天开着一辆马自达穷显摆。可张大伟有自己的逻辑，他说："开车能让一个男人很性感! 要不然我能有那么多女人?"

和公司男同事在一起的时候，张大伟总是吹嘘自己有多少多少女人。有一次逛街，韩新的确看到张大伟和一个女人一起，很漂亮，穿着很时髦。走起路来屁股一扭一扭，很勾魂。当时韩新的下边就硬了。据说，这只是张大伟的性伙伴之一。性感，对女人而言是一具身体，对男人而言就是嘎嘣嘎嘣的钞票。

人和人差距太大了，韩新刚买完房，根本没有余钱买车，家里还有个河东狮，即使有贼心也没那个贼胆，只能眼睁睁看着别人在外面花天酒地，自己一下班就得回家。

在车上站了一路，他两腿有些发软，何琪正在厨房里做饭，客厅里都有一股回锅肉的香味。听到开门声，何琪偷笑着藏到厨房门后。韩新换上拖鞋，一屁股坐在沙发上看电视。看了一会儿，感觉不对劲，一回头，正看到素面朝天的何琪手拿炒菜的铲子盯着他，两眼直冒火。韩新皱眉问："怎么了这是? 我招你惹你啦。"何琪说："没有，你没招我也没惹我。"说完气呼呼地转身就走。韩新没理她，这个女人越来越不可理喻，动不动就朝他发脾气。昨天晚上加班到深夜，到现在还没缓过神来，眼圈发酸，脑子里有根筋跳跳地疼。回到家还得看老婆的脸色，这一切都让他心里莫名烦躁。

2

何琪把饭菜做好，端过来，闷闷地吃饭。韩新过去挠了她两下，想逗她开心，她一下子跳起来喊："你惹我干什么？流氓！"韩新愣怔了一下："是。我流氓，我下流，行了吧？吃饭！"

何琪往嘴里扒了两口饭，把筷子一扔，不吃了，脸色冷得跟冬天的风一样，眼珠狠狠瞪着韩新，像一条濒死的凄凉的鱼。韩新放下筷子，努力地咽着一大块肉。他突然觉得自己很累，像是一块石板压在头上，越压越紧。他有一种想要放弃抵抗的感觉，还不如把身子压碎，血肉四溅。抵抗是最痛苦的，远不如放弃来得轻松。

不管心里多不情愿，韩新还得哄她："别生气了老婆，都是我不好，可至少你得让我知道错在哪儿了吧？"何琪撅起嘴："你回来怎么不找我？我躲在门后面等了你半天，想要吓唬你一下……你对我越来越不关心了，理都不理我。"何琪就这点好，有什么事在心里憋不住，肯定要说出来才痛快。她只要说了，气也就消了。那是她经常和韩新玩的游戏，等韩新回家时，她总是先找个地方躲起来，等韩新找，或者突然跳出来，吓他一跳。以前韩新也很喜欢这个游戏，可现在他不喜欢了。工作和生活已经把他折腾得很累，哪有闲工夫陪何琪玩那种弱智游戏啊。

"好好，我错了行不？老婆乖，别生气哈。"

"知道就好。我今天刚在网上淘了几件衣服，一会儿穿给你看看。"何琪边往嘴里扒饭边狡黠地笑。韩新小声嘀咕了一句："又逛淘宝！"

上大学时何琪就申请了淘宝账号，一开始韩新还不以为意，觉得网络销售成不了什么气候。可后来发现问题很严重。网络购物不同于现实中逛商店。逛商店有体力和时间的问题，不允许女生无限制地逛下去。可在网上逛商店不受体力和时间的限制，只需要动动手指，再加上商品价格便宜，买的时候不觉得心疼，很容易让人沉迷其中无法自拔。何琪每个月都从网上买来很多衣服、小首饰、化妆品、家居用品等，粗略算下来，她每个月平均要在网上花掉两千多块钱，赶上韩新半个月的工资了。

上大学时何琪还是个很单纯的小姑娘，怎么一毕业就成了物质女人了呢？韩新不止一次抱怨她，也不止一次因此吵架，可何琪就是戒不掉网购的瘾。

"我又没花你的钱，你心疼个什么劲？"何琪耳朵很灵，一下子捕捉到了韩新的嘀咕，气呼呼地扔掉碗，回了韩新一句。韩新接上她的话茬："是没花我的钱。可你把在网上花的钱省下来，帮着我还房贷可不可以？这个家总有你的一半吧？"

何琪像个发飙的希瑞手指天花板，就跟上面贴着钱似的："是有我的一半，可我那一半的钱早交过了。20万的首付，我爸妈交了15万，四分之三呢，所以，房贷我理应少还点。"韩新说："有必要分那么清楚吗？再说，你买那么多衣服，穿过的有几件？"

"我乐意，我买来挂衣柜里就高兴。没衣服我就没安全感，女人的安全感来源于漂亮的衣服和外貌，你懂不懂？"

"不可理喻。"韩新无奈地撂下一句，气哼哼地就要回卧室。何琪一把拉住他："想走？没门！去洗碗！"

洗完碗，韩新回到卧室，看到何琪笑眯眯地站在穿衣镜前试衣服。试完一件脱下来，再换上一件，乐此不疲。女人对服装的占有欲很强，遇到了让自己心动的衣服，即使不穿也得买回来，生怕被别人抢先。

"小新，你看看我这件吊带和牛仔裤搭配怎么样？只是胸有点低，不能穿出去。要不我退回去，让他们换一件？"何琪两眼泛光，盯着镜子，头也不回。韩新打开空调，往床上一躺，觉得那个姿势不舒服，又斜趴过来。

"跟你说啊小新。今天我又和蔡娟聊天了，她说她和张林的感情越来越差了。张林那人也真是的，一个大老爷们儿家，那么小气。蔡娟不是刚工作一年多，没攒下钱嘛，她想买个笔记本，就用了张林的五千块钱，可张林每个月都让她还钱。他们俩比我们分得清楚多了，纯粹就是 AA 制。我现在明白了，两个人在一起啊，还真是不能分得太清楚。以后我花你的钱，可不许你生气的哈。咦，你怎么不说话？"何琪回头看，韩新已经睡着了。

"小新！"何琪一巴掌拍在韩新肩上。韩新醒过来，搓着眼角，不

4

耐烦地问："睡觉呢，叫我干吗？"

"不干吗。让你帮我看衣服，你怎么说睡就睡？跟头猪似的。"

"我昨天晚上熬夜加班，今天特累。你想看衣服就自己看，关我屁事？"韩新转过身，想继续睡。何琪干脆脱掉上衣，上身就穿一件文胸，揪着韩新的耳朵，逼他看着自己："小新，你有没有良心？我买来衣服不就是为了穿给你看吗？我打扮得好一点为了谁？为了小区的门卫？为了大街上的乞丐？让你看你还不看，你信不信我就这样穿出去给别人看？还关你屁事？"

韩新看了看何琪那因激动而颤巍巍的胸脯和白皙的皮肤，怒气直冲天灵盖，正想发火，手机响了。是韩新的爸爸韩万和打来的，说是想让韩新两口子到他家吃顿饭。

韩新的爸妈住在十公里外的另一个小区，位于城郊，环境很好，绿水环绕，树木成林。并且那个小区的价位很低，比韩新他们买的房子便宜很多。唯一的缺点就是离韩新家有点远。一开始韩新说什么也不让买那套房子，毕竟两家离得太远，生活不方便，照顾不过来，再说父母年龄都大了，要是有什么急事就耽搁了。可韩万和坚持买，说省下钱来可以再给韩新买辆车，有车就不怕两家隔得远，想来就来。

这都过了快一年了，韩万和还是没给他们买车，这件事成了何琪攻击韩新的把柄。两个人吵架时一涉及到双方父母，何琪就一脸鄙视："你爸妈好，多好呀，一年前就说给咱买车，可现在呢，我连个车轱辘都没见着！别说车轱辘，他就是能给我买个电动车，一千块钱一辆的，我也就心满意足了。"这让韩新很下不来台，可他又不知道该怎么反驳何琪。为了车的事，他没少生闷气。

这会儿已经晚上七点了，夜色正像个不怀好意的孩子朦朦胧胧地降临。挂了电话，韩新往窗外一瞅，闷闷地说："我爸让我们过去玩。"何琪扔掉手里的衣服："哎，我说都这会儿了，还过去玩？怎么就那么不安生呢？不去！"韩新嬉皮笑脸地过来，伸手抱住她，谄媚之态直追宫廷太监："老婆，我知道你不想去，我也累得慌，可听我爸的语气，好像有什么事儿，他在电话里又不说，乖老婆，就陪我去一趟吧，成不？"

何琪翻了翻眼："也行，不过你这个月的绩效得如数上交，还有，你以后不能干扰我在网上买衣服。听到了吗？"

"OKOKOK，时间不早了，怕赶不上公交了，我洗把脸先。"

俩人赶紧收拾了一下，出门赶车。路边的街灯已经亮起，昏黄昏黄的。直达韩新爸妈小区的车只有一班，很挤。看着车上一张张疲惫的脸，闻着难闻的气味，何琪心情一下子跌到谷底，忍不住又埋怨了韩新几句。韩新没理她，只是心里暗叹，这个女人怎么就不是当初那个单纯的女孩了呢。记得上大学那会儿，何琪在一家公司实习，晚上都很晚回学校。韩新每天都坐公交去接她，两个人坐在车上，相互依偎，喃喃私语，幸福就像逐次闪过的街灯流淌而过。可那短暂幸福的青春时光，怎么就这么一去不复返了呢？昨日的小女孩突然就变成了眼前这个女人，满眼满脑子满身每一个细胞都钻到钱眼里了。韩新觉得有些累，脑子里疼，右耳嗡的一下开始耳鸣。这该死的世道，被钱迷了眼。

到了韩新父母家，韩万和赶紧让他俩坐下，一脸喜气，韩新的妈妈李卫红端着一个水果拼盘过来，埋怨韩新："你看你眼圈黑的，怎么不注意休息？"何琪撇了撇嘴，心说还休息呢，好不容易有个休息机会，还被叫到这儿来。

"没事，妈，我昨天晚上加班有些晚。今天休息一下就好了。不过我看你今天气色好，怎么几天不见，您老又青春焕发了？"韩新在他妈面前总是有些贫。李卫红笑眯眯地瞪了他一眼："你这娃儿，敢拿老妈开涮！"

何琪比较羡慕韩新和他妈的关系，比较自在，跟朋友似的。她跟她妈简直就是上辈子的仇敌，见了面动不动就吵架。她妈经常骂她："你这死×娃儿，就是一个赔钱货，韩新家又不是真没钱，你愣充大方，一下子掏出去那么多。我和你爸挣那点钱容易吗？买房买房，男人养家买房天经地义，就没有女方掏钱的说法！闺女都赔出去了，还得赔钱！"她妈一骂，两个人就得吵起来，也是吵习惯了，一星期不和她妈吵上一架吧，何琪心里还空得慌，人这种动物还真是捉摸不透。

6

韩新从拼盘里拿起一瓣橙子，问韩万和："爸，你这么晚叫我来做啥子？"

"也不做啥子。这不，单位里发了一点钱，有六万块吧，是前些年单位改组时我入股的分红。虽然办了病退，单位里还是给我发了。"韩万和拿出一张银行卡，韩新和何琪眼神里立马溢满了笑，"你们拿着，明天周末，你们逛逛车市，买辆车。省得大老远地赶公交。"

"爸，这怎么行，这是你的养老钱，我们不能用。"韩新虚情假意地推让着，何琪一听这话，表情立马紧张得像个兔子。韩万和人老成精，笑眯眯地说："你这孩子，跟我客套。我还要什么养老钱啊，只要你能给我们老两口养老就行了。"

韩万和在市委名下的机关报刊当编辑，虽然工资很少，但各种福利出奇地高，冬天有取暖费，夏天有空调费，过年过节发钱发东西，每年单位都组织他们出去开几场交流会，名义上是开会，实际上就是公费旅游，香港、三亚、丽江、泰国、乌鲁木齐，哪儿远往哪儿跑，就是要变着法地朝外花钱。没想到他都退休了，单位里还给他分了红。

有了钱，何琪也勤快多了，陪着李卫红在厨房里鼓捣夜宵。李卫红心情挺好，问她："我说何琪，你们这都结婚一年多了，怎么还不要孩子？"何琪眼皮一跳："妈，这事儿不能急，我们年龄还小，工作压力又大，想过几年再生。"

"也好，不是我说你们，你结婚前怀的那个孩子就不该打掉。"李卫红叹了口气，"你们这些孩子，不知道堕胎多伤身子。"

何琪心情有些低落，她怎么能不知道堕胎多伤害身子，自从那次堕了胎，她的身体半年没复原，心理上对做爱也有恐惧，有些性冷淡了。后来经过调养，身体有了一些恢复，可感觉自己还是满足不了韩新。有时候韩新半夜里睡不着，在她身上乱摸，自己偷偷用右手打飞机，这些她都知道，却从来没说出来。

煲好银耳莲子羹，何琪和韩新也喝了一碗，又看了会儿电视，听

7

韩万和感慨单位待他不薄，国家待他不薄，这些恩情毕生不能报答之类的废话。听得何琪心里直冷笑，韩万和当然应该感慨，谁让他是国企的呢，就跟天上往下掉钱似的。就没见有几个私企的员工对自己单位感恩戴德的。太假了！不都是为钱嘛，干吗把自己和这世界说得那么崇高。

回家后，韩新老是笑嘻嘻地瞅着何琪笑。何琪嗔他："笑嘛？一脸瓜样？"

"可以买车了！"韩新抱住何琪，狠狠地亲了一口。何琪推开他，又从衣柜里拿出几件新买的衣服，在身上比划着："去去去，不就买个车吗，看把你兴奋的。不过丑话说在前头，我明天得买条裙子，我前两天和蔡娟逛街时看到的，真漂亮，蔡娟也相中了，说是等发了工资就去买。我得买她头里。"

"好。不就买条裙子吗，咱有的是钱。多少钱？"韩新一副暴发户的嘴脸。何琪有些犹豫，"一千一。不过这是打折后的，原价三千多呢。"

韩新一愣，满脸肉疼："老婆，你也知道，咱们这点钱买车都不够，我一直喜欢 POLO 劲情的一款车。光买车就十万块呢，加上办手续得接近十二万……"

何琪一下子急了："小新，你什么意思？自从咱俩结婚，你给我买过一千块钱以上的衣服吗？说什么这衣服我都得买。再说干吗要买个那么好的车，我觉得买辆奇瑞旗云的就很好，六万块钱绰绰有余，没钱还充什么大款呢？"韩新抱住何琪，小心地说："老婆，咱这是第一次买车，肯定要买个自己喜欢的。买车也跟找对象一样，和一个不喜欢的人结婚得多痛苦啊。是吧？"何琪半天没吱声，突然眼泪汪汪地问："你喜欢我吗？"

"当然喜欢，怎么了？"

"没怎么，就是随便问问，怕我不是你喜欢的那个人。"何琪没心情试衣服了，把衣服一件件叠起来，"小新，这次买车我不能问我妈要钱了，上次买房要钱，她到现在还说我。再说，我也不想当啃老族。"

韩新明白过来了，何琪这是心疼钱，不愿自己爸妈往外掏钱。买房子的时候就那样，因为何琪爸妈多出了一部分钱，何琪一直都说这事，感觉自己吃了多大的亏。后来两个人挣的钱都分得很清楚。韩新的钱得有一半拿出来还房贷，其余的供两个人日常生活。何琪的钱大部分都被她自己花了，只拿出一小部分算作两人的公用财产，算得清清楚楚。这算什么，不就是 AA 制婚姻吗？两人结婚，那个家庭就是两个人共有的，分那么清楚干吗？

韩新虽然答应何琪去买一辆奇瑞旗云，可心里总是有些怨气。那天晚上何琪想和他做爱，他都有些爱答不理。

"不嘛，不要睡嘛，小新，你抱着我，亲我！"何琪赖在韩新身上撒娇。韩新却一脸不耐烦："太累了，乖，今天就不玩了。"何琪半天没说话，过了许久，幽幽地说："我知道，小新，你不爱我了！你不爱我也没事，有人爱我。"这句话让韩新有些紧张，忙问："谁？"

"没谁，不告诉你。"何琪看到韩新紧张的表情，有些得意，看韩新真生气了，忙说，"社里新来了一个大学毕业生，眼高手低的，什么都不懂，还成天觉得现在的工作埋没了他满身才华。"

"他追你了？"上大学时有好几个男生追何琪，何琪这个没脑子的都结婚了还整天炫耀那些男生追她时说过的话，搞得韩新都有点心理变态了，一看到有男人和何琪说话，就觉得人家不怀好意。

何琪在韩新爸的那家机关报社工作，很清闲，待遇也好。本来毕业时韩新爸想走关系把韩新安排进去的，可韩新坚持要专业对口，他和何琪都是学旅游管理的，于是他就到一家旅游策划公司工作，让何琪进了报社。

韩新知道那家报社里的男人都什么德行，人闲了，就想给自己找刺激。连韩新爸那样的老家伙都不能免俗，见到漂亮女大学生就两眼绿光。有一次韩新和他爸参加报社的一个宴会，酒桌上那些男人出语粗俗，黄段子一个接一个，根本不顾及在场的女生。甚至招聘的时候，那些领导根本不在乎应聘毕业生的专业对不对口，有没有才能，专门聘用音乐学院和舞蹈学院的漂亮女生。闲人出色鬼。

看韩新那么认真，何琪故作轻松："没追我，只是有事没事就找

9

我说话，不过也就是发发牢骚什么的。他反正就是那种人，和你有点像，看什么都不顺眼。"韩新说："你少跟那些男人来往，现在的男人一个个都太阴暗。"何琪愣了愣："知道了知道了，不跟他来往，他就是仗着自己帅，觉得世界上所有女的都会看上他。现在的男人怎么也那么自恋呢。狗屁，在我眼里狗屁都不是。只有老公最帅，是吧老公。"说着，她又腻歪歪地贴过来。

韩新推了她一下："不玩，太累了……"

"不嘛，我玩。"

两人争执了一会儿，还是韩新败下阵来，草草地和何琪做了一回。看着满脸甜笑，窝在他怀里睡着的何琪，韩新突然有种幻觉。像是回到了大学时代，何琪也这样窝在他怀里睡觉，跟小赖猫一样，没那么多要求，没那么多埋怨，生活简单而快乐。今天晚上，虽然韩新表现不好，草草收兵，可何琪还是很满足，她说："你还和我做爱，就说明你还爱我。"

到底是谁变了？何琪有时候看起来是个要求简单的女孩儿，可有时候又索取无度。是我们变了，还是生活本身变了？韩新觉得心里累，怀里这个女人让他看不透，这个世界让他看不透。虽然才刚结婚一年，他却觉得已经疲惫得有些麻木了。每当何琪不在身边，他总是暗自叹息，难道自己的一生就要在这种枯燥平淡的生活中度过？

10

第二章

　　第二天星期六，可因为惦记着买车，韩新两口子还是早早就起床。吃过早饭，何琪给蔡娟打了电话，约她一起去看车。一行三人从这个市场转到另一个市场，越转越没信心，看哪一款车都好。可他们喜欢的车型都超过了六万块钱的价位。买个自己不喜欢的吧，又不甘心。那六万块钱砸在手里如同鸡肋。

　　何琪有些不甘心地对韩新说："要不跟我妈说说，让她支援一下吧。"

　　韩新看着何琪有些肉酸的表情，直接拒绝了。他不想再用何琪父母的钱。不过他话说得委婉，意思就是何琪父母年龄大了，就何琪一个女儿，挣钱不容易，让他们留着钱养老用。何琪有些闷闷不乐。想对韩新发火，可碍于蔡娟就在面前，把气憋在心里："那好，你娃自己选车吧，我和蔡娟去逛街。我不看车，越看越心烦。不管哪款，只要你喜欢就行。"

　　等何琪和蔡娟一走，韩新也回家了。回到家，刚打开电脑，想玩一会儿《魔兽争霸》呢，手机响了，是旅游报的编辑梁碧华打过来的。一个很漂亮的女人，和韩新一样，1983 年出生的，刚离婚，韩新曾因工作关系和她吃过几次饭。或许是因为从小的生活环境不同，梁碧华有点清高，注重生活品位，和韩新吃饭时光聊梵高和亚当·斯密了，表面上一副都市小资女的惺惺之态。据说她离婚就是因为前夫是个混蛋，什么事都做得出来。

韩新一接电话就说："小梁，有事吗?"电话那边扑哧乐了："告诉你多少回了，不要叫我小梁，叫我大姐。虽然咱们同岁，可我至少比你大三个月吧。"

"嗯，小梁大姐。"

"真贫，大姐就是大姐，还加个前缀……我这次找你就是想麻烦你一下。你不是文笔挺好吗，我有个文件想找你帮忙写一下。"梁碧华一本正经地说，"写好了我请你吃饭。"听说谈正事，韩新不敢嬉皮笑脸了，忙问："什么文件?"电话那头的声音有点怪："是那样的，我上个星期到卧龙大熊猫基地去，看那些熊猫可爱，就领养了一只，可我自己不想出这笔钱，想向社里申请经费，毕竟这也是件好事。你帮我写个经费申请报告吧!"

"你领养熊猫? 那能领养吗?"

"又不是真的领回家养，我只是定期给熊猫基地汇钱，让他们代我照顾那只熊猫。"

"养熊猫是国务院的工作，你跟着瞎掺和。好吧，这个活我接了，写好后我就发你邮箱里。"

韩新关了游戏界面，赶紧给梁碧华写报告。这种报告也好写，就是把个人兴趣转移到对单位的贡献上来，多说领养了这个熊猫能给单位带来什么好处。比方说领养了这个熊猫，可以在他们报纸上刊登新闻，有社会价值，能体现报社的人文关怀。也可以说，领养熊猫就有了一些特权，可以定期约一些读者到熊猫基地旅游，和那只熊猫合影，具有轰动效应，起到广告的作用，提高报纸发行量。反正韩新写了一大篇，全是在说领养熊猫对报社的好处，就没说那是梁碧华的私心作祟。

这世界就是个名利场，大家都翩翩起舞，想挤到场中央。既然人人都怀名利心，就以名利诱之。这是工作一年多，韩新对人情世故最深刻的理解。这世界骗子横行，被骗的有两种人，一种是善良的人，一种是贪婪的人。

韩新自负聪明，总认为不管什么人，即使穿着钢板防弹衣，他也能看到对方的心脏是红是黑，但梁碧华到底是个什么样的女人，他还真有点看不透。写完申请报告，韩新从冰箱里随便找了点吃的，继续打游戏。直到天色渐黑何琪和蔡娟才回家。

两个人都提着大包小包，看起来买了很多东西。不过俩人没买那条她们都相中的裙子，怕是当着对方的面不好意思提前买。女人真是奇怪，无论心里怎么较劲，表面上总是谦让着对方。何琪经常当着蔡娟的面说自己的衣服不好看，说自己的老公这不好那不好，可转头来就跟韩新说："我的衣服比蔡娟的漂亮多了，我老公也比张林帅！"

蔡娟也是那样，表面上不愿与何琪计较，可心里都较着劲呢。

"小新，趁我不在家你又打游戏，中午吃了什么？啊，你就吃了两包沙琪玛？我不是买好菜了吗？你稍微热一下就可以。怎么那么懒？你那样吃太伤胃！真不知道爱惜自己。"何琪一回家就唠叨个没完，韩新的头嗡一下就大了。

"还有哈小新，今天晚上蔡娟不回家住了，她跟张林吵架了。"说完转头看了看蔡娟，"是吧蔡娟？小新，今天晚上你睡客卧，我要和蔡娟一起睡。"

"好好好，你说咋办就咋办！"韩新还在打游戏，头也没回，不过末了他又恶狠狠地补充一句，"俩玻璃！同性恋！艾滋病携带者！"话音未落，何琪挥着拳头冲过来："你说谁玻璃？不许打游戏了，不许打。快给我们冲茶，累了一天，都渴死了。"

韩新嘟囔着关了电脑，冲了三杯茶，和何琪她们坐在客厅里聊天。本来韩新想和她们商量一下该买什么汽车呢，可看蔡娟情绪不好，他就没提那茬，有些关切地问："怎么了蔡娟？张林欺负你了？"蔡娟叹了口气："算不上欺负我，就是又开始跟我算账了。"

"算什么账？"

"还算什么账？钱呗！我上个月花销有点多，超支了，他就让我这个月少花。反正那意思就是让我别花他的钱！已经花了的，还要给他吐出来。"韩新不知道该怎么劝解，小声说："张林做得有点过了……"看了何琪一眼，又说，"虽然现在流行 AA 制，可大面上说得过去就行了，不能太过分。"

这话明面上是在说张林，实际上是说给何琪听的。

其实韩新知道张林为什么对蔡娟那么苛刻。他们俩也是大学时开始的，可蔡娟那时候心气比较高，觉得张林家里穷，有些看不起他，经常因为家庭的原因刁难他。可两个人一旦走到一起，产生了依赖感，就谁也离不开谁。毕业后张林贷款开了一家小广告公司，由于他的公司依托于一家大型搜索网站，没想到竟一帆风顺，公司规模不断扩大，短短两年就身价百万。蔡娟又怕张林离开她，事事忍让。可张林对他们早就说好的婚期一推再推，在蔡娟的逼迫下，直到半年前才不得已和她结婚。张林现在的苛刻，就是一种赤裸裸的报复。

直到很晚才睡，韩新半夜尿急，看到客厅沙发上有个人影，吓了一跳。忙打开灯一看，是蔡娟，正坐在那儿流眼泪。看到韩新，蔡娟不好意思地擦着脸："打扰你了吧？"韩新忙说："没，没事，你怎么一个人坐这儿？"蔡娟说："心情不好，睡不着，怕影响何琪休息，就出来了。"

"想开点，要不我陪你说会儿话？"韩新大大咧咧地坐下，可坐下了又不知道说什么好。蔡娟腼腆地笑了笑："韩新，真羡慕你们，我能看出来你俩是真心过日子的，虽然你们也会吵架，但何琪对你肯定是真心的。"韩新笑笑："其实张林对你也是真心的，大学那会儿，我和他喝酒，提起你来他哭过好几次。"

"那是大学时，现在他不那样了。"蔡娟有些忧郁，"男人会变的。那时候他对我真好，可现在……有时候真想做点出格的事让张林看看。比方说跟自己喜欢过的男人那个什么的。"

韩新的脸一下子红了。大学时蔡娟喜欢韩新，曾有意无意向韩新透露过，不过那时韩新一门心思扑在何琪身上，没理会她。她这会儿说这些是什么意思？难道想勾引我？韩新手心里突然有些腻，心窝那儿扑腾扑腾地跳，他还下意识地看了看何琪卧室的门。虽然韩新未必就真的想和蔡娟做爱，但一个女人说了这种话，并且孤男寡女相处在这样的一个暧昧的午夜，总能让人产生很多旖旎的遐想。

14

"不早了韩新，回去睡吧。"蔡娟看出韩新的心猿意马，也觉出了气氛的尴尬，嘴角笑了笑，起身回卧室。

第二天三个人又一早起来到车市逛了一圈。越看越烦，后来韩新干脆不逛了，直接按6万块钱的标准在4S店订了一辆奇瑞旗云。那家车市还不错，能代办大部分手续，并说好三天后去取车。

订完车，韩新心里一块石头落地，他本来就盛不住事，不把事情定下来就难受。只要定下来了，他也就没什么可选的了，现在他觉得奇瑞旗云的车挺好的，相对来说性价比还可以，在轻型车中算是外形不错的，安全性也比较高。

买完车，准备去吃饭。恰巧张林打电话过来了，先是问蔡娟在不在这儿。韩新调侃说蔡娟被一个老外拐跑了，孩子都有了，名字也起了，叫约翰·洛克菲勒。还让张林快开车到美国把蔡娟追回来。张林笑骂了他两句，说是要过来请他们两口子吃饭，整天让蔡娟麻烦他们挺不好意思的。

等张林来，几个人坐张林的车去汉克斯吃烤肉。蔡娟坐在韩新斜对面，还不怀好意地看了他两眼，想起昨天晚上的事，韩新心里乱跳。不过吃完饭，张林去结账的时候，蔡娟很开心地说张林给她夹菜了。韩新没听清，让她再说一遍，她说张林一直在给她夹菜，好久张林都没有对她这么好了。

韩新感觉有些恍惚，他还记得上大学的时候，有一次他们在一起吃饭，张林为了讨好蔡娟，给她夹了一筷子菜，蔡娟没好气地把菜拨到一边，直到最后蔡娟都没动那菜。为这事，张林在宿舍抽着烟哭了一场。

往事就在眼前，短短几年，张林变了，蔡娟也变了，现在的蔡娟竟然为了张林给她夹菜而感动得一塌糊涂。大家都在变，大学毕业就像一个分水岭，有些人高飞，有些人匍匐在泥里。当社会赋予人们的角色打破了大学时平等的地位，每个人的心态都随之发生相应的变化。这是竞争社会的铁律，残酷却真实！

接下来几天韩新比较清闲，听说公司又接了一个案子，是川西彝族自治县旅游局搞的旅游项目。现在各少数民族地区都争相做旅游，想把自己独特的文化资源转化为看得见的经济效益。想法是对的，但韩新内心对此有些抵触。

星期四，韩新第一天开着新车去上班，踌躇满志。一进办公室，张大伟就笑嘻嘻地凑过来："韩新，高总说彝族自治县的旅游项目交给你策划了？我想到那边看看，你能不能跟高总说说，让我去？给你当司机，怎么样？"韩新说："算了，说实话，我不想做这项目。"张大伟一脸不解："为啥子？你脑子进水了？"韩新苦笑："你脑子才进水了呢！懂个屁啊你。"

张大伟大大咧咧地坐下，拿韩新桌上的一支签字笔把玩着："你呀，我都不稀说你，整天不知脑子里想啥子玩意，人有项目的时候都抢着干，就你朝外推。"韩新打开电脑："不是我朝外推，是有些项目不能干，太伤天害理。咱公司以前做过广西的一个寨子。当地村民多淳朴啊，我们去的时候，他们拿米酒腊肉的招待我们，晚上还开篝火晚会欢迎我们——操，这电脑让病毒折腾疯了，一打开就是黄色图片。"

张大伟嘿嘿笑着说："别急，我给你修修。整天上黄色网站，看你表面上挺老实的，心里头花花肠子不少。这毒不好杀，我给你重装程序吧。"说着张大伟给韩新的电脑备份，准备装程序。

韩新又说："后来我就以桃花源为蓝本策划了那个项目，拿到中央台旅游频道打了几次广告，那地方火了。后来再去那儿玩，他们开始要钱了，米酒一杯二十块钱，唱一首歌要五十块，跟打劫似的。要我说，那些边远地区的项目最好斟酌一下再上，搞不好就把当地文化传统破坏了。真搞不懂我们这些开发旅游的，是在搞建设，还是在搞破坏。"

装完程序，张大伟说："龟儿子，你少他妈装清高，也不看看周边环境，竞争那么激烈，你不干别人也会干，反正我不管，我就想出去玩玩，你要是去，一定向高总推荐我。"

16

当天开会讨论这个项目的时候，高总还是让韩新来牵头策划，毕竟他以前独立担纲过类似的项目。韩新推托了一番没推掉，心情郁闷，跑到张大伟那儿发牢骚。

张大伟笑他："你都奔三的人了，怎么那么愤青？我明白你对旅游业有自己的理想，可理想算个锤子？能拿来吃？现实点吧，现在谁不为钱活着？"韩新生气说："敢情我说了半天都是对牛弹琴了？这不是理想的事，是道德的事。"张大伟嗤笑："连理想都不算个锤子了，那道德就更不算个锤子了。还是说点别的吧，这次我主动申请当司机，陪你去踏勘现场，可不是想听你讲什么道德的，还是正经点，聊聊女人吧。"

晚上回到家，吃完饭，看韩新有点闷闷不乐，何琪贴上来问："怎么了小新，谁惹你了，给妈妈说一下，妈妈替你做主。"何琪有时候母性大发，黏着韩新给她喊"妈妈"，每当韩新这么叫的时候，她都很亲昵地摸着韩新的头，说一些类似于"乖，妈妈给你买糖吃"的话。韩新有时候很配合地钻到何琪怀里，顶着她的乳房喊"不嘛，我要吃奶"。

可这会儿韩新没心情陪何琪玩这个游戏，瞥了她一眼："也没事，就是明天我要到彝族自治县去踏勘项目。不太想去。"何琪露出和张大伟一样的诧异表情："为啥子？策划一个项目能赚很多钱哪！"

得，又是钱！韩新懒得跟何琪说，兀自调着电视频道。何琪装模作样地打了他一下："你这小孩，怎么不跟妈妈说话了？"韩新说："我不是后来又答应去了嘛，还跟你说啥子？说了你也不懂。"何琪说："哦，那你先看会儿电视，妈妈给你收拾一下行李。不过明天你别开家里的车去哈，还没过磨合期呢，不能跑山路。再说我也有个同学聚会，想开车去。"

"什么聚会还值得开车去啊？虚荣！"

"我就是虚荣，怎么了？"何琪泼妇一样站在卧室门口，叉着腰，指着韩新说，"小新，你有没有良心。你看看我大学宿舍那几个，哪一个过得不如我好？张珊嫁给了一个老外，石倩倩都开上国产奔驰了。就连蔡娟也过得比我好，我怨过你吗？就算我是虚荣又怎么了？

现在哪个女人不虚荣？可你有让我虚荣的资本吗？一个月就那点钱，有了赚钱的机会也不想要。真烦人！"

韩新觉得累，揉着太阳穴斜躺在沙发上，不阴不阳地回了何琪一句："是，我烦人，谁让你不找个有钱的？"一听这话何琪着恼，扑到韩新身上，又抓又挠。韩新抓住何琪的手腕，与她僵持着。过了好一会儿，俩人都累了，韩新放下何琪，何琪又趁机砸了他两拳才算完。

韩新抱着何琪，突然有些难过："老婆，咱们现在赚的钱比上学时多多了，可为什么越来越觉得钱不够用了呢？还记得那次我们一起去青岛玩吗？"何琪没说话，只是又抱紧了韩新，有些戒备地问："你想说什么？"

听到这句话，韩新的心一下子如坠冰窖。

韩新和何琪大学毕业前想出去疯玩一下，特别是何琪，想要去看看大海，就从家里带了两千块钱，坐火车去了青岛。可是他俩大手大脚花钱惯了，收不住手，三天就把那两千块钱花掉了一多半，留出路费，两个人手里只剩下一百多块钱。再加上何琪受了海风，有些感冒，看完医生，手里几乎没有钱了。那天他们没有住旅店，而是坐在海边，看着面前深邃的大海，聊天、唱歌。何琪脚有些冷，韩新把她的脚放在自己肚皮上，紧紧抱着。

可在那么困窘的时候，他们都很开心，哪怕没地方住，身上所有的钱只够吃一碗兰州拉面，两个人你一筷子，我一筷子地吃，最后碗里一点面都没了，牛肉却一片也没少，谁也不舍得吃，都想留给对方。那天何琪哭了，眼泪止不住地流，她跟韩新说："我要嫁给你！不许你不要我！你要是不要我了，我就死给你看。"

仿佛他们长途跋涉地旅行，就是为了那一刻的相依为命！

可现在呢，曾经的相依为命，曾经的生死相许，曾经的温暖，曾经的痛彻心扉，都成了生活中看得见的柴米油盐、衣服、化妆品、车子、房子、家具。冷冰冰的现实渐渐消磨了曾经的激情，可他们看不见，他们常常忽略了爱情的细节，只记住了那个看得见的结果。就像眼前的何琪，不愿再去回忆往事，只是冷冰冰地问"你想说什么"。

第二天韩新就出发去川西那个彝族自治县。让他意外的是，这次跟他一起走的除了张大伟，还有一个他没见过的小姑娘，据高总说，她叫廖晨，是公司里新招聘的一个策划人员，让她跟着韩新锻炼一下。

韩新看着高总那闪烁的笑脸，觉得有些暧昧。这家伙也是个好色之徒，看那个小姑娘长得还不错，不知道有没有被高总潜规则。以前高总每年都参加高校招聘会，遇到漂亮女生就假装对人家很感兴趣，聊起来没完。两个女生为了找到工作还真半推半就地和他上了床。后来那俩女生成了公司的业务骨干，再后来，那俩女人升职了，薪水比韩新还高。

廖晨问："高总看起来挺温和的一个人，可就是不知道他叫什么名字，你能告诉我吗？"韩新扑哧就乐了："高总穿着衣服的时候是挺温和，他的真名就叫高总，他爹妈真有先见之明，知道他三十岁就能当老总，所以起了这么个名。不过我们男的私下里都叫他高色，就是好色的意思，不是英文里那个 sir。这名好，大伟，干脆你有了孩子就起名叫张色吧。"

"去你的，我这辈子都不准备结婚了，还要什么孩子？扯淡！"张大伟开着公司里那辆破北京越野，边开车边偷偷拿眼瞟坐在副驾驶座的廖晨，"这会儿韩新说话是最正经的，要是不正经起来非常气人，高总没少批评他。"

廖晨一脸好奇："怎么不正经？我看他挺好的啊！"张大伟长叹一口气："他呀，不正经的时候就跟你谈理想，谈人生，谈爱情，谈社会不公。很愤青，很愤，愤，愤啊……"后面几个"愤"字张大伟几乎是咬着牙说出来的，廖晨在旁边捂着嘴直乐。

"我啥子时候那样了，别诋毁我。你他妈才愤青呢，你全家都愤青。"韩新被他说得有些不好意思，想不到这年头理想、人生和爱情成了那么不受人待见的事儿了。在他们眼里，只有谈女人、谈性、谈钱、谈蝇营狗苟才是正经说话。

彝族自治县位于青藏高原边上，由于海拔高，空气纯净得像一汪水，湛蓝湛蓝的，深不见底。偶尔有飞机扯着尾线从天空飞过，像是在水面划出一道波纹。在成都阴沉沉的天空下呆惯了，一看到蓝天，韩新差一点吼出来。

旅游局规划办公室主任接待了他们，在酒桌上，韩新看出了廖晨的能量。这小妮子酒量好，嘴巴甜，能歌善舞，哄得一干旅游局的官员喜笑颜开。可真到了办实事的时候小妮子就退缩了，他们第二天要到本地海拔最高的西兰山上去踏勘，那山海拔有三千多米，只有一条沿峭壁蜿蜒直上的小路。往上爬的时候，随处可见小路被山体滑坡冲断的痕迹。小妮子爬了没有五百米就脸色苍白，说什么也不爬了。韩新也懒得带着她这个累赘，让张大伟陪着她下山。

晚上回到宾馆，韩新发现张大伟和廖晨有点不正常。张大伟有事没事就往廖晨身边凑，三人在茶馆喝茶的时候，他对廖晨大谈佛学："小廖，你知道信在佛学里是啥子意思吗？"廖晨歪头说："啥子意思？"张大伟卖弄了一下："信，一人一言，信者人言。我说的话，听到你心里去了，这就是信。"廖晨果然对文化上的东西感兴趣，这些刚毕业的文科生还有些傻乎乎的文化优越感，对这种话题特别敏感。张大伟继续说："佛学的东西太复杂，不过这都是表象，核心的只有两个，一个信，一个悟。信是啥子意思我都给你说了，悟字呢？"廖晨想了想说："哦，我明白了，悟是一个心加一个吾，是不是说悟在我心？"张大伟点点头："聪明，这么快就悟到了？你看，我说的话，你信了，记到了心里，就有了悟，这就是佛。佛祖拈花的时候，为啥子只有迦叶对花一笑？因为他相信佛祖手里的花就是他心里的世界，所以他悟了……"

听张大伟瞎咧咧，韩新心里暗笑，这些话都是韩新平时和他瞎聊时说过的，没想到后来他把这些话发展成了泡妞宝典，见到女人就大谈佛经。韩新只要听他开始谈佛经了，就知道他下面的小和尚开始立正了。

见韩新不说话，廖晨问，韩老师在想什么。韩新看了看张大伟，我在想一个和尚洗头的谜语。张大伟哈哈大笑，廖晨问他是什么谜语，韩新笑着指了指张大伟，她又问张大伟，张大伟趴在她耳朵上说了一会儿，她还没听懂，又问。

20

张大伟喝着茶说:"离地三尺一道沟,一年四季水长流。不见有人来挑水,只见和尚来洗头。你说这是啥子?韩新说的不就是你们女人的下边嘛。"韩新脸红了:"啥子我说的,是你说的。"张大伟不屑地说:"这有啥不好意思的,我们既需要佛经洗心,也需要一道沟洗头。人活着就有七情六欲,哪儿洗不干净都能累死人,你说是吧小廖?来,我给你看看手相。"张大伟看火候到了,开始下一步动作,一知半解地给人看手相。

韩新一看就明白,廖晨就快被张大伟忽悠到床上了,她称呼韩新"韩老师",称呼张大伟"张大哥",两字之差就能分出亲疏。回到宾馆房间,韩新边脱衣服边笑话张大伟:"想不到佛经这东西被你随便一曲解就能用来泡妞,真希望佛祖知道了,能打雷把你的小和尚劈成八爪章鱼。"张大伟说:"你这个人呀,就是闷骚,表面上看着老实,心里也蠢蠢欲动的吧。这些话不都是从你那儿听来的?女人嘛,感性动物,一听到佛啊周易啊什么的就觉得,嘿,这男人深刻。"

韩新一开始还觉得廖晨这种刚毕业的学生还有些单纯,三言两语就被张大伟骗到手了,后来才发现根本不是这么回事。

回到成都,他们没来得及休息就被高总叫到办公室作踏勘汇报。作汇报总结时廖晨和韩新有了意见上的分歧。

韩新的意见是要把彝族自治县建设成彝族原生态休闲度假区,尽量不破坏当地自然和人文环境,实行必要的保护措施,把最具彝族特色的山寨都划为保留地,禁止对游客开放,只是定期组织彝族同胞到旅游开放区域进行彝族歌舞和风俗表演。

廖晨却坚持要把彝族自治县规划成川西丽江,打造成融休闲、度假、购物、体验为一体的旅游胜地。又要建机场,又要建高尔夫球场,还要建高档度假别墅区,这样一搞,彝族自治县地皮就贵了,收入就高了,可本地特色就全没了。

两个人在高总办公室争执了半天。韩新看着固执己见的廖晨,心里觉得有些冷。这个小妮子懂什么呀?就川西丽江的那个概念还是前天晚上韩新跟她说的,当时她一口一个韩老师地叫着,让韩新跟她分析彝族自治县的旅游优势、规划方法等。韩新毫无保留,和盘托出。

21

想不到她一回公司就倒打一耙，把韩新不愿说的规划思路全部据为己有。做策划的人都知道，一个好的策划点就能盘活一整套策划方案。果然，川西丽江的概念一提出来，高总眼前一亮。韩新心想，完了，全完了，挺好的一件事让小妮子搅浑了。会后，高总直接否定了韩新的方案，把这个项目交给廖晨做。

看韩新闷闷不乐，高总意味深长地拍着他的肩膀："韩新，我知道你对旅游有自己的见解，但你首先要搞清楚一点，是谁给咱们付钱，给咱钱的不是老百姓，而是当地政府。当地政府都以发展经济为首要目标，你的策划方案很好，但不如廖晨的更有利于促进本地经济发展，你说他们会用谁的方案？人啊，有时候不能活在自己的理想里，是不是？"

"是。"韩新嘟囔了一句，"谁和钱过不去呀！"

晚上回家，正看到何琪坐在客厅沙发上生闷气。韩新心情也不好，硬邦邦地问了句："做饭了吗？"何琪眼睛红红地问："你还知道吃饭啊？这两天在外面怎么回事？怎么不给我打电话？"韩新一皱眉："不是山里没信号嘛，你又不是不知道。"何琪不吃那套："没信号就不能用公用电话给我打？我看你心里根本没有我。"

"好好好，你说什么都行。我心里没你！"韩新火气上来了，直接白了她一句。

何琪一愣，突然哇一声哭了，握着两个小拳头，张着大嘴，跟个三岁小孩似的："我早看出来了，你……你变心了！"韩新不知道为什么何琪表现那么反常，忙坐在她身边，抱着她说："怎么了老婆？我在外面风餐露宿的，这刚回成都，还没得空休息呢，别闹了嘛？你是不是遇到不开心的事儿了？来，给老公说说。"何琪止住哭，抽抽搭搭地抱住韩新的胳膊："我去参加同寝同学的聚会了，她们三个都比我有钱，穿的衣服都比我的漂亮！"

"原来是这么回事啊？没事，从今天起，老公好好挣钱，也让你穿漂亮衣服行不？"

何琪说："嗯……嗯。小新，你去考察那个项目怎么样嘛？我就

22

等你做一个好项目赚大钱了。"

韩新心里咯噔一下，突然不知道该怎么解释，他不想让何琪失望。本想蒙混过关，可何琪看出了他表情的异常，再三逼问。韩新不得已把事情原原本本说了一遍。他的话还没说完，何琪就像变戏法一样从一个可爱的小孩变成了彪悍的泼妇，一下子站起来，指着韩新问："你说什么？那个女的盗用了你的策划概念？那个项目也转给她了？"韩新点了点头。何琪又说："你，你，你气死我了！怎么那么没用！你为什么要跟她说那么多？为什么你有更好的概念不先提出来？"

韩新想拉她坐下，她坚持不坐："小新，你成天说什么做旅游的要讲良心，良心值多少钱？你得挣钱，你得养家糊口。咱一个月光水电气费加物业费就三百多，房贷要还两千多，一斤肉都十几块钱，一桶油就七十多块钱，还要养车，还有你这个同学那个同事的结婚生小孩，还得花钱。用钱的地方多了去了，你说哪个月咱能存下钱？你还成天不拿挣钱当回事。气死我了，以后咱们分开过，像张林和蔡娟那样就挺好的，我得攒钱给自己买衣服。"

何琪心疼钱，无心说了一句"分开过"，却让韩新心里猛地一疼，他脑海里突然闪过那天晚上独自坐在沙发上哭泣的蔡娟，想到以往每当没钱了，何琪总是朝他发脾气的情形，这个女人已经彻底钻到钱眼里去了，他越想越难受，心里疼得发闷，血气一个劲往脑子里涌，右耳又开始嗡嗡作响。

"行，何琪，你说分开过咱就分开过，AA 制，很公平。"韩新尽量用平静的语气说话，可他的声音还是有些颤抖，"要不，咱们先试一段时间，我就看你能不能攒下钱。"何琪默默看着他，像一个正冲爸爸撒娇的孩子，想要从爸爸的表情里看到他真实的内心。过了好一会儿，她说："先吃饭吧，饭菜我早做好了。"

吃完饭，韩新主动到厨房刷碗，何琪在客厅里看电视，电视机声音很响。收拾完厨房，韩新出来一看，愣住了。何琪不知从哪儿找出来一些婴儿装，坐在沙发上，摩挲着，有些恋恋不舍地看着。

"老婆，你怎么又把这些东西找出来了？"韩新有些不安，这些小衣服是何琪怀孕时李卫红给买的。李卫红一心想让何琪把孩子生下来，可他们小两口觉得经济压力太大，也没太多精力生孩子，就堕了胎。

堕胎前何琪已经有了明显的妊娠反应，一闻到异味就恶心呕吐，成天吃不下饭，脸色蜡黄蜡黄的，腰腿一直都在酸疼。所以没人比何琪更希望堕胎，她再也不想受那份罪了。于是他俩瞒着李卫红在女子医院实行了无痛人流，做完手术，何琪一直都有说有笑的，可当医生拿出那个装着小胚胎的瓶子给何琪看的时候，何琪突然抱着被子大哭一场。事后她非问医院要那个装小胚胎的瓶子，医院不给，何琪在医院里又哭又闹，好不容易才被韩新哄回家。

李卫红给她买的那些童装一直被她收藏着，可从来不愿意拿出来看一眼，有时候韩新还拿这事和她开玩笑："你攒着那些童装给咱孩子穿啊？可咱生小孩还得过两年呢。"

"小新，你听我说。"何琪脸色平静，"不是我强求你，但我真的不想过没钱的日子。想想去年咱那个孩子就不该打掉，我现在心里比谁都后悔，我身体差，不知道将来还能不能怀上孩子，当时不就是因为没钱吗？这个社会就这样，没钱都不敢出门，和我同寝同学聚会的时候，我都觉得抬不起头来。本来上大学的时候大家都一样。可是一毕业，她们一个个穿金戴银，说话也比我有底气，我心里能不难受吗？"韩新低头重复着已经说过无数遍的承诺："老婆，我以后好好挣钱。"

"以后？"何琪摇了摇头，"小新，我知道你也想让我过得开心点，记得刚结婚那会儿，咱们都说过要给对方幸福。可是你给的幸福是看不见的，我只要能看得见的幸福，你能给吗？你每次都说以后会过上好日子，可都毕业快两年了，你怎么还跟大学里一样？社会和学校不一样，你得适应社会，不能活在过去。"

何琪心里郁闷，说着说着眼泪就掉下来了，韩新忙不迭地给她擦泪。这都是何琪惯用的伎俩，一吵二闹三掉泪，两人不管因为什么闹了别扭，只要何琪一哭，错的一方肯定就是韩新。韩新对她的性格摸得一清二楚，所以也就没当回事，只是不停地认错道歉。可没想到这次何琪真的想和他实行 AA 制，睡觉前，在何琪的坚持下，两个人把

24

这个月的收入支出分得清清楚楚。何琪的工资、编审费、稿费加起来有三千五百块钱，韩新连工资带绩效四千多。何琪拿出一千五，韩新拿出两千，供两个人日常花销用。其余的钱都自己保留着，有绝对的支配权，对方不能干涉。

并且何琪拟了一个家庭 AA 制协议，一本正经地让韩新在上面签字。看着面前那张幼稚得有些可笑的协议，韩新突然有些难受，他和何琪之间有了一道裂缝。

第三章

星期五下午，韩新接到梁碧华的一个电话。

"韩新。"

"怎么了小梁大姐？是不是我给你写的报告不合格？"

"不是不是，是你写得太合格了，我忍不住想请你吃顿饭。"梁碧华在电话那边笑。

"算了吧，别破费了，要不我请你吧？毕竟我是个男的。"

"别，你别跟我客气。下午六点半，咱们干锅鱼府见。"

……

下了班，韩新给何琪打了个电话，告诉她有人请客，让她自己随便弄点吃。等韩新赶到约会地点的时候，梁碧华早就过来了，坐在临窗的座位上。等韩新坐定，他们点了一条干锅鱼，又点了拌牛肉、煮花生等几个凉菜。

韩新要了一瓶啤酒，先喝了一杯润肠胃，一抬头，才觉得梁碧华表情有些不对劲，忙问："小梁，你笑什么？是不是我的模样特怪？"梁碧华笑："不是。"韩新说："看你那表情，就跟吃了摇头丸似的，得意什么呀？你看，脸都红了。先说正事吧，经费申请下来了吗？"梁碧华使劲点了点头，又摇了摇头："韩新，我得跟你说件事，可不许你生气。"

"啥子事嘛？说吧。"

"其实……我并没有领养熊猫，你想啊，熊猫哪能领养的。我只是跟你开了个玩笑，你却当真了。不过说实话，像你这种老实人真是越来越难找了。"

韩新正喝了半口啤酒，一下子噎在嗓子眼里。原来梁碧华从一开始就是在有预谋地骗他。这算什么？自己被人当傻子涮了。韩新心里有些难受，却不便于表露出来，努力地摆出一张笑脸："没事，都是开玩笑，反正我写的时候也没太当真。"梁碧华说："好好好，你不生气就好。"又自倒了一杯酒，和韩新碰了碰杯，"这杯酒算是我给你赔礼道歉的。"

妖精，这个女人纯粹就是一个妖精。韩新心里暗暗嘀咕。那顿饭韩新吃得心不在焉，觉得梁碧华又可爱又可恨，一种说不上来的感觉，吃完饭的时候，韩新说："以后我得长点记性了，要不然还得被你骗。"

梁碧华又得意地笑了半天。

回到家，何琪并没有像以前那样盘问韩新。比方说，你和谁吃饭啊？男的女的？漂不漂亮？结没结婚等等，一看就是对韩新不放心，又不愿让韩新知道她不放心。以前韩新非常讨厌何琪旁敲侧击地询问，跟审犯人似的。可一旦何琪不问了，他心里又空落落的，感觉少了很多东西。两个人现在有些相敬如宾，何琪经常莫名其妙地跟他说一些礼貌词。

"小新，帮我拿一下杯子，谢谢！"

"不好意思，踩到你的脚了。"

……

同样的话，何琪以前都是说："小新，把杯子给我拿过来，找死啊你，快点！"

"怎么放脚呢，瓜兮兮的，硌死我了！"

所有这些变化都让韩新觉得陌生。难道就是因为两个人实行了

27

AA 制才有了距离感？两个人在一起生活，到底哪种状态是最好的？是以前那种没有任何距离，把自己所有缺点和优点都暴露在对方面前比较好？还是现在有了一点距离，让心与心之间若即若离比较好？

韩新想不明白，干脆不想了，可他又觉得老是这样下去很别扭，心里盘算着睡觉时给何琪来点性感攻势，把她伺候爽了，再和她商量商量，把那个 AA 制协议取消了。两口子在一起过日子，整天分得那么清楚算什么事儿？可不凑巧，还没到睡觉时间，李卫红的电话就打过来了。

李卫红声音有些哑："小新，你快回家一趟吧，家里出大事了！"韩新说："什么事？妈，你说清楚一点。"李卫红支支吾吾，就是不说有什么事，急得都有哭腔了。

韩新当时就急了，急匆匆地穿衣服，跟何琪说了一声，俩人开车往韩新爸妈家赶。进了家门，韩新觉得气氛不对劲，他还以为两位老人得病了呢，吓得他在路上乱念叨"上帝保佑、佛祖显灵"什么的。可现在看来，他们俩谁也没病，只是韩万和面色非常颓唐，坐在沙发上，低着头抽烟。何琪一眼就看到韩万和头皮中间光秃秃的，在灯光的照射下泛着光。李卫红则站在旁边费力地喘着气。

"妈？怎么了？"韩新赶紧给他妈拍背。

"你爸他……"李卫红嘴唇哆嗦了半天，愣是没说出话来，气得一跺脚就往卧室走。韩新跟上去，不停地问："你说话呀，和爸吵架了？"一进卧室，李卫红的眼泪就掉下来了，拉着韩新的手，坐在床沿上："小新，你爸他不要咱们娘俩了。他又找小老婆了……"一听这话，韩新的头嗡一下就大了："妈，你什么意思？别激动，慢慢说。"

"你爸老不要脸……"李卫红咬着牙根说，"今夜里我觉得在家闷得慌，就出去和你李婆婆他们打麻将去了，打完麻将回来，一进门就看到你爸和那个钟点工抱在一块……"

听到这儿，韩新觉得有些眩晕。这怎么可能？那个钟点工他见过，才二十岁，他爸爸都快六十了。这两人怎么能做出这种事？韩新心里觉得难受，有种很虚幻的感觉："妈，那钟点工呢？我找她问问。"李卫红还没从刚才的情绪中走出来，愤恨地说："他妈的小浪货还有脸在家里呆啊，被我骂跑了。"

韩新强迫自己冷静下来，这边是他爸，那边是他妈，他肯定不能火上浇油。进屋的时候，他看到韩万和表情死灰死灰的，不敢拿正眼看韩新，只是用眼角悄悄地瞟他。想到这儿，韩新有些心酸，那个人不管做了什么出格的事，他毕竟是自己的爸爸，是骨肉连心的亲人。

"妈，你先别急，也别骂我爸，我爸心脏不好，别让他急出病来。再说这件事可大可小，他们俩只是在一起抱着，也没什么太过分的事。"

"小新，都这会儿了，你怎么还替你爸说好话?"

"要不然能怎么办啊，妈?"韩新一脸无奈，"总不能把我爸赶出家门吧? 咱们这日子还要过不是?"安慰了李卫红好一会儿，韩新又到客厅安慰韩万和，何琪比较识趣，大体上了解了事情经过，觉得自己不好插手，忙钻到厨房做夜宵去了。

"爸……"韩新小心翼翼地想着措辞，"没事，没什么大不了的……"

"小新，你别说了，我糊涂，是自作自受!"韩万和眼睛湿湿的，"我哪想到钟点工还做那种事啊? 她说给她五十块钱可以随便摸她的身子，她想上网打游戏聊天，可没钱，就想出歪点子让我抱她……就光抱了抱，其他的什么都没做，我都老成那样了，还能做什么?"

听韩万和这么说，韩新心里踏实了，只要没做别的就好，现在男人女人抱一抱太正常了，不说别的，就是公交车上人挤的时候不也是人贴人，肉贴肉吗? 那和拥抱有什么区别? 这点事韩新还想得开。

韩新又安慰了李卫红一阵子，陪着他们老两口吃了夜宵，看时间不早了，就和何琪回家，出门的时候，他看到李卫红气还没消，正在数落韩万和，韩万和的脸色越来越差，看得出来他也憋了一肚子气，却不敢发作。

韩新默不作声地开车，家里出了这么档子事儿，他觉得在何琪面前抬不起头，何琪也不主动和他说话，气氛很尴尬。快到家的时候，

29
第三章

韩新觉得有些压抑，想跟何琪说两句话缓解一下心里的郁闷，一偏头，却发现何琪嘴角挂着笑。

"老婆，你笑什么？"

不问倒好，一问，何琪突然笑出声来。

"这种事有什么好笑的？"韩新嘟囔了一句，表情明显不悦。

"好好好，不笑了成吧？"何琪赶紧正色，抿着嘴，却还是忍不住扑哧乐了一下。

韩新彻底恼了，大声吼："何琪，你别光想着站旁边看我老汉的笑话，这会儿我正急着，别惹我。他是我爸，也是你爸，你得放尊重点。哪有你这样的？家里出了那么大事你还笑得出来？"

"尊重？"何琪被韩新莫名其妙地训了一顿，就这点事值得发那么大火吗，她心里不高兴，声调也抬高了，"小新，我可以尊重他，但我的尊重不会施舍给别人，他想让我尊重就得做出让我尊重的事儿来。"

"行，我不跟你说，这日子，没法过。"韩新心里窝着一股热辣辣的液体，想哭却哭不出来。一边担心他爸妈在那边吵架，一边还恼怒何琪不懂善解人意，一说话就伤人。韩新害怕把两个人的关系搞得更僵，不愿和何琪吵，只是轻描淡写地把争吵淡化下来，就这样还惹得何琪翻眼瞪了他半天。

他知道何琪肚子里早就想好了反驳他的词，能够最准确地刺激他，他就是不和她吵，让何琪一肚子话说不出来，憋死她。韩新心里不无恶意地想。两个人吵架时总是希望自己能说出更有杀伤力的话，把对方驳倒，让对方认错，每个人都有好胜心，在自己亲人面前也是一样，可谁也没想过，这种话说出来会不会把对方伤得体无完肤。亲人就是最能容忍你伤害的人，也是你最敢肆无忌惮伤害的人。

回到家，韩新太累，往床上一躺，就要脱衣睡觉。何琪刚才憋了一肚子气，突然找到了突破口，上去就抓扯他："你还没洗澡呢。不能睡！"韩新躲开何琪，继续脱衣服："谁规定的不洗澡就不能睡觉？"何琪仰起脸，气哼哼地说："我规定的，怎么着？快去洗澡，要不然你就别睡卧室。"

30

"好，这是你说的哈。"韩新说完，没有犹豫，抱了一床被子就往外走。他想用这种方式表达对何琪的不满。把沙发拼好，打开电视，又故意把电视声音调得很大，韩新舒舒服服地躺在那儿看电视。何琪没说话，洗完澡，"砰"一声摔上卧室门。

过了没五分钟，何琪气呼呼地冲出来，看也不看韩新，把电视关上，又回去。韩新又把电视打开，何琪又把电视关上。来来回回好几趟，两个人就跟正在赌气的孩子一样，谁也不跟谁说话，就拿着那可怜的电视机瞎折腾。那个电视机成了他们吵架的介质，让他们既能向对方表达不满，又不至于把矛盾激化。可他们总有对这个游戏厌倦的时候，总有平息或爆发的时候。何琪最后一次出来关电视的时候，韩新被她气得乐了，呵呵笑着学京片子说话："得嘞，您走着，谢谢您帮我关电视，我不看了，睡觉喽，麻烦您老把客厅的灯也关上。"

"噢……"何琪一愣，看着韩新有些无赖的表情，突然发作，一下蹿到沙发上，逮着韩新捶打起来，"叫你不理我，叫你出来睡，叫你不洗澡，叫你在路上训我，叫你……"说到最后，何琪抽抽搭搭哭了起来，边哭边打韩新。韩新不敢还手，只是抓着何琪的双手，不让她打。何琪试了几次都没有打到韩新身上，心里更生气，一把甩开韩新，匆匆忙忙回卧室穿上衣服，拿着手机跑了出去，路过客厅沙发时她还恶狠狠地剜了韩新一眼。

韩新半躺在沙发上愣了半天神，又转头看了看开着的屋门，意识到何琪跑了，再看看表，已经午夜十二点了。这死娃儿，都那么多年了还没改掉这个坏毛病，一吵架就知道朝外跑，这都三更半夜了。韩新心里有些慌，忙起身穿好衣服追了出去。

外面正阴沉沉地下着雨，路上一个人也没有，只是偶尔有车沙沙地轧着湿漉漉的路面开过，街灯在冷雨夜里异常孤寂和冷清。韩新没看到人影，猜测何琪已经打的走了，掏出手机打电话，手机里滴滴响了两声就被何琪挂了，再拨，又被挂，再拨……

韩新心里的怨气越积越多，想想现在过的日子，他觉得没劲透了，何琪那么任性、那么虚荣、从来不替别人考虑，只知道花钱，只

31

知道抱怨，只知道让别人宠着。韩新挣的钱多一点，何琪就会高兴一点，抱着他撒娇；挣的钱少一点，她就好几天阴着脸，跟她说话也爱答不理，动不动就乱发脾气。有时候韩新跟别的女的多说一句话她都生气，她都发疯，她都不顾任何场合地和韩新吵架。

吵起架来何琪就知道往外边跑，这都成了习惯了，记得他们谈恋爱后第一次吵架是因为韩新没经她同意就和一个师姐在外面吃饭，何琪吃醋，两个人在短租房里吵了个天翻地覆，那天晚上何琪跑了，韩新找了大半夜也没找到，以为她出了什么事，正要报警呢，她的电话就打过来了……

这个女人有时候让人心疼得要命，有时候让人恨得牙根发酸，再这样下去韩新能被她逼疯。离婚，韩新脑海里突然闪过这个念头，把他自己吓了一跳，可这个念头一旦出现，就像一粒被雨水滋润的种子开始发芽，不可遏制地茁壮地往上生长。他脑海里闪过的都是和何琪吵架时她说过的伤人的话，都是何琪压得他喘不过气的场景。这些场景又加快了他离婚念头的生长。

雨淋湿了他的头发，渐渐把头发浸透，头皮上黏黏地凉，顺着两鬓流下两串冰凉的雨水。韩新想骂人，想大吼大叫，可夜已深，看着周围黑漆漆的楼房，只能长长地叹了口气，像斗败的公鸡垂头丧气地回家。

韩新躺在床上，不停地给何琪打电话，可都被挂掉了。韩新这么做只是求个安心，何琪还能自己挂电话就说明她没出什么事。反正这小妮子每次出走都走不远，过不了一会儿就会自己回来。这样想着，他迷迷糊糊有些困。

睡梦中，他找不到何琪了，梦里的世界黑漆漆一片，什么也看不见，他四处找，空气时冷时热，可何琪像是从这个世界上消失了，四周空阔无比，只剩他孤零零地站在那个陌生的地方。直到他找到一个出口，那里鸟语花香，何琪站在出口，和另一个男人依偎在一起。他突然有些心疼，想要把何琪拉回来，可他刚伸出手，何琪又消失了……

"啊……啊……"韩新突然惊醒，头晕脑涨，鼻子里麻麻的，身

32

上冷得难受，像是从骨头里向外冒寒气。一个黑乎乎的东西在他头顶，把他吓了一跳，猛一缩身子问，"谁?"那是何琪，正趴在那儿若有所思地看他睡觉，"你怎么不去找我?"韩新深吸了两口气，搓着脸坐起来："我去找了。"

"那你怎么不把我找到?"何琪声音里有些怨恨，"我要是被坏人抓去了，你也会躲在家里睡觉啊?"

这不无理取闹吗?韩新觉得难受，太阳穴那儿突突直跳，脑子里面有根筋疼得发麻，刚想说话，两串鼻涕流出来了，他忙扯了一点卫生纸擦鼻子："你想找茬是不是?外面一个人都没有，我到哪儿找你去?"

"我就在地下停车场，咱们的车里。你没看到车钥匙被我拿走了?"何琪冷冰冰地说，"一点都不关心我，小新，我觉得这样过下去一点意思都没有。"

"是，是一点意思都没有，那你想怎么办?"

"我想跟你离婚……"

韩新愣了。离婚?何琪竟然说离婚?他鼻子里有些酸，眼睛胀得难受："行……你说离就离。"韩新恶狠狠地扔掉手里的卫生纸，可他心里突然有些刺疼，像是被揉进去了一根针。他努力想象离婚后没有了何琪他将会过上什么样的日子。可不管想象出来的单身生活是多么幸福，他心里总有一种抹不去的忧伤和孤单。难道我对婚姻生活依赖太深，已经回不到过去的单身生活了?韩新有些无奈地想。

"韩新，你真的想跟我离婚?"何琪瞪着眼睛问。

"什么我真的想跟你离婚?是你想跟我离婚。有没有搞错!"

"我不是想真的跟你离，我是试探你的，可你说想跟我离!"

绕来绕去，韩新突然被绕迷糊了，到底是谁先说的离婚?谁真的想离婚，谁是在试探对方?他突然发现，被何琪一绕，他不知道该怎么反驳她了，好像所有的错都成了他的。何琪一下子掌握了吵架的主动权。

"我懒得理你，你爱怎么说怎么说。"韩新身上软绵绵的，不想和何琪说话，吸着鼻子上厕所。

"小新!"何琪突然抓起茶几上的水果刀,把刀刃放在手腕上,"你说你是不是真的想跟我离婚?你说!"

韩新没理他,转身就要进厕所,他感冒有些严重,头重脚轻,身上软得跟棉花似的,好像身体里的热量和能量一下子散光了,怎么都提不起力气来,两手都有些哆嗦了。身子里冷得跟冰块似的,额头上还一个劲冒虚汗。嘴里苦得要命,呼一口气都热烘烘地臭。这都是何琪害的,她要不朝外跑,韩新就不用出去,也不会淋雨,就不会感冒。

何琪突然歇斯底里起来,像是汹涌的岩浆突然找到了火山口,轰然突破,她嘶声哭喊着,"再说一遍离婚,我这就死给你看!你快说!快说——"韩新停下身,转身指着她,嘴唇哆嗦着说不出话来,气得眼泪都掉下来了。可她还是不屈不挠,有一种不达目的誓不罢休的劲头,撅着嘴,胸脯一起一伏,还示威似的抖了抖手中的刀。

"你还有完没完?有完没完?你想玩是吧,想死是吧?那我先死给你看!"韩新头疼得要命,像是脑子里被掺进去了很多脏东西,他突然很想把脑壳扒开,把脑子拿出来放水里洗干净。"砰"一声,他拿头在墙上撞了一下。好像不是太疼,看着有些惊慌失措的何琪,他像是受了鼓舞,又"砰砰砰"地撞起了墙,每撞一下脑子里都猛一晃,麻一下。他心里突然有一种很奇怪的快感,放弃控制情绪的感觉真好,很宣泄,就像往常他站在十四楼的阳台边,有一种想要往下跳的感觉,他的脚总是不由自主地想往前伸,自己控制不住。

"小新,不要这样,我错了,都是我的错,别撞了,别撞了,你打我吧,骂我吧,你拿头撞我吧……"何琪扔掉水果刀,哭着冲过来,一把抱住韩新。

近乎癫狂的韩新脸色苍白,晃晃悠悠地倒在何琪怀里。清晨的第一缕阳光红彤彤地浮现在天边,天亮了。

就像是经历了一场大梦,韩新醒来时已近中午,正在挂着点滴,何琪坐在床边椅子上眼巴巴地看着他。看到韩新醒了,她一撇嘴就要哭。

"你是谁?"韩新突然想搞一点恶作剧,假装失忆。

34

"我……我……"何琪指着自己的嘴，惊慌失措，"是我呀，你不认识我了？"

"你是我？那……我是谁？"

"我，我，你，你……哇……"何琪被急哭了，转身冲出门，医院走廊里回旋着她撕心裂肺的声音，"医生……医生……快救救我老公吧，他的脑子是不是被撞坏了？求你了，去看看吧。"听着何琪的声音，韩新心里有些内疚，有些感动，扯着嘴角温暖地笑了笑。

等医生来查看他的病情的时候，他实话实说，说是自己在吓唬何琪，不过是个恶作剧，他没有失忆。说完又赶紧跟医生道歉。医生倒没怎么责备他，只是让他注意休息。医生还没走出病房门，何琪就一下子扑在韩新身上哇哇大哭，哭完又使劲掐他。

吵完架，韩新也觉得自己做得有些过分，不该和何琪斗气，就摸着她的脸一个劲道歉。何琪也变得温柔了很多，两个人在医院病房里甜言蜜语，像是两个正热恋的小情侣。怪不得人都说吵架是夫妻关系的助推剂。看着眼前的何琪，韩新心里暖暖的。

从医院回到家，想到自己和何琪吵架时的情景，韩新担心他爸妈也会吵架，就给爸妈家打了个电话。接电话的是李卫红。韩新说："妈，我爸呢？"李卫红使劲喘了两口气："谁知道呢？那不要脸的老东西。"韩新说："妈，你还生我爸的气呀？"李卫红愣了一会儿说："你这娃儿，我哪能不生气啊？我嫁给他二十多年了，对他怎么样你又不是不知道。冷了暖了地照顾他，他身体不好，我整天往中药房跑，给他拿药煎药。可他都那么老了还那么轻贱，我心里不好受。"

韩新无语，他本想劝劝他妈，让他妈别那么计较，可一听他妈的话，有些心酸，他妈这辈子太不容易了。不过在这件事上他不能做出任何评论，毕竟那是父母双亲，他要做的就是安慰他们，尽量把事情平息下来，而不是在旁边煽风点火，放任事情激化。

挂掉电话，韩新松了一口气，李卫红说以后要好好过日子，不和他爸吵架了。可他不知道，李卫红挂掉电话后，在沙发上难受了半天。这段时间她情绪一直不稳定，晚上失眠、抑郁、胸闷，经常做噩梦，浑身一点力气都没有，手心出汗，这是更年期综合征。可韩万和对她身体的变化没有任何察觉，他已经习惯了她的关心，而常常忽略了她的需求。本来生活就是那样，李卫红无微不至地照顾他的饮食起居，为孩子的事情操心，他呢，在外面工作养家。仿佛这一切都是早就安排好的，生活就应该按部就班。李卫红有点大病小病的，自己买点药就对付过去了，很少跟他说。

韩新打电话前，李卫红刚和韩万和吵完架，韩万和吵不过李卫红，为了躲清净，吃完饭就出门了。李卫红还怕他走远了，或者想不开去跳河了什么的，他一下楼李卫红就趴在窗户上看，看到他进了小区的老年活动室，估计是去打麻将了，心里踏实了一点。回过头来她又骂自己瞎操心，他都这样了，还怕他出事，死了更好，省得看到他就伤心。韩万和这两天都是晚上九点半回家，直到老年活动室关门了，他还得在楼下转悠一会儿，抽两根烟再上来。

李卫红躺在卧室，听韩万和进门，站在门厅里若无其事地咳嗽了两声，她心里火气腾一下就上来了，在卧室里大喊："你怎么还有脸回来？怎么不去找那小不要脸的？"

韩万和走到卧室，李卫红侧躺在床上，只甩个背影给他。他心里也觉得委屈："卫红，这多大点事呀，值得闹腾那么多天吗？"

李卫红说："事确实不大，可这事太脏了，我本来那么信任你，有了这事，我还敢信你吗？咱俩结婚多少年了，你说？"韩万和愣了愣："二十六年了呀，怎么了？"李卫红说："不对，是二十六年零三个月，这么多年来，我跟你什么苦都吃过，现在孩子长大了，本来该享福了，没想到你演了这么一出。"韩万和坐在床沿上说："你说我该怎么办？事情都这样了。"李卫红一口气憋在胸口，闷得喘不过气来："我想让你怎么办？我想让你死！"她一脚蹬在韩万和腰上，韩万和哎哟一声站起来，揉着腰："卫红，你疯了你？看孩子的面子，我不跟你闹，我不睡这屋行了吧？"边说，韩万和拿起枕头到另一间卧室去睡了。

那一夜，李卫红怎么也睡不着，二十六年来，她习惯了韩万和的鼾声，习惯了他的体温，习惯了他的一切。身边没人了她觉得不踏实，半夜起来到厨房刷碗洗锅，锅碗都是干净的，可她就是想折腾，想闹出点动静，她还边刷边嘟囔："人都说知人知面不知心，都那么老了还有花花肠子，你怎么不去死，你们老韩家的脸都让你丢没了，你还有脸活……"韩万和也没睡着，躺在床上听着外面的动静，肠子都快悔青了，可他又不敢发脾气，只能摸摸索索地点根烟，边抽边叹息。

过了一会儿，韩万和听外面没动静了，不放心，忙起床到客厅看了一下，看到李卫红正一个人枯坐在沙发上愣神。韩万和说："卫红……"李卫红没答应，他又喊："卫红，这么晚了你还不睡觉？"李卫红动了动身子。韩万和坐到沙发上："卫红，你说你这样做啥子嘛？我知道是我不好，可咱这日子还得过下去吧，咱就不能不闹了？"李卫红说："我也不想这样，可我解不开心里的结。"

韩万和本来不善言语，想了一会儿说："卫红，别光想那些事了。多想想好的，咱家小新现在多争气，房子买了，也结婚了，下一步该生孩子了。你别气坏了身子，还得抱孙子呢。"

李卫红红着眼睛说："何琪也不让人省心，我催过她多少回了，让她快点生个孩子，她年龄越来越大，三十岁后再生孩子不好，她也不听。"

"就是，现在的孩子，太不省心了。"韩万和见李卫红情绪有所缓和，忙配合她说话："咱们结婚那会儿，家里还没有电视，所有家当合起来也就一个洋铁盆，一个衣柜，一张床，这么多年不都过来了吗？那时候单位就给咱分了一间房子，锅碗瓢盆都塞在床底下，家里没个坐的地方。还记得吧，你妈来的时候嫌咱家里寒碜，闷着脸一天没跟我说话。"

李卫红说："是呀，刚开始的时候是挺难的。"韩万和叹口气说："现在咱都过来了，就盼着孩子能过上好日子，就别闹了行不？"

李卫红点点头，又轻轻摇了摇头，叹了一口气。

韩新小两口的日子刚安生了几天，蔡娟突然来了。有时候朋友就是避难所。往往生活过得很顺畅的时候，人们很少能想到朋友，可一旦不开心了，就很想找个人倾诉或收容，这时朋友的作用就体现出来了。

何琪是个社交狂人，一天不和那些狐朋狗友联系她就觉得浑身不自在。连上班时都时不时和那几个同寝好友发短信，要么就在 QQ 上聊。韩新经常笑她："你和朋友就是垃圾和垃圾箱的关系。今天你把她当垃圾箱，把你不开心的事情都倾诉给她，可明天她就会加倍地还回来。看你们聊天，就没聊几件开心的事。这样的朋友还不如没有。烦恼越说越多，何必多说？"

现在蔡娟就是来找她收容的，她放下背包，坐在沙发上说："何琪，我能不能在你家住几天，我和张林分居了。"

"分居？这事挺新鲜的。为什么分居？"韩新看着蔡娟，没想到他们俩闹来闹去竟然闹到分居了。蔡娟说："我觉得他不像个男人，他让我还钱的时候，我觉得他那小家子气太恶心人了，就和他吵了一架。"韩新又问："那怎么不离婚？"

"离婚？"蔡娟无奈地叹了口气，"要是能离，我早就和他离了，两个人分分合合那么多次，最后还是在一块。看看再说吧……"

"小新，你怎么说话呢？"正好何琪端着水果盘过来，嗔了韩新一句，"哪有劝人家离婚的？去去去，一边玩去……"

韩新乐得清闲，说实话，他一点也不想掺和蔡娟的破事。上大学时就那样，一旦蔡娟和张林吵架了，她就一把鼻涕一把泪地说张林这不好那不好，没钱、小气、长得不帅、家里有个不省事的老妈等。反正只要俩人一吵架，张林在她眼里就没有一点优点，就是一个人见人厌的人渣。可是过不了一天两个人就和好了，她又开始说张林的好话，把对张林的抱怨抛在脑后。她的反复无常把韩新和何琪搞得很疲惫。要是觉得那个男人不好就一拍屁股走人，要是觉得好就安下心来踏踏实实过日子，最怕的就是那种离不开男人却又对自己男人不甘心的女人。

晚上睡觉的时候，韩新小声跟何琪嘀咕："你看你那些朋友……蔡娟光知道说张林的坏话，她就没想过张林是要和她过一辈子的人，她怎么能那样……以前张林对她好的时候她光欺负张林，我觉得一个

38

巴掌拍不响。"

"小新，你怎么说话那么难听？"何琪白了他一眼，"不管朋友好坏，至少我还有朋友，你呢？你有朋友吗？"韩新想了想，不说话了，他还真的没把任何人当朋友。即使有几个说得来的，比方说张大伟和张林，他也没真心把他们当朋友。何琪又说："你呀，你现在被生活潜规则了。我看过一个测试，说是像你们这种被潜规则的人，有些独。"

"我怎么独了我？"

"你看啊，你晚上十二点前从不睡觉，早饭午饭凑到一起吃，一上 QQ 就习惯性隐身，不经常与家人联系，走路时喜欢戴上耳机听音乐，上网时间超过工作时间，离了电脑就不能活，一到 KTV 就当麦霸……你这种人主动与外界隔绝了，是个绝缘体。"何琪掰着手指头一条一条地给韩新分析。

这个测试韩新以前也看到过。说的是 80 后小白领的生活状态，很自我，不愿与别人联系，也不愿考虑别人的感受。在被电脑、MP3、手机等电子产品包围的世界里，80 后年轻人宁愿相信那些冷冰冰的机器，也不愿相信活生生的人。这是一个没有友情，谁也不愿与别人分享温暖的年代。

"你爱怎么说怎么说，我就是被生活潜规则了。我宁愿一个朋友也没有，也不愿交到一个损友。"韩新拍了拍何琪的脸，"来，睡觉。"

韩新躺在床上翻来覆去睡不着，想亲热一下，往常有点性冷淡的何琪也兴奋得不得了。俩人轻悄悄地抚摸、做爱，何琪尽量压低声音。他们家主卧和客卧挨着，中间就隔一道填充墙，隔音效果很差，蔡娟睡他们隔壁。何琪不想让蔡娟听到他们俩做爱，努力压抑着自己的呻吟，可韩新那天晚上很卖力，动作幅度很大，并贴在何琪耳边说："没事，放开点，想叫就叫。"

那天他俩在压抑中双双到达高潮，何琪嗓子里发出狼一般的尖嚎，她已经很久没有这种感觉了。事后何琪小声问韩新："是不是因为隔壁住着人你才那么兴奋的？很久都没见你那么厉害了。"

韩新笑着把这个话题岔开了。做爱时一想到隔壁有人能听到他们的声音，他就很兴奋，更何况那是一个曾喜欢过他的女孩子。可能人在异性面前有一种表现欲和被窥视欲吧。

有时候容忍别人的窥视也是一种变相的勾引。

果然，第二天蔡娟看韩新的时候，眼神有点暧昧。这使得韩新在夫妻生活方面更加卖力，那段时间他们俩做爱质量非常高。

AA 制婚姻

第四章

　　最近高总对韩新有些不冷不热，上司对下属的态度总是很敏感，可能一个笑脸或者一个白眼都会让人揣摩好几天。韩新的神经比较大条，不太在乎高总对他的态度，虽然张大伟暗地里提醒了他好多次，比方说高总做某个项目的时候没有来征询他的意见啊、开会的时候没有叫他参加啊什么的……毕竟他们公司是旅游局的下属单位，各方面待遇和事业单位差不多，丢了这个工作机会就可惜了，他还让韩新尽量和高总亲近亲近，不要在公共场合里非议高总。

　　韩新一想确实是那么回事，可也没往心里去，毕竟他在旅游策划方面做得很出色，为公司做了十多个项目，换句话说，他一个人为公司创造了不下一百万的利润。并且他很多创意已经成了一些旅游目的地的招牌和广告语，被一些大型电视台播放过，"一山一水悟一禅，一梦百年长寿湾"的广告语就是出自他的策划方案。他觉得即使高总对他不满意，可毕竟人才难得，加上他劳苦功高，肯定没什么问题。

　　记得何琪刚参加工作的时候，很在意上司对她的看法，有时社长对她语气差一点，她都担心老半天，怕社长对她有意见，整天过得提心吊胆，回家就让韩新帮着分析社长对她说过的每一句话包含的深意。不光她自己累，最后把韩新也搞得很累。时间长了，何琪了解了他们社长的性格，就不再整天为这种事担心了。

职场如情场，两个人刚谈恋爱的时候有个磨合期，都在试着窥探对方的性格和内心世界，说话做事小心翼翼，生怕留给对方不好的印象，一旦关系确定下来了，两个人谁也离不开谁了，本性才会慢慢暴露出来。

下班后，张大伟约韩新一起吃饭，俩人开车到一个火锅店，点好菜，开了两瓶啤酒。张大伟就絮絮叨叨地说开了，无非就是女人和钱，还有公司里的破事。说了一会儿，张大伟突然转入正题："我和廖晨恋爱了。"韩新突然一愣："怎么会？"他不太喜欢廖晨那样的女人，太势利。可能觉得自己的反应会惹张大伟不高兴，又假笑着说："廖晨挺不错，看不出来你挺有眼光的。你不是不准备结婚吗？怎么看样子你被廖晨给洗白了？"

张大伟摆摆手，喝了一杯酒："以前都是瞎玩，主要还是没遇到适合结婚的。这不，和廖晨接触了一段时间，本想玩一下就跑，可后来发现她挺贤妻良母的。我知道你和廖晨有些矛盾。再怎么说你也是我朋友，以后在公司里多让着她点，毕竟她是个女的。"

韩新心里很不高兴，凭什么他就要让着廖晨。他不爱说人是非，从没在高总那里说过廖晨的坏话，可通过观察和别人透露的消息，廖晨绝对不止一次在高总面前非议他。搬弄是非者必是是非人。

不过这些话韩新都闷在心里，没说出来。张大伟看他表情不悦，忙说："我刚和廖晨走到一起的时候，知道这事的几个女的说她是鲜花插到牛粪上了。"

"别理她们，女的都那样，我和我老婆刚恋爱的时候，她那些狐朋狗友也说我是牛粪。现在的女人太自恋，在找男人这一点上，一点不现实，觉得自己非得找一个刘德华那样的才对得起她们，也不看看自己长什么样。我见过一个女的，满脸麻子，膀大腰圆，走到哪里都宣扬非周杰伦不嫁，一般的男人在她眼里都是牛粪。"

"就是，牛粪更好，有利于鲜花成长。"

"不是吧，据我所知，插在牛粪上的鲜花肯定会死得很惨，被养分烧死的。夜夜施肥，有时一夜多次施肥，严重营养过剩……"

42

俩人吃着火锅，聊了半个多小时牛粪与营养的问题，说到最后他们俩都觉得有些恶心了。快走的时候，张大伟有心无心地说："我听廖晨说，咱们公司制度要调整，重新定岗，说是为了照顾那几个新来的业务骨干，像你这种老骨干，得多用心了……"

刚到公司工作的时候，韩新还有些青涩，见人也不愿说话，后来他和公司的同事打成一片，见了女的就喊"姐"，见了男的就主动给他们发根烟，学得油嘴滑舌。一些同事取笑他，说他刚来的时候简直就是个傻帽，不懂的东西也不好意思问，犯了很多错误。可那时候，别人看他出错也不给他提醒，就想看他的笑话。现在的社会就那样，谁也靠不住，所以走上社会经历的第一件事就是摔跤，跌倒了要有自省能力，知道自己为什么跌倒，然后做出相应的调整。可韩新是个活在过去的人，他最缺乏的就是自省能力。即使自省了，他也不愿意改变自己。

对于爱情，韩新也是一个活在过去的人，他经常想起和何琪谈恋爱时的场景。那时，何琪对他没有那么多要求，不嫌弃他钱少，不嫌弃他懒，甚至不嫌弃他脏。有一次他生病，躺在出租屋里，何琪煮好汤圆，先放到自己嘴里，再嘴对嘴喂他。他们第一次过情人节，他身上没钱了，就给何琪买了一个巧克力，却把她感动得差点哭出来。冬天的时候，何琪经常趁他不注意，把冰凉的小手伸到他肚皮上或脖领里，把他冰得跳起来，还没心没肺地哈哈大笑，对这个游戏乐此不疲。

那些点点滴滴，那些温暖的回忆，和现在相比，韩新悲哀地发现，如果世界上真存在爱情这种东西的话，何琪不爱他了，或者说不如以前爱他了。这个发现让他心里空落落的。

晚上回家，他特意在小区门口花店买了九朵玫瑰，让老板包好，像是一个正在追女生的傻了吧唧的学生，抱着花，快步往家里赶，生怕邻居们看到。有些出乎韩新的意料，何琪并没像往常一样为了这束花就欢呼雀跃，只是轻描淡写地吻了韩新一下，把花插到瓶子里。

"怎么了老婆？"韩新抱住何琪，发现她脸色有些苍白。

43

"没怎么。"

"没怎么表情怎么那么差?"韩新转到何琪前面,"是不是来好事了?"

何琪甩开韩新:"说没事就是没事,别乱动手,一会儿蔡娟也该回来了,在家里注意影响哈。你妈今天给你打电话你怎么不接?"韩新忙说:"那会儿正和张大伟吃火锅,火锅店里人多,跟吵架一样,我没听到电话响铃。"

"你没听到响铃?"何琪冷笑,"你没听到响铃关我屁事,可你妈打电话过来训了我一顿,问我你怎么不接她电话!真是……真是……我都不知怎么说你妈好了。"

"我妈训你?不可能吧?"

"怎么不可能!她就是训了,口气强硬得很,就跟我欠她钱似的,是你爸对不起她,又不是我对不起她。她干吗朝我发火,有能耐上大街上骂街去呀,到电视台广播去呀……"看韩新一脸不在乎,何琪心里的火一下子上来了。也难怪她生气,下午韩新说在外面吃饭,让她自己吃点。何琪到他们小区附近的小饭馆里吃酸辣粉,还没吃完呢,就接到李卫红的电话,一上来就问韩新在不在她身边。她说不在,李卫红当时就火了,在电话里大声问韩新为什么不接电话。何琪当时哭笑不得,韩新接不接电话关她什么事。那个电话把何琪吃饭的心情破坏了,越想越觉得憋屈,想回家找蔡娟倾诉,可蔡娟加班,回来晚,她只能把愤怒埋在心里发酵。

"多大点事呀,你说你把话说那么难听做啥子?"听何琪那么说自己爸妈,韩新心里不乐意,"那是我爸妈,你得留点面子吧。"

"你爸妈,你爸妈就了不起啊?我告诉你韩新,老子就不愿受这种窝囊气。你根本没听到你妈的口气,居高临下,趾高气扬,她以为她谁呀!她是款姐呀还是局长夫人啊?她有钱啊还是有权啊?"

"你……不可理喻,我不跟你说。"韩新一看何琪的火气越来越大,也不愿顶撞她,瞪了她一眼就回卧室给他妈打电话去了。

李卫红也没什么事,就是今天又跟韩万和吵了一架,一想起韩万和和钟点工那档子事儿,她心里就疙疙瘩瘩的,想给儿子打电话说

44

说。这老两口结婚二十六年了，什么样的风雨都经过，可就这个坎她心里怎么也过不去。虽然那天晚上两个人和好了，可第二天她一想起韩万和的那件事，心里又开始冒火，净挑着一些鸡毛蒜皮的小事和韩万和吵架。人的忍受能力是无限的，很少听说有人忍受不了劳累或疼痛而自杀，但大部分人都忍受不了背叛或欺骗，特别是来自自己亲人或爱人的背叛。每年因遭爱人背叛而自杀的多了去了。

想到这些，韩新心里有些难受。他妈不容易，起早贪黑地照顾这个家，身体又不好。韩新小心地问李卫红需不需要他过去一趟。李卫红支支吾吾地说："还是算了，你那媳妇难伺候着哪，今天我给她打电话，想让她帮我联上你，或者让她过来一下，她一句'我没空'就把我顶回来了。"

"什么？"韩新当时就愣了，他只听何琪说李卫红训她了，可就何琪那种性子，少不了顶撞李卫红。这真是婆说婆有理，媳说媳有理，韩新还真是难判断婆媳俩到底谁先发火的。不过在他一直认为，即使长辈做错了，做小辈也不应该做得太过分，尊老爱幼的传统还是要遵守的。

打完电话，韩新听到蔡娟已经回来了，正和何琪在客厅里唧唧歪歪地说他父母的事。别的没听到，他就听何琪说："……公公不正经，有个小相好的，婆婆憋了一肚子气没地方撒，就冲我来了。"

韩新一下子血冲脑门，在卧室里喊："何琪！何琪！你进来。"何琪一脸不高兴地进了卧室："喊啥子？炫你嗓门大是不？"韩新压低声音，指着她的鼻子："你……你，咱那些家丑能给外人说吗？你说话注意一点。"

何琪不屑："蔡娟是外人吗？再说了，许他做就不许我说？"

"就不许你说，那是我的家事，轮不到你评头论足的。那是我爸妈，在我爸妈面前，别使你那小性子。光说我妈不对，你做得就对！你不也训我妈了吗？"

"我……"何琪被韩新噎了一嗓子，也觉得自己理亏，愣了一下，可她又不愿低头，扯开嗓子就嚷嚷开了，"我是训她了，还不是因为她先训我！给你说吧韩新，我就是看你爸妈不对劲，跟我说话都那口气，高高在上的，不就是帮我找了个工作吗？不就是出钱买车了吗？还觉得我欠他们多少人情似的。老娘我不稀罕！我凭什么受他们的气？他们看我不顺眼，那我就再也不上他们家了，惹不起我还躲不起吗？"

"行……你厉害，我不跟你争。"韩新往门口看了看，努力地压低声音，他不想让蔡娟听到两个人吵架。

"什么你不跟我争，你这是没理了。什么玩意儿，一家老小合伙欺负我。"何琪心里的火气没下去，还是坐在床沿上絮絮叨叨地说。韩新有些头疼，肺都快被憋炸了，就从电脑桌上抓起鼠标，猛扯下来，一下子摔在地上。鼠标在地上没摔烂，跳了两下，韩新又冲过去，使劲跺，直到把它跺碎。

"韩新！"何琪心疼东西，嗷一声扑上来就把韩新推倒在床上，韩新跳起来，她又推，韩新又跳起来，她还推，边推边喊，"你给我滚！你滚！老子给你拼了！"

韩新被推倒几次，急了，一把拉住何琪，把她扯到床上，死劲按住。蔡娟听到卧室里动静不对劲，推门进来，正看到韩新一只手掐住何琪的脖子，何琪的脸憋得通红，两手努力往上伸，抓扯韩新的头发和脸，韩新头发乱糟糟的，脸上和脖子上有几道血印子。

"韩新，你疯了你！"蔡娟抱住失去理智的韩新，硬生生地把他从床上拉下来。何琪捂住脖子，边咳嗽边哭。

时间一下子过得很慢，从狂热中冷静下来的韩新想起刚才发生的一幕，心里什么滋味都有，更多的是后怕，脖子上的血印子开始热辣辣地疼，他悄悄斜眼看何琪，何琪正拿纸巾擦眼泪，边哭边扯着蔡娟的手说："你都看到了，他想害死我，这日子真是没法过了……"

韩新颓唐地垂头走到何琪面前，蹲下来，有气无力地说："何琪，对不起，我刚才……"何琪胸脯一起一伏，呼吸很费力，她突然抓住韩新的头发，啪啪打了他两个耳光："韩新，想不到你那么狠，想不到……"她还想再打，却被蔡娟拦住了。

韩新脸上很疼，好像腮内被牙齿硌破了，嘴里的唾沫都咸乎乎的。但他没还手，像是下了什么决心："何琪，要是你真觉得日子没

46

法过下去，咱们离婚吧……"

"离婚！"何琪跳起来，有些歇斯底里，"谁不离谁是孙子养的，是瓜娃子生的，是……是……是从狗肚子爬出来的！"

离婚。这是他俩一个月来第二次提到离婚。以前，这个词是他们的禁忌，想都不敢想，可现在，他们已经把这个词挂在嘴边了。这一切，都是由一些小得不能再小的事情引起的，婚姻真的很脆弱，就像蜗牛，穿透了看似坚硬的壳，里面软得一塌糊涂。韩新心里闪过一丝悸疼："我先回爸妈家过，等你冷静下来，咱们再商量离婚的事。"说完，他没有任何犹豫，拿了两件衣服就走了。

家门关上的那一刻，韩新心里突然有一种逃离的快感，像是小时候叛逆，觉得父母让他不快乐，急于逃离那个给了他很多束缚的家。路从脚下曲曲折折地延伸，门里是家，门外是整个世界。他回望，隐约听到何琪在家里哭泣，他心里突然有些冷。两个人从什么时候开始有了疏离感？是因为 AA 制婚姻？是生活让他们疲累？是现实的世界改变了他们曾经的感情和想法？

回到父母家，面对父母的询问，韩新并没做太多解释，他脸上和脖子里的伤痕已经说明了一切。李卫红偷偷问他："小新，你脸上……是不是何琪抓的？"

韩新点了点头。李卫红当即小声把何琪骂了一顿，可是她的表情里竟然有一丝隐隐的得意，似乎儿子被抓伤了就证明了她的观点是正确的，这个儿媳妇有点凶。看着他妈的表情，韩新心里有些厌烦，说实话，他现在有些后悔了，后悔当时丧失理智，动手掐何琪的脖子，如果不是蔡娟把他拉开，谁也不敢说会发生什么。他没想到自己性格里竟有着如此暴戾的一面。每个人心里都暗暗潜伏着一股破坏欲，只是有人表现明显，有人表现不出来罢了，如果一个人控制不住自己的破坏欲，就会做出连自己都想象不到的事情。

刚过了两天，他心里对何琪的一点怨恨就荡然无存了，他开始担心何琪，想念何琪。上班时他心里总是在想：现在何琪在做什么？是不是和蔡娟在一起？她现在还埋怨我吗？有时候，他很想给何琪打个电话，可男人的那点可怜的自尊让他一次次拿起手机又放下。他突然发现自己不知道该怎么开口跟何琪说话。

脑子里乱糟糟的想法让他无心工作，就在网上瞎逛，一会儿上论坛上看人吵架，一会儿在 QQ 上找人聊天，一会儿上军事网发发牢骚。他的生活似乎一下子回到了大学时光，他又成了那个看什么都不顺眼的小愤青。

和何琪吵架后的第三天，梁碧华在 QQ 上找他聊天，说是有篇文章想找他写，他当时没有任何犹豫就回绝了。他做事情有个原则，不愿和欺骗过他的人交往，比方说他要是在一个小卖部买到了假烟，就再也不到那个小卖部买东西了，哪怕多走很多路，也要换一家去买。可是看到梁碧华在 QQ 上打出一个郁闷的表情，他突然想搞恶作剧，报复梁碧华对他的欺骗。对一个女人来说最大的欺骗是什么？是感情。

韩新在 QQ 上说："小梁，有句话我想跟你说。"

"有话就说，有屁就放，老娘正郁闷着，让你帮忙你又不帮。"

"你误会我了，不是我不想帮你，而是不敢，我怕自己陷得太深。"

"……什么陷得太深？玩哲学？"

"不是，自从上次一起吃过饭，我发现自己喜欢上了你。昨晚做梦都梦到你了。"

梁碧华半天没说话，韩新等得不耐烦的时候，她突然发过来一个字："滚!"

网络就是好，它让人虚幻起来，活在一个巨大的面具下，谁也不知道在面具的里面那个人是什么表情，反正是对着一个面具说话，想说什么就说什么。没想到自己那么快就被拒绝了，韩新苦笑了一下，也没当回事，现实中的烦恼已经让他有些窒息了，也懒得在虚幻世界里太较真。

正好张大伟过来，看到韩新聊天，嗤之以鼻："你娃不是号称好男人吗？怎么还在网上乱聊天？"韩新说："网络都是虚的，调调情算啥子。"

48

张大伟说："别说得跟没事人似的，你又不是不知道，跟你聊天的也是活生生的大美女，不是机器。说不定那女人正对着电脑胡思乱想呢。虚幻比真实还真实。"韩新说："你还说我，你不也在网上乱聊吗？"张大伟哈哈一笑："我当然聊了，不过我和你不一样，我从来不谈感情，只是玩玩，要不我介绍两个妹妹给你认识？很容易上手。我QQ上有三十多个这种女人，召之即来，挥之即去。"

韩新斜了他一眼："瓜娃子，你不吹牛会死啊！说实话，廖晨怎么样？"

"很好啊。"张大伟左右看了看，低声说，"我俩快结婚了。"

韩新一脸惊讶："啥子，这么快？"张大伟点点头："你小声点，咱公司就几个人知道这件事。廖晨很单纯的一个小姑娘，说只要和我一起，做啥子都愿意。主要是她去了我家一趟，对我妈特别好，我妈对她很满意。"

韩新说："哦，你要是结了婚，还能那么自由？"张大伟说："当然了，我跟廖晨说好了，我俩结婚后，互不干涉私生活。对我来说，家里红旗不倒，外面彩旗飘飘。更爽！"

韩新摇了摇头："搞不懂你们这些人，那么快就结婚，结了婚还能在外面乱搞，我总觉得不太对劲。"

张大伟笑话他："你呀，被老婆管傻了吧？这都啥子年代了，两个人合得来就结婚，合不来就离婚，哪有那么多事？"

一下班回家，韩新心情就开始低落，心里面甚至有些抵触。一方面是因为他有些惦记何琪，已经三天了，两个人一直处于冷战状态，另一方面，他不愿面对自己爸妈。自从上次韩万和和钟点工事发，李卫红就像变了一个人。以前的李卫红是个标准的家庭主妇，虽然有时也出去打打麻将，但大多数时间都是在家里做家务，地板拖得铮亮，一尘不染，家里物品摆放整齐，井井有条，按点做饭，从不让韩万和亏了肚子。

可是现在，她只要一有时间就到邻居家打麻将，在家也不愿做家务了，渐渐地，家里就失去了往日的生机。韩万和有时也埋怨她两句，可只要一说，她立马就跳起来，先是骂韩万和没良心，都一大把年纪了还勾搭小姑娘，骂完了就哭，哭起来没完没了。有一次韩万和实在忍不住顶了她两句嘴，她跑到厨房里拿出一把菜刀，扬言要砍死他。

韩新知道她还在生韩万和的气，可这种事谁也没办法，她心里的死结一直没打开，所以有些自暴自弃。

今天星期五，韩新回家有些晚，没想到一进家门就看到爸妈正上演全武斗。李卫红烫过的短发蓬乱不堪，两手被韩万和紧紧握着，她还使劲弓着身子，想要拿头撞韩万和。韩万和一脸怒气，不停呼喝："你这是干什么？让孩子看到！别闹了，听到了吗？"

"没事！爸，妈，你们继续玩！"韩新没好气地撂下一句，回自己屋了。没想到李卫红跟了过来，老泪在皱纹里蜿蜒流下："小新，你爸太不是东西了！"韩新说："妈，你还有完没完，那事都过去多长时间了？你现在还闹。你原谅我爸不就成了吗？又不是多大的事。"

"小新，你不懂，那种事对男人确实不大，可妈是个女人，碰到这种事，天就塌了。"

"可这有什么办法？你和我爸打来打去的就能把问题解决了？"

李卫红有些生气："你说你这孩子吧，我也不想这样。你说怎么解决？"

"我怎么知道！"韩新头疼得厉害，事情已经发生了，谁也不想看到这样的结局，可是他妈偏偏放不下，老是在这件事上纠缠，这是心理上的问题，没法解决。

世上有男人和女人，就有忠诚与背叛。我们都像孩子，死死抓住一些东西，认定那些东西和人是自己的，恨不能完全占有，在上面贴上标签。李卫红现在就是那样，她太看重和韩万和的夫妻情分，也为韩万和做了太多事情，所以经不起韩万和哪怕一丝一毫的背叛。韩新看他妈哭成那样，他心里也难受，可偏偏他也一点办法没有。

在家里越呆越郁闷，手机响了，韩新心里一激灵，以为是何琪给他打的，忙接听，可拿起一看，是梁碧华的。梁碧华在电话里也没说什么，就说周末了，她觉得无聊，想去 KTV 唱歌，问韩新去不去。

韩新心里一动，这妮子上钩了。本来他想拒绝的，他只是想以其人之道还治其人之身，骗她的感情玩，可又不想把她骗得太惨，不想和她有太深的交往。可那会儿家里的气氛太压抑了，他最终还是答应了梁碧华。

每个人都以为自己能控制事情的节奏，可是一旦迈出了第一步，就会发现自己对什么都无能为力。感情上尤其如此。

韩新和梁碧华在 KTV 唱了一个小时的歌，后来嗓子都唱哑了，觉得没意思，韩新又提议去吃夜宵，毕竟他没来得及吃晚饭，这会儿肚子里正咕咕叫。俩人找了个家常菜馆，点好菜，上了一瓶啤酒。菜馆里正热闹，他们邻桌是一个电视剧组的人，穿得五颜六色，男人打扮像女人，女人打扮像男人，边喝酒边大声吹牛，一会儿说这个 DV 短剧多么符合人性啊，一会儿说里面的感情戏多感人啊，一会儿说要把人物关系穿插得更复杂，让每个主角都面临三个以上的感情纠葛啊什么的。

听着听着韩新和梁碧华都乐了。

梁碧华说："感情那东西很简单，弄复杂了不好。"

韩新说："是啊。"

"我最近有点烦心事。"

"什么事能烦到你啊？你能生吞钢铁，摩擦生电，机器人构造，没心没肺的。"

"说什么呢你？找揍是不？咱们说真的，我一直暗恋一个男人。"

"暗恋就直接跟他说啊，现在这世道，人有多大胆，地有多大产。"

"别嬉皮笑脸的，给你说正经事呢。我前天还在传媒大厦遇到他了，可我那天穿得很土，我问他还记得我不，他想了半天没想起来。"

"或许你们俩从来没见过面。你梦见过人家吧？"不知为什么，听梁碧华说另外一个男人，韩新心里酸溜溜的。

"绝对见过，有一次跟团到大理旅游，我们俩是一个团的，在一起聊得很开心。"

"哦，明白了……"韩新叹了口气说，"恐怕你们不光聊得开心吧，难道那么浪漫的旅途，就没有别的故事发生？比方说他突然失

51

忆，记不起自己的门牌号，钻到你屋里了？"

"唉！"梁碧华玩弄着手里的餐巾，一脸落寞。韩新明白了，那个男人一定和梁碧华在大理发生过一夜情，可是回到成都，那男人转脸就把她忘了。这事有点奇怪，梁碧华给他说这件事有什么意思？不过一想到梁碧华心里有另外一个男人，他就觉得不舒服，那顿饭吃得很没滋味。

晚上睡觉的时候，他躺在床上睡不着，前后想了想和梁碧华的交往过程，突然明白了，梁碧华给他说那些事就是想让他难受。或者她想知道韩新白天对她说的那番话是不是真的，可又不好意思直接问，就用这种方法来刺激韩新。要不然，她今天晚上根本没必要单独约韩新出去玩，她有那么多狐朋狗友，韩新和她又不熟，最没资格当她的心理咨询师。

韩新受了这种刺激，躺在床上，脑子里都是梁碧华的身影，并不由自主地拿梁碧华和何琪对比。最终韩新得出一个结论，梁碧华这样的女人最能激发男人的征服欲，跟妖精一样，聪明，无论智商还是情商在女人中都是极高的。

人是一种奇怪的动物，总是不知道自己想要的是什么。总是在平凡和刺激之间摇摆不定，生活平淡了，就觉得没有味道，生活刺激了，又觉得活得很累。

韩新现在就有点飘忽忽的，他平淡琐碎的生活里突然出现一个口子，那个口子外是另外一种场景。一个聪明女人对他有那么一点点意思。这个发现让他心里酥麻酥麻的，兴奋过后，他又想到了何琪。如果他女朋友是梁碧华，会在爸妈的事儿把他弄得焦头烂额的时候，还笑话他爸，拿这事伤害他吗？会在他面前那么直白地表现对物质的迷恋吗？会刚结婚就把恋爱时的温情丢得一干二净吗？

不会。这是韩新的直觉。他相信梁碧华的聪明。一个聪明女人应该知道男人需要什么，知道自己怎么表现才能让男人迷恋和依赖。当然，如果让韩新和梁碧华结婚，韩新肯定不愿意，他是个恋旧的人，做不出那种事，不到万不得已，他都离不开何琪。

52

以前韩新和何琪吵架时，冷战状态不会超过两天，他俩都是心里藏不住事的人，赌气的时候什么也做不下去，必须把关系处理好了才有心思做别的。他们这次赌气时间有点久，韩新越想越不是滋味，第二天是星期六，反正闲着也是闲着，他吃过午饭就开车回家，去找何琪。

　　何琪不在家，韩新愣愣地坐在沙发上，突然觉得家里有些陌生。才四天没回家，像是过了四个月。生活像是一场纷纷扰扰的闹剧，没有清晰的主线，没有堪称精华的剧情，所以人们那么健忘，有时会突然忘了某个切切实实存在过的场景。韩新有些惆怅，给何琪打电话。过了好久何琪才接听。

　　"喂……老婆。"韩新握着手机，听到对方传来一阵嘈杂的声音。

　　何琪没说话。

　　"老婆，我在咱们家，你在哪儿？"

　　"我爱在哪儿就在哪儿，你管不着，还有，别喊我老婆……"

　　"老婆，别生气了，我错了还不行吗？"

　　"你错了？错在哪儿了？我看你没什么错啊。别打扰我，我玩得正开心。"

　　韩新一口气被噎在嗓子里，憋得难受，再加上他担心何琪，就给蔡娟打了个电话。蔡娟有些犹豫："韩新？"韩新问："你知道何琪在哪儿吗？"蔡娟说："在我身边啊。"

　　"那你在哪儿？"听到话筒里传来一阵男人喧闹的声音，韩新觉得有些不对劲。蔡娟压低声音说："哦，我们……我们在 KTV，今天下午我们大学同学聚会，还不到吃饭时间，就先来唱歌了。"

　　"大学同学聚会？我怎么不知道？"蔡娟、何琪和韩新大学同班，他们聚会竟然没有通知韩新。

　　"你等等，这里太吵，我出去说……这次是小规模的聚会，只有十四个人，是咱班长路海涛组织的……"

　　路海涛？韩新脑子里蒙了一下。上大学时，路海涛是班长，外号"臭豆腐"。因为他老爸是他们四川老家那边国土资源局的局长，有权，所以有钱，家里有两部车，一幢别墅，房子好几套，分别挂在路

53

第四章

海涛和他几个亲戚的名下，路海涛每月的生活费都够韩新花好几年的。还时不时有房地产商跑到学校来给他送钱送东西，请他去桑拿洗浴唱歌泡吧，还有美女投怀送抱，生活穷奢极欲。

可路海涛这厮在风月场上玩腻了，喜欢在学校里勾搭清纯的女学生，越懵懂越纯情他就越喜欢。曾经何琪就是他的目标之一。好在那时候韩新下手比较快，要不然何琪还真不一定能逃脱他的魔掌。他们大学毕业的时候，路海涛也不知哪根神经错乱，又喜欢玩有夫之妇了，要撬韩新的墙脚，不过还算何琪有良心，没背叛韩新。再后来，路海涛在成都成立了一家房地产公司，凭借老爸的关系，圈了两块地，又打通银行，拿到了巨额贷款，一手拉着政府，一手拉着银行，他的生意倒是做得风生水起。这种人拉何琪去聚会，韩新怎能放心得下？

"蔡娟，你们在哪个KTV？我过去看看。"

"韩新……你还是别过来了，这种场合你过来不好，再说，何琪还在生你的气呢！"

"咦……这就不对了哈，什么场合呀那么神秘，凭什么你们能去，我就不能去啊？蔡娟，你要还当我是朋友，就把地址告诉我。"

"唉，你们男人。那好吧。我们在九眼桥这边的夜夜欢。"

韩新赶紧开车去夜夜欢，上二楼，找到何琪所在的 KTV 包厢，里面正是最热闹的时候，乌烟瘴气，桌上摆着一瓶洋酒和两瓶红茶，还有一些零食和酒杯，酒味、烟味、女人的香水味混杂在一起，灯光和气氛暧昧而微妙。路海涛正在唱歌，跑调跑到天上去了，其他人还都给他鼓掌叫好，何琪乖巧地拍着手掌，两腮绯红，鼓励似的用水汪汪的眼睛看着路海涛，却没注意到韩新来了。

里面的男人有七个，是他们班毕业后混得最好的，不是大老板就是公务员，一个个张牙舞爪，衣冠楚楚，恨不能让所有人都知道他们是有钱人。女人也有七个，是当年他们班最漂亮的，曾被他们班男生评为"七仙女"，每人都有一大把追求者，真难为路海涛了，把这七个女人凑一块不容易。韩新自忖，要是他当这次聚会的发起人，顶多也就能把何琪和蔡娟聚一块。

怪不得人都说同学聚会就是成功人士的炫耀会，特别是那种上学时不太起眼，毕业后发迹的人最喜欢同学聚会，不放过任何一个炫耀自己的机会。毕业后的阶层分化给每个人都打上了鲜明的烙印，人生际遇不同，又喜欢和别人比来比去，这也是没办法的事。像韩新这种没钱没权混得一般的人根本就不宜参加同学聚会，纯粹是自虐，心理素质好的还行，心理素质差的肯定内分泌失调。现在的同学聚会，变味了。

先注意到韩新的是站在场中央唱歌的路海涛，他似乎愣了愣，面无表情地冲韩新点了点头，往身后指了指，示意韩新坐下，自己继续唱歌。韩新心里就像吃了苍蝇般恶心。再怎么说大家四年的同学，交情在那儿放着，自己又不是路海涛的打工仔，摆着脸给谁看呢？

韩新走到何琪身边，其他几个男生看到韩新，硬拉着他喝酒，韩新冷着脸喝了一杯。何琪脸色发青，看了看蔡娟，又看了看韩新。韩新小声说："跟我走。"

"凭什么？"

"凭什么？凭我今天还是你老公。走！"韩新不由分说，拉起何琪就走。走出KTV，空气一下子冷清起来，没有噪音，没有暧昧，没有烟味，韩新心里变得清亮。

"韩新，我还没来得及给同学们告别呢，你拉我干什么？"

"告什么别？这些同学……"

"这些同学怎么了？至少他们还记得同学情义，不像某些人，狼心狗肺。"

"同学情义？"

"对。今天路海涛说，他们公司新开发了一个楼盘，我们在场的几个同学可以买到特价房，原价六千一平米的房子，他只卖我们四千五，我们买一套一百平米的，转手一卖就能白赚十五万。"

钱！又是钱！韩新拍着额头："是，路海涛够意思，可是他为什么只对你们这十来个人提供优惠？咱那些同学，买不起房子的多了去了，怎么没见他发善心救济一下。这么说吧，我不信天下有免费的午餐。"

"你不信！"何琪急了，恶狠狠地说，"你不信管屁用，人家给的好处就放眼前你不要，你脑子进水了？"韩新说："是，我脑子进水了！跟你说吧，我就是讨厌路海涛，看到他就烦。"何琪冷笑："我明白了，什么也别说了，你就是得了红眼病，嫉妒人家。想不到你仇富心理还挺严重的，有本事你自己也去赚大钱呀，没本事就别瞎得瑟！"

　　何琪的声音很大，几个从他们身边走过的年轻人捂着嘴直笑，拿看乞丐的眼光看韩新。韩新浑身发冷，几近崩溃。看何琪还在絮絮叨叨说，他蹲下，抱住头，一个劲只想哭。

　　"何琪，我不管你了。"韩新像是一下子老了十岁，过了好一会儿才站起来，"你去玩吧，吃完饭就回家。我先回去了。"

　　丢开何琪，开车走在成都的街道上，韩新的心快被憋炸了。屈辱、委屈、挫败感，他的心情从没像今天这么低落。满大街都是车辆行人，像是漂在水面的蚂蚁，看似大家都在奔向一个温暖的家，可那个家永远也无法抵达……

　　开到金沙遗址公园那儿，韩新把车停下，默默地抽了支烟，茫然无措，鼻子里发酸，过了一会儿，他趴在方向盘上哭了起来。一开始声音很小，后来他干脆放声大哭。一对不省事的父母，一个钻到钱眼里的老婆，一屁股住房贷款，到处都是虚伪的笑脸，到处都是贪婪的眼光，数不清的鸡毛蒜皮，理还乱的职场关系，韩新的心情从烦躁到难过，从难过到绝望，难道这些就是生活的全部？

　　哭了一会儿，韩新心情好些了，他想了想，给梁碧华打了个电话，问梁碧华有没有空，他想约她出来喝茶。梁碧华说可以出来，不过她得先推掉一个约会。两人约定在宽巷子那边一家茶楼见面。

　　梁碧华来到的时候，夕阳正在天边沉沉欲睡，茶楼窗玻璃上镀着一层红光。很明显，梁碧华经过了精心打扮，她属于比较典型的成都女人，脸上水汪汪的，皮肤没有半点瑕疵，粉嘟嘟的。

　　"老板，给我来杯碧螺春。"梁碧华坐下，脱掉外套，里面只穿了一件粉红色小 T 恤，"天真热。对了，你平白无故地叫我出来干吗？害我推了一个还不错的相亲对象。"韩新说："不干吗，就是闲着无聊。你早说推掉的那个是相亲对象啊，还是终身大事重要，要不然把他叫过来我帮你参谋参谋？"

"去你的，还用得着你参谋。哎，你眼睛怎么那么红？"

"哦，最近不是流行红眼病吗，我也感染上了。"韩新搓了搓脸，掩盖着脸上的哭痕。

俩人东一嘴西一嘴地瞎扯，小心翼翼，都不愿讨论感情问题，"感情"那两个字被他们隔离起来，如果有人主动提到这个话题，将会为他们的聊天打开一个缺口，展现一个广阔的空间。可是，他们觉得有些尴尬，有时候，越是对一些事情装作无所谓就越说明心里有鬼。由于他们都刻意要去躲避些什么，能聊的话题越来越少，话也越来越少。眼看要冷场，韩新心里急得直冒火。梁碧华看着目光有些游移的韩新，轻笑着说："看起来你和我一样，都是不太会聊天的人。"

"是啊。"韩新喝了口茶，"咱俩共同点还挺多的。你们不是《旅游报》的吗？是不是经常出去旅游？"

"经常出去，就像这宽窄巷子吧，拆迁前后我来做过几次实地调查。可经过对比，感觉整这么个东西出来就是糟蹋。"

"为什么呀？这不挺好的吗？"

"这你就不明白了，宽窄巷子是老成都的一个人文标志，有些年头了，能够保存得那么好，那么有人文气息，多好的事儿呀，可现在他们非在这儿搞旅游，搞古街，你看这满街商铺和酒吧，哪有一点老成都的味呀？文化不是靠装潢、靠复制几座明清建筑就能撑起来的，需要底蕴。"

"对！"韩新突然有遇到知己的感觉，"现在的旅游业就是重复开发，你那边搞一个古镇，我这边就弄条古街，你那边搞一个欢乐谷，我这里就弄一个游乐场。到最后除了那些原生态自然景观，几乎所有景点都千篇一律。搞旅游真没意思。"

聊了一会儿，梁碧华把手机拿在手里摆弄着："全国大多地方我都去过了，就西藏还没去，真想去一趟，一个人，哦，或者两个人，找个地方晒太阳，西藏的天很蓝，太阳很大，风从身边吹过去，整个人就像空了一样，什么也不想，什么也不做，感觉真好。"说着，她有些动情，表情里透着落寞："对不起，我有些难过。"

"为什么?"

"不为什么，一想起来现实中那么多事，心里就烦。"

"现在去西藏有点不现实，毕竟还要工作，不过成都附近我倒知道几个景点，都是正准备开发，基本上还没有配套和游客，可以去玩一下。"

"好啊，你给我推荐一个。"

"嗯……要不去回龙沟吧，生态保存得比较好，距离也近，周末就可以去。"

"那，你去不去?"梁碧华看着韩新，看得他心里有些虚，手心里的汗都出来了："要不……我去，就这个周末吧，可能还得在那儿过夜，当天赶不回来，你稍微准备一下。"

韩新本来想拒绝的，可觉得说不出口，莫名其妙地就答应梁碧华了。喝完茶，赶回父母家，天色已经黑透。韩新有些担心何琪，可又不想和她吵架，就给蔡娟打了个电话，知道她俩已经回家，也就放心了。

第五章

　　此后的几天，韩新和何琪的冷战状态一直持续着，谁也不愿向对方道歉。李卫红和韩万和还是一天一小吵，三天一大吵，吵得韩新都有些麻木了。他觉得父母的现在就是他和何琪的未来，会在不停的争吵和妥协中走完那疲累的一生。

　　蔡娟给韩新打了个电话，她想让韩新主动向何琪认错，毕竟两个人也不能就这么冷战下去。她说这几天何琪的心情不好，整天闷闷不乐的。还说路海涛把房子的事情定下来了，是三环边的一个楼盘，原价六千的，他四千五就卖给参加聚会的那几个同学，每人限购一套。不提路海涛还好点，一提他韩新的火气又上来了，冷冷地说："你们啊，被人卖了都替人数钱的主，还想从别人身上占便宜？你也别劝我了，就像你不能原谅张林一样，我也不能原谅何琪。"

　　蔡娟有些愠怒："你还是不是男人？我之所以不理张林，就因为他不像个男人。再怎么说何琪也是个女人，你让着她不应该的吗？"韩新冷笑："我之所以不理何琪，是因为她伤害了我作为男人的自尊。女人也要有自知之明，不要仗着自己是个女人，就不把男人当回事！再说，你自己的事儿都还没解决呢，干吗来管我呀？你呀，就是一个不合格的运动员，自己的比赛还没结束呢，就吹着哨子冒充裁判去了。"

蔡娟听韩新前面所说的，还有些生气，听到后来，扑哧一声乐了："反正我把话带到了，你怎么想是你的事。"

韩新挂掉电话，才觉得有些话说得太重，他就是看不惯蔡娟在男人和女人之间搞双重标准，在蔡娟看来，只要两个人发生了争吵，不管起因是什么，女人肯定是受害者，所有后果都应该由男人承担。

那天何琪把韩新伤透了，何琪的表情一直都在韩新脑海里萦绕，那种嘲弄，那种自得，那种恨铁不成钢："有本事你自己也去赚大钱呀，没本事就别瞎得瑟！"这句话就像一把锋利的刀，剥开了韩新的尊严，剥开了他心灵的自我保护体系，把他伤得体无完肤。

相对于与何琪的冷战，韩新与梁碧华聊天越来越多，越来越投机。两个人一起在 QQ 上憧憬周末的那次旅行，本来只是一次普通的旅行，可因为陪伴的人不同，旅行的过程就充满了吸引力。有时旅游的效果不在于地点，而在于心情。

和梁碧华聊天的时候，韩新也有些自责，可一想到何琪对他的伤害，他心里竟隐隐有报复的快感。现在的韩新就是一个戴着镣铐在外游荡的贼，那副形式上的镣铐已经无法阻挡他盗窃的欲望。

星期六早上，韩新开车到梁碧华的小区接她，梁碧华带了一大包东西，或许意识到这次旅行意义非凡，她脸上有些潮红，鼻尖上有些细密的汗珠。车子没出成都市区时，他们俩谁也不说话，很小心翼翼，像是怕些什么，出了市区，俩人的话多了起来，一聊天反而破除了那种暧昧的气氛，心里坦荡了许多。或许今天晚上不会发生什么吧，韩新心想。可气氛不暧昧了，他心里有一点隐隐的失落。在路上，韩新想把话题往感情方面扯，装作漫不经心地问梁碧华："我记得你好像是结过婚吧？"

梁碧华说："是啊。后来离了。"韩新说："像你这样的白骨精美女，往街上一走，色狼还不得排着队参观啊。你怎么不再找一个？"梁碧华叹息说："我不是不想找，你可能不了解，女人一旦离过婚，就对感情有些本能的害怕。本以为一个人能陪你过一辈子的，一旦发生那么大的变故，人生观也就变了。更年轻的时候，我还对感情有所幻想，谁都有白马王子的梦，可后来发现，白马王子只负责护送你一小段路程，剩下的路还得自己走，就对感情失望了。我现在就想找个老实可靠的，有安全感的。"

"那你说我是不是白马王子型的？"

梁碧华假装打量了他一下："不算是！"

"那我是老实可靠型的？"

梁碧华抿着嘴笑："更不是。"

"明白了，你想说我是老实可靠的白马王子。"

"你……小新，看你挺老实一人，怎么也油嘴滑舌的？"梁碧华看起来心情很好，"你听没听过这么一个故事？"

"啥子故事？"

"说是有只青蛙看童话故事看多了，以为自己是王子变的，只要有女人吻它一下它就能变成王子。于是它只要看到女人就央求别人吻它。"

"哦，我就知道你在笑话我。"

"聪明。"梁碧华笑起来，"结果呢，那只青蛙到处被人家打，后来打出一身包，成了癞蛤蟆。成了癞蛤蟆之后，它又看了一个童话，童话里说一个丑小鸭变成了白天鹅，它又认为自己将来也要变成天鹅，天天蹲地上往天上看——所以啊，人都说癞蛤蟆想吃天鹅肉，其实癞蛤蟆不是想吃天鹅肉，它就是想变成天鹅。"

"你真是骂人不带吐脏字的。"

韩新和梁碧华出发的时候，何琪正在家里生闷气。路海涛已经催她好几次了，让她赶紧下单买房，这会儿还能给她留一个好户型，再过几天怕好户型都被人买光了。蔡娟并没把她给韩新打电话的事告诉何琪，要不然何琪不知被气成什么样。今天好不容易睡个懒觉，何琪和蔡娟十一点多才起床，洗刷完毕俩人一起到楼下吃火锅。

蔡娟吃了块毛肚，拿纸巾擦了擦油汪汪的嘴："何琪，你不能老和韩新别扭着呀。买房子的事你们俩还得凑一块商量着来。"

"我知道的，娟，可是韩新脾气太拗了，看他平时那么好说话，到了关键时候就跟头牛似的，拉都拉不回来。"

"你俩好好的，为啥子吵架？"

"还能为啥子，我不就是说了他老汉两句吗？我就是看不惯他老汉那样的男人，色鬼一个，都结婚那么多年了还乱搞。"

"就因为这点事？韩新也太小气了。"蔡娟给何琪夹了一块鱼头，"我觉得还得有其他的事。"

"嗯……嗯……"何琪不知道该怎么给蔡娟说，那天下午在KTV外跟韩新那样说话确实挺过分，她心里也觉得内疚，可又不好意思主动给韩新道歉，她轻轻叹了口气，"可能是我平时对他要求太严了吧，想让他多挣点钱，一看到他不思进取的样子我就生气。可我这些也都是好心啊，我就想让家里过得好一点，毕竟贫贱夫妻百事哀……"

"唉！"蔡娟叹了口气："何琪，你这种想法是对的，可就是方法用错了。你想过没有，我为什么和张林闹到现在这种地步？就是因为当初我把他逼得太紧了，后来虽然有钱了，可他心里还是留着阴影。男人会记仇，咱们女人哪，对男人要张弛有度，不能一味紧逼。"

何琪心情有些低落，轻摇着头："娟，你说的这些我都知道，可我就是管不住自己，脾气一上来就管不住嘴。"

"傻丫头，没什么大不了的。你也别难受，再让韩新那家伙冷静两天，他要是还不回家，我陪你一块去找他。"

何琪心里有些惆怅，看着面前热腾腾香喷喷的火锅，她却没了食欲。她到现在还想不明白为什么韩新那天会那么残暴地掐她的脖子，看起来像是要把她掐死才甘心，难道仅仅因为她说了韩万和的坏话？或者因为她总是逼着韩新好好赚钱？或者因为她对韩新管得太死，让他不自由？这些理由好像都有，可这些也算不上什么大事呀，根本不值得韩新发那么大脾气。一想到当时韩新狰狞的表情她就冷彻心扉。

那天在KTV门口她本来没想说话那么伤人的，可是韩新不高兴的表情让她一下子想到了那天吵架时的场景，她的火气一下子上来了。这算什么事儿呀，韩新差一点把她掐死，自己还生气跑出去了，好几天不回家，见了面不但不赔礼不道歉还使小性子。谁也不欠他的，他摆着脸给谁看呢这是。

AA 制婚姻

车子十一点左右就进了回龙沟，韩新和梁碧华到了半山腰那个提供温泉洗浴的小酒店，在酒店里吃了点东西就出去游玩了，风景很漂亮，可俩人的心思都不在旅游上，除了看到一些特别好的景点两个人互相给对方拍照，其他时间都是在聊天。

一开始两人还有些不好意思，保持着距离，快到山顶的时候，路边树林里突然蹿出来一只猴子，猴子抓耳挠腮地站在他俩面前，好奇地打量着他们，就是不给他们让路。

"小心点。"韩新看猴子一伸手，以为它要发动攻击，忙一下把梁碧华抱在怀里，护着她。听说一群游客在峨眉山旅游的时候，一只猴子向游客讨要食物不成，恼羞成怒地把一个游客推下了悬崖。看着身后陡峭的山路，韩新有些担心，可梁碧华没心没肺的，趴在韩新怀里朝猴子笑，还跟个孩子似的不停地向猴子招手，看猴子不过来，她把手里的矿泉水瓶子扔了过去。

那只猴子并没有恶意，因为山里很少有人来，它只是觉得好奇才过来看看的。它试探着拱起腰趴在地上捡起瓶子，晃了晃，放嘴里啃了两下，看起来很开心，吱吱叫着跑开了。

这一抱两个人就没再分开，山路有些陡峭，韩新一路扯着梁碧华的手，就像两个正热恋的情侣。抱住梁碧华之前韩新一直都不敢和她有亲密接触，一想到何琪他就内疚，怕有一天何琪会发现这些事，怕何琪会因此伤心欲绝，怕两个人会为此离婚。每当他想牵梁碧华的手，他脑海里就出现何琪那张正哭泣的脸，心里没来由一痛。可现在不一样了，他已经抱上了梁碧华，突破了这个底线，他的侥幸心理占据了上风，心说只要自己掩饰得好，何琪肯定不会发现。

回到宾馆已经下午了，韩新和梁碧华又在旁边的露天茶馆喝茶，茶馆是支在半山腰建的，纯木质结构，坐在茶馆边，感觉自己是悬空的，边上就是一个很深的山谷。山里的风景很漂亮，向远处望，层峦叠嶂，森林郁郁葱葱，更高处云雾飘渺，蛋黄似的太阳飘在一片褐色晚霞里往山后坠去。山风挟着寒气吹过，梁碧华冷得打了个喷嚏，韩新赶紧把外套脱下来披在她的肩上，自己却冻得直哆嗦。

"韩新，那天你说你喜欢我，真的假的？"梁碧华冷不丁问他。

韩新聪明反被聪明误，当初他向梁碧华表白的时候本着一种游戏心态，没想到两个人会真的走到这一步。看现在的情况，梁碧华早就对他有意思了，就等着他上钩呢。对于梁碧华的这个问题，他如果说不喜欢梁碧华，那就证明他一开始就在骗她，既然骗她就不应该和她一起出来旅游，更不应该发生刚才的暧昧举动。如果说喜欢梁碧华，这样的艳遇就有些危险了。韩新的本意是即使他们发生了关系，也不要掺杂任何感情，可梁碧华这个看起来很聪明的女人，在感情这个问题上有些执拗。

　　男人往往是有了性才去考虑喜不喜欢的问题，女人是先喜欢了才去考虑性不性的问题。男人和不喜欢的女人做爱也会有感觉，女人和不喜欢的男人做爱往往会很痛苦。这是男女之间的差距。看来梁碧华今天晚上真的想和韩新发生点什么，她问那个问题只是想确定他们的性是因为互相喜欢。对梁碧华的那个问题，韩新只能说是真的。

　　喝完茶，他们又去吃饭，吃饭的时候点了一条冷水鱼，肉质鲜美，听说这种鱼是在高山冷水中长大的，生长期长，生存环境干净，所以肉质特别细腻，营养丰富。韩新只吃鱼头和鱼尾，把鱼肉都夹给梁碧华吃。梁碧华看起来很开心，脸色红扑扑地偷笑。这一切都让韩新想到他和何琪谈恋爱时的场景。那时候他们想得很少，要求也很少，都认为毕业后两个人能找到工作，能有一套自己的房子，能有一点闲钱经常出去游玩一下就是最开心的事了。那时候韩新很疼何琪，吃饭时总把最好吃的留给她，她不喜欢吃肥肉，韩新就把肥肉咬下来，把瘦肉留给她。何琪喜欢逛街，韩新就每个周末陪她在春熙路瞎逛，其实逛街是次要的，他更多时间都是在路上看美女。何琪经期反应比较强烈，那几天情绪比较低落，有时肚子疼得难受，韩新就想办法哄她开心，拿热水袋给她暖肚子。

　　那时候他们什么也不想，整天窝在出租屋里打游戏、看电影、做饭、做爱、睡懒觉，要么就出去逛街买东西，要么就到自习室看书。有一次韩新打篮球摔伤了，胳膊上擦掉一块皮，渗出一些血珠和组织液，何琪一看到就眼泪汪汪的。

　　虽然两个人有时候会争用电脑打游戏，虽然有时他们提前花光了生活费会比较拮据，虽然他们会因为一些鸡毛蒜皮吵架，但韩新始终认为，上大学时是他一生中最快乐的时光。

看到韩新有些走神，梁碧华问他："你想什么？"韩新故作暧昧："没想什么，觉得你吃饭的样子很好看。"

"傻样，吃饭的样子还有好看难看的说法啊？"梁碧华被他说得不好意思了，吃饭有些矜持。

吃完饭，俩人手牵手到山谷下转了一会儿，夜色开始朦胧，月亮和一颗小星星相伴闪亮，远处树丛影影绰绰，他们到了小溪边，看着波光粼粼的水面，相对着，韩新试着把手搭在梁碧华腰上，梁碧华羞涩地笑了一下，突然抱住了他，他们像两块磁石，紧紧贴在一起，体温炽热，心绪纷乱，欲火迅速淹没了理智的栅栏。

"我们回房间吧？"长吻之后，韩新嘴唇和舌床有点麻。

"好……要不还是别回去了，这儿……"梁碧华还是抱着韩新，韩新感觉她的身体在微微颤抖。韩新冷静下来，四处打量了一下："不行，这里虫子太多，说不定还有蛇。"一说可能有蛇，梁碧华更紧地抱住了韩新，再往周边一看，到处黑黢黢的，没有灯光，没有人影，刚才欲火焚身，觉不到害怕，现在她心里也有点慌。俩人不再说话，相偎着回宾馆。

还没回到房间，韩新的手机响了，一听手机铃声就知道是何琪打来的。韩新赶紧把搭在梁碧华肩上的手拿下来，俩人之间暧昧的温度骤然降低。梁碧华看韩新表情那么紧张，觉得事情不太对劲，尴尬而有些失落地朝韩新笑笑，让他接电话。

韩新当着梁碧华的面不好意思，自己走到一个角落里听电话，"喂，老婆？"

"我不是你老婆，我是蔡娟，我手机没电了，用你老婆的电话给你打的。"

"蔡娟？有事吗？"

"当然有事啊，你现在在哪儿？快到中医附院来吧……何琪药物过敏，正在这边抢救。"

"啊？你等等……你说怎么回事？何琪她……她……"

65

第五章

"药物过敏。"蔡娟重复了一遍刚才的话,"她今天有点喉咙发炎,吃了两片消炎药,没想到里面含有青霉素成分,何琪对青霉素过敏,你快过来哈……去医院的时候何琪光念叨你了,哭得跟什么似的……"

韩新的心一下子就慌了,脑子里一片空白,他太知道药物过敏是怎么回事了,上大学的时候何琪生病,在校医院挂点滴,说是要打青霉素,做皮试的时候基本上没事,只是皮肤有点红,那个庸医说不算过敏,给她挂上了,可是挂了没两分钟,何琪突然胸闷气短,手脚冰凉,幸好当时是在医院,医生赶紧给她输氧输液,好不容易才缓解了过来。药物过敏有生命危险,不是闹着玩的。

见到梁碧华的时候,韩新口气有些急:"小梁,我现在就得回成都,你要是还想玩就留下来。"

"不,我陪你回去。"梁碧华没有多问,赶紧回房间整理东西。

在车上的时候,由于韩新心急,加上夜晚开车得集中注意力,就没跟梁碧华说话。车进三环的时候,韩新给蔡娟打电话咨询何琪的病情,知道她的状况已经稳定了,松了口气。梁碧华点了一支女士香烟,语气有些冷:"小新,你说的那个何琪是你老婆?"

"嗯……"韩新一直没敢跟梁碧华说何琪的事儿,他一开始只是骗着她玩的,后来又不好意思给她说这些事了,他原本只是想玩玩就跑的,现在在外面胡搞的男人们不都那样吗?既骗色又骗情,骗完了拍拍屁股就走,床上海誓山盟,床下露水浮萍,花心男人是留不住的。他根本没想和梁碧华保持长期的情人关系,更没想过和她结婚。想到这些,韩新脸上有些挂不住:"对不起哈小梁,我……"

"那你还说喜欢我?我不想和有妇之夫瞎掺和。你们男人啊,家里有一个不够啊?还在外面瞎混!"

韩新的大脑有些短路,关键时候犯了个错误。他本想说:"我只是想跟你开个玩笑的。"可是一看梁碧华失望的表情,他于心不忍,转口说:"我真的喜欢你!"说完他恨不得抽自己嘴巴。"别说你喜欢我,你的狗屁感情老子受不起!龟儿子,停车!停车!"梁碧华有些激动,随手把半截烟扔出窗外。韩新停下车,梁碧华满脸悲愤,往前走了两步又绕过来，敲了敲韩新的车窗，说："你怎么一开始不告诉我你有老婆？"

"不是你没问吗？我就……都怪我。"

"我不问是因为我不敢问，怕你名花有主。你就不知道主动跟我说？靠，我真他妈贱，喜欢什么男人不行，非喜欢这样的。"

说完，她瞪了韩新一眼，转身就走。她承认喜欢我？韩新被梁碧华似娇似嗔地瞪了一眼，心里一愣，有些窃喜，也有一些莫名的担心，他像一个走在钢丝上的人，喜欢上了那种凌空飞翔的感觉，却时刻担心自己会坠入万劫不复的深渊。

到了医院，何琪正躺在病房里输液，看到韩新进来，她一撇嘴就眼泪汪汪的了。看她脸色那么苍白，韩新心里难受得要命，走到病床前抓住她的手问："好点了吗？"

"嗯……就是还有点喘不开。"何琪就像受了多大的委屈，可怜巴巴地看着他，"那么多天都不理我，还以为你不管我了呢。"

"傻丫头，我怎么能不管你。"韩新又转脸看了看蔡娟，"谢谢你哈蔡娟，今天多亏了你。"

"说那些干吗，既然你来了，我先到你们家睡一会儿。折腾了大半夜，困死我了。何琪，我明天一早过来看你。"蔡娟揉着眼给韩新和何琪告别，病房里只剩下韩新和何琪。

"打的什么针？"因为刚做过对不起何琪的事，韩新心里不安，假装站起来查看输液袋，借机调整自己的心态。

"就打了一些利尿的和稀释的药物，医生说现在最重要的就是把体内的青霉素排出来，还有，他们说我呼吸不好是心脏的问题，建议我明天做心电图检查一下，看看是不是心肌炎。"

"没事，老婆，别担心，明天我陪你检查。"韩新安慰着何琪，何琪拉他坐下，撅着小嘴说，"小新，那天是我错了，不该对你那么凶的……"

"不怪你，老婆，这些天不知道为什么，我的脾气也有些急躁，可能是工作压力有些大。"看何琪服软，韩新赶紧认错，平时何琪很少对他服软的，可能是她有病在身，心理上比较脆弱。

"小新，你以前总是跟我说没结婚前我们俩过得多么多么好，其实我也很怀念那些日子，可是毕竟都是过去的事儿了，我只想咱们现在都努力一下，将来能过得更好一些，像以前一样无忧无虑的。是我太心急了，对不起。"这是何琪第一次对韩新说这些话，以前，每当韩新怀念过去的时候，何琪总是对他冷嘲热讽，她不希望韩新总是活在过去拔不出来，而是希望他能给她一个美好的未来。其实，过去的幸福时光也时时刻刻影响着何琪的现在，这些天韩新不在身边，一想起过去的那些点点滴滴她心里就很温暖，很想念韩新，可她又不知道该怎么让韩新回家，所以她才着急上火，嗓子发炎。

韩新心里有些内疚，虽然何琪有些任性，但对他绝对是真心的。

"小新，你给我唱歌听吧，以前我睡不着的时候你总给我唱歌听。"

"嗯，我想想。"韩新趴在何琪耳边轻声唱，"海风一直眷恋着沙，你却错过我的年华，错过我新长的枝丫和我的白发，蝴蝶依旧狂恋着花，你却错过我的年华，错过我转世的脸颊，你还爱我吗……"

"不好不好，这歌太悲了，不安逸，我要听开心的。"

"……开心的？我在马路边，捡到一分钱，把它交到警察叔叔手里面，叔叔扔掉钱，把我往外撵，很生气地说一声，捣什么乱……"

"真坏啊你，瞎编。"何琪使劲喘了一口气，嘴角溢着笑，装模作样地打了他一下，"小心警察叔叔把你抓起来。"

第二天一早韩新又忙前忙后地带着何琪做检查，各项检查指标下来，医生说何琪有心肌炎症状，心律不齐，呼吸困难，需要住院观察，并给她开了一大堆药。韩新心里有些紧张，怕何琪真的得了心脏病，小心翼翼地呵护着她，看何琪躺在床上那么难受，他眼泪都快下来了。这一切都让何琪从心底里感动，她抓着韩新的手，一有机会就朝他撒娇。

过了两天何琪就出院了，经过复查确定她并没有什么病，加上体内过敏药物也排泄干净，呼吸顺畅了。办理出院手续时，韩新对医院有些恋恋不舍，他很喜欢这两天和何琪那种温存和默契的感觉。生活

68

中的何琪很少表露出弱小无助的神态，可在医院里，她把这种神态表露无遗，让韩新恍惚间感觉回到了热恋时期。那时的何琪乖巧懂事，虽然有时会耍小性子，特别是韩新对别的女生好一点她就生气，那正表明何琪对他是全心全意的，不允许他分给别的女人哪怕一点点感情。有一次韩新亲了一下他刚五岁的邻家小妹妹，何琪不让他亲，朝他撒娇说："除了我，你不能亲任何女人，雌性动物也不行。"

工作以后，何琪被这个浮躁的社会打磨得有些强硬了，不再是个充满灵气的小女人，而成了整天唠叨没完，有些俗气的家庭主妇。她不再关心韩新有没有和别的女人出去吃饭，不再关心韩新时常露出的幽怨的表情，不再关心韩新对她有什么要求。她只关心怎么样才能让小家庭过得更富足一些，在外人面前更有尊严一些。

所有这些感触都是韩新那天在 KTV 里看到何琪时发出来的，何琪知道路海涛对她不安好心，可她在那个暧昧的环境里用崇拜的眼光看着路海涛，这一切，就因为路海涛有钱，并且许诺给她一套优惠房。当时看到何琪的表情，韩新心里像灌了一瓶老陈醋，酸得难受，也烧得难受。

看起来何琪很享受这几天来韩新对她的照顾，刚回家的那几天还是动不动就耍赖，只要蔡娟不在身边她就说身体不舒服，让韩新哄她。韩新问她哪儿不舒服，她又说不出个所以然来。只是不停地撒娇，一会儿让韩新亲她，一会儿让韩新给她做足底按摩，一会儿让韩新喊她妈妈。

有一天韩新半开玩笑地说："老婆，我是不是对你最好的？"

"当然了，这还用问？我妈对我都不如你好。你就是我最亲的人了。"何琪腻歪歪地钩着韩新的脖子，把手伸到他后背里，给他挠痒痒。

"既然我对你是最好的，那咱就别弄啥子 AA 制了，多伤情分呢。"

"这是两码事，一码归一码，你对我的好，我都知道，AA 制呢，咱们还得实行。"何琪说，"这个月我都攒下来一千五百块钱了，以前的时候，咱根本攒不下钱，一到月底就花光了。这个 AA 制不光是限制你的，主要还是限制我自己的，你也知道我没什么理财观念，乱花钱。再说，咱们的 AA 制又不是那么严格，吃饭花钱也没真算账。"

"可是，AA 制也太超前了吧，哪有两口子把财务分开算的？一提起这个我心里就觉得不舒服。"

何琪盘腿坐在沙发上，认真地对韩新说："小新，现在 AA 制很流行，你看蔡娟和张林。咱俩的 AA 制就摆在桌面上，大部分夫妻的 AA 制是放在心里的。你说现在结婚的小两口，完全不计较经济上得失的有几个？特别是买房的时候，谁家出得多，谁家出得少，心里都记着账呢。要是夫妻俩真不在乎经济上的问题，大部分人也就不需要婚前公证了。咱们把问题摆出来说明白，总比在心里头琢磨算计强多了吧？"

"可是结婚了，两个人就是一体的了……"

"感情好的时候是一体的，感情不好的时候两个人就是一辈子的仇人。这种事你又不是没见过，打开电视，这种家长里短的新闻还少吗？小新，我就想保持一点经济上的独立性，这不代表我和你感情差。我们单位的小陈就是那么回事，就是我办公室那个编辑小陈，她上个月和老公离婚了，俩人闹上法庭。小陈的老公收入挺高的，年薪二十多万吧，平时小陈花钱大手大脚的，没想到离婚时她老公拿出一份账单，小陈花了他多少钱，他一笔一笔都记着呢。她老公就是把 AA 制记在心里了。"

"好，我说不过你，可我和她老公不　样，我要是她老公，什么都不要，房子、车子、存款，一点都不带，净身出户。你说一个女人离了婚得多难啊，男人让着自己老婆点有什么大不了的。"

虽然韩新心里头认可了何琪的说法，可事情真这么操作的时候，他又感觉不是滋味。第二天下午他们到春熙路逛街，何琪在一家外贸店相中一双靴子，高筒的，银灰色，穿上很显身材，可想掏钱买的时候发现没带钱包。韩新看她的确很喜欢那靴子，一点没犹豫，直接把钱付了。

回到家，何琪先是穿上靴子转了两圈，兴奋劲过去，她又想起了什么，忙拿钱给韩新。韩新问："你这是干啥子？"何琪说："我刚才借你的钱，现在还给你。"韩新说："我没借给你钱，那靴子就是我买了送给你的。"何琪偏偏很执拗："你要是不拿钱，我就不穿那双靴子，你爱送谁就送谁。"

韩新总觉得这种细节充满了悖论，两个人到底是谁太过固执？韩新固执着不想 AA 制，何琪固执着执行 AA 制。两个人都不愿为这种细节争吵，可最终又避免不了争吵。

如果所有人都坚持认为自己掌握的是真理。那谁又是错的？

第六章

最近上班时韩新觉得越来越不对劲。高总看起来有意培养几个新来的策划人员，把两个新项目全交给那几个人做，韩新这个月做的项目比以往都少，月底肯定会少拿很多绩效。张大伟和廖晨的关系转入公开化，公司同事整天拿他俩开玩笑，韩新当着廖晨的面还是比较热情的，可私下里很烦那个小妮子，有一天中午吃完饭，韩新到高总办公室要资料，走到办公室门口，正听到高总和廖晨说话。高总问廖晨："最近这段时间业务调整，那些老骨干有没有意见？"廖晨说："没什么意见，看起来都挺好的。"高总又问："可我听说昨天有人当着你的面发牢骚了？"

"没事，也就是韩新，他也是说着玩的，你知道他那脾气的，比较愤世嫉俗，不过私下里我们都很好的。"

韩新听到这儿，火气腾一下就上来了。那小妮子真毒，既在高总面前告状，还把自己表现得跟个没事人似的。最近旅游局相关部门指示，要对美华公司进行调整，把策划和规划部门分开，策划部单独任命一个策划经理，策划经理必须专业，就从那几个独立做过项目的策划人员中挑一个，韩新也想当这个经理，可就是不知道该怎么去做，他不太会巴结人，也不太会拉拢关系，他最大的缺点就是自尊心太强

AA 制婚姻

了。廖晨这小妮子正好和他反过来，她业务能力不强，但会笼络人，整天上蹿下跳、八面玲珑，又会邀功，所以在别人看来，韩新做事情不如她靠谱。

韩新心里很不平衡，但他也没办法。他喜欢做，不喜欢说，一说话就发牢骚。在公司里，关键不是你做了多少，而是别人知道你做了多少，你做的事情得让老板知道。就像男人处理夫妻关系，关键不是心里有多么爱自己老婆，而是要让老婆知道你有多爱她。

这两方面韩新做得都不够，可他的性格太安于现状了，不知道该怎么解决，也不去想办法改善自己为人处世的方法。

张大伟找韩新抽烟的时候说他："你娃缺心眼呀，这么好的机会你不去争取。"

"争啥子？我又争不过人家。"

"脑壳里有毛病，怎么争不过？没事的时候多和高总套套近乎，常往他办公室跑，有问题多请教他，别整天觉得你自己多高明似的，独行侠，你一个人能顶公司半边天。你得让他觉得你是他的人，离了他，你在公司里狗屁不是，他才放心用你。"

韩新有些惊讶："廖晨不也在竞争这个职位吗？你娃怎么胳膊肘朝外拐？"

张大伟嗤笑一下："你以为我想让她当啥子狗屁经理啊？我离过婚你知道不？"

"真的？"

"真的，这事我到现在还没给廖晨说。"张大伟压低声音，"我跟前妻认识了一个星期就结婚了，结婚一个月又离婚了。你知道为啥子吧？"

"为啥子？"

"因为我前妻太强势了，她收入比我高，性格比我要强，为人处世比我圆滑。我这人懒，就想快活一点过日子，该玩玩，该出去泡妞就泡妞，该睡觉就睡觉。所以不想找一个比我强的老婆，整天压在我头上，限制我人身自由。现在来看，廖晨和我前妻有点像。"张大伟拍拍韩新的肩膀，"所以我巴望着廖晨当不上啥子经理，我家不缺钱，

73

第六章

在郊区有块地，沿街盖了一溜店铺，每个月老汉老妈光房租就能收两万多，我来工作也是为了玩，就图咱公司能整天出去游山玩水，搞旅游的，工作性质不就是玩嘛？我也不稀罕那千儿八百的工资。再说高总是啥子人你又不是不知道，色狼一个，廖晨和他走太近，肯定没啥子好下场……"

听起来好像张大伟并不把廖晨当一回事，韩新闷声问："你怎么这么看得开？"

"这有啥子？自己过得安逸最重要。结婚就是往对方身上捆绳子，那成语怎么说的？作茧自缚，是吧？你捆得紧了，就把对方勒死了，捆得松了，对方看到外边的花花世界就想跑出来，你还能怎么办？"

俩人东拉西扯地说了半天，韩新很羡慕张大伟的生活，如果每个人都能像他这样想得开，生活也就没那么多烦恼了。想想自己，还真的有点作茧自缚的感觉。

韩新两口子周末闲着没事，拉着蔡娟在客厅玩斗地主，这段时间蔡娟一直住在他们家，主人翁意识很强，一点不见外，韩新又不好意思说她什么，倒是张林给他打过两次电话，询问了一下蔡娟的状况，知道蔡娟活得很滋润他就没有下文了，并且他还很操性地笑，说谢谢韩新两口子替他解决了一个大麻烦，他现在最需要的就是自由，一个人的自由。这让韩新恨得牙根发酸。三个人玩了一会儿，何琪的手机响了，一接听，是路海涛。

"喂，何琪。"

"海涛……"

"那房子的事你考虑好了吗？现在就只有一套好户型的了，你可得抓紧时间，要不然我也没法给你留了，眼看都快交房了。"

"嗯……好的，我会尽快的，那房子怎么样？多少层的？"

"十六层的，黄金楼层。"

"朝向呢？"

"南北朝向，正对中庭，客厅和卧室均朝阳，有三个阳台，带入户花园和休闲露台……具体的我也不说了，咱们老同学，你还信不过我吗？这个周末你最好能下单哈。"

"好，我考虑考虑。"

挂了电话，何琪一抬眼看到韩新那张脸阴得跟黑桃 K 似的，心里觉得不是滋味，凭什么呀，我那么做还不都是为了这个家？韩新凭什么因为这个生气？韩新也太小气了，跟癞蛤蟆似的，一戳一蹦跶。韩新没理她，转过脸问蔡娟："路海涛也卖给你优惠房，你买了吗？"蔡娟说："没买，就我和张林这情况，一说话就吵架，我懒得去找他。我自己呢，一个小老师，又出不起这笔钱。算了，我是没那个命，有一套房子就不错了，不敢想太多。"韩新又问："你相信会有人三天两头地打电话，求着你去占他便宜吗？你没买是对的，我觉得事情没那么简单。"

何琪一扔手里的牌："小新，你说话怎么阴阳怪气的，德性，好好说话不行啊？你说你相信过什么人吗？路海涛虽然不好，可他也诚心诚意地为老同学办事，怎么到你嘴里就变味了呢？你相信别人一回会死啊？"

"我相信他？我大一的时候可是很相信他，瓜兮兮的，亏我还当他是哥们儿，大四那次他是怎么对你的？要不是我尽快赶到，不知道他会把你怎么样了，就他借酒装疯的劲儿，什么事做不出来？"韩新一开始声音很大，可一想到蔡娟就在身边，越说声音越小，当着外人吵成那样不好看。

韩新也不知怎么了，感觉压力越来越大，这个社会就像一摊漂浮的泡沫，光华夺目，每个人都想拥有更多东西，拼命去抓，最终握到手里的只是一把空气，他心里总是有一种很失落的感觉。压力和失落越积越多，脾气就越来越坏。

"小新，我不和你吵，我就想问你一句话，这房子你支不支持我买？"何琪听韩新越扯越多，平心静气地就把话题拉回来了。韩新玩着手里的扑克牌："老婆，我也想支持你买，可咱家的情况不允许，哪有闲钱再买第二套房啊？第一套的贷款还没还清呢。"

"咱买这套房子是用来投资的，等下单买过来咱们转手就卖出去了，一平米能赚一千五百块，比干什么来钱都快，我就不明白了，这么好的事，你怎么不支持我？"

"你说的我不反对，可我总觉得没有天上掉馅饼的事儿，路海涛那人玄乎着呢。即使这事是真的，首付款呢，就当首付三成，也得十五万呢，咱上哪儿筹这笔钱？"

"咱们两家出这笔钱，你爸妈出七万，我爸妈出八万，等房子卖了，咱们再把钱还给他们。这样总行了吧？"

还给他们？韩新一听这话心里有些难受。当初他们买房的时候首付了二十万，都是从父母那儿借的，何琪借了十五万，韩新借了五万，借钱的时候两人都说将来要把这钱还给老人，可看现在的情况，他们不知什么时候才能攒够这些钱。还钱已经成了他们的心理安慰，以平衡内心的愧疚。

前面的欠款还没还上呢，现在又要去找老人们借。父母债，还不清。

"不行，我爸妈刚给咱们买完车，手头没钱。"提到爸妈，他心里有些隐痛，爸妈那里并不是一点钱也没有，七万块钱应该还是能凑得出来的，可是现在家里事情太多，因为爸爸出轨的事，老两口正闹冷战，他不想在这当口开口问老人要钱。

"你爸妈没钱？小新，你爸妈俩人的月工资加起来至少得五千块钱吧，工作一辈子了，攒下来的钱都捐给希望工程了？我不管，反正咱们有协议。"

"什么协议？"

"AA 制协议啊，还能什么协议？"何琪回卧室拿出一张纸，正是她和韩新的 AA 制协议，"你看看，上面第三条写着，如果家庭做出投资决定，双方平均承担投资成本，收益均摊。"

一直在旁边没说话的蔡娟眼前一亮，拿过那张协议，打趣说："你们俩这 AA 制还搞得那么正规，要不我给你们当个见证人得了。"

蔡娟就是想缓解一下气氛，别搞得那么压抑，韩新本来正在生气，看蔡娟都那么说，没好意思发作出来。过了好一会儿他才嘟囔了一句："这个投资决定我没同意，不能算。"

"呵呵……"蔡娟笑了，指着那张协议说，"你看哈小新，这儿第六条规定，家里小事由何琪决定，大事由韩新决定，另注，大事是指在 CCTV 国际新闻里播出的事情。行啊小新，被何琪任命为联合国秘书长了？"

正绷着脸的何琪也笑了，气氛有些缓解，可能是当着蔡娟的面他们不好再讨论这个话题，赶紧拉着蔡娟下楼买菜，回家鼓捣着做饭。

晚上睡觉的时候韩新想和何琪做爱，把何琪抱在怀里，蠢蠢欲动地抚摸着她，看何琪有了状态，爬到何琪身上。何琪却一下子把他推下来："小新，要想和我亲热就得答应我一件事。"

"什么事？钱的事？"

"是。你要是不答应买房，我就不和你做，你自己玩自己。"

"我要是不答应，你以后都不会和我做爱了？那我和你做一次爱值多少钱？"

"你说话怎么那么难听？什么做一次爱值多少钱？"

"你说的，这不就是性交易吗？我拿钱买房就做爱，不给钱就不做。"

"你说话怎么那么坏呢你？心理阴暗！"何琪嗔他，顺势抱住他胳膊，"小新，求求你了，答应我吧，反正挣了钱都是咱们家的。你看我好久都没买新衣服了，咱们要是买了这套房子，一下子能赚十五万呢，太值了。乖老公，你看现在这社会，挣钱多难啊。"

韩新想着什么，扑哧乐了。何琪嘟着嘴说，贼样，笑啥子嘛？同不同意我的建议嘛，我的猪宝宝老公！韩新想了想："我在想你说的话，上大学的时候张林成天说，点背不能怨社会，嫁不出去不能怨脸黑，撒不出尿不能怨地球没有吸引力。你呀，一说到钱的事就是个怨妇，还是撒不出尿怨地球的那种。"

何琪一把揪住他耳朵："不许你说我坏话，也不许转移话题，听到了吗？我就想买那套房子，你说啥子也要支持我。"

韩新被她缠得难受，他知道何琪的性格，有时候比较任性，认准的事就非得做，不撞南墙不回头。既然这事摆脱不掉，他也只能无奈地答应了："老婆，我爸妈那边有没有钱我也不知道，要不我过去问问？"

"好好好，我就知道老公不会拒绝我的，老公最疼我了。"何琪把韩新的手拉过来，放在自己乳房上，"来，猪宝宝，亲亲妈妈。"

　　可韩新这会儿没有状态了，下面软塌塌的，他实在是受不了何琪对 AA 制的理解，弄了半天俩人竟存在婚内性交易了。一想到只要自己没钱老婆就不会和自己做爱，韩新心里就悲哀得要命。AA 制导致婚姻里的两个人各自保持着经济上的独立，看似是好事，可经济上独立的时间久了，感情上就会出现裂缝，产生离心倾向。

　　韩新的父母家也没多少积蓄了，供韩新读大学，给韩新买房，后来他们老两口换房子，再后来给韩新买车，把老两口辛辛苦苦半辈子攒下来的钱差不多掏空了。现在这世道不当啃老族的年轻人还有多少？20 世纪 70 年代后期和 80 年代初期出生的年轻人大多有过这些经历，上大学时教育改革，学费高涨；毕业后不包分配，找工作愁断肠；结婚后房改，房价越来越不靠谱；后来成年了，可他们大多是独生子女，上面有四个老人要赡养。改革的阵痛全让这一代人承担，成果却不知让谁享受了。

　　年轻人无法负担生存的压力，最终把压力转移到父母身上，所以出现了"啃老一族"。

　　第二天一早，何琪催着韩新去他爸妈那里拿钱，韩新赖床，每穿一件衣服都要再躺回被窝眯一会儿。何琪急了，过来帮他穿衣服。韩新闷闷不乐地说："老婆，你怎么那么心急，一会儿的工夫你都叫了我五六次了，我下午去还不行吗？好不容易有个周末，也不让人睡个好觉。"何琪不管他，弯腰给他穿鞋："时间就是金钱，咱们再不快点行动，机会就错过了。快起床，懒虫！"

　　开车到了爸妈家，韩新一直不好意思开口说这件事，先是恭维了李卫红一阵子，夸李卫红做菜越来越好吃，干脆出去开家餐馆得了，保证生意火爆，到她餐馆吃饭的顾客得排队，也不能排太远，沿成渝高速公路排下去，排到重庆就行。接着又陪韩万和下了一盘象棋，中间有点走神，走错了好几步，韩万和贼精，知道他有事，假装不经意地问："小新，是不是经济上困难了？"

78

AA 制婚姻

韩新心里一下子热了，感觉有点臊得慌："嗯……爸，有点事想跟你商量一下，我们大学同学是个房地产开发商，说是卖给我们一套优惠房，我们想买，可又没钱……"

没想到韩万和答应得很痛快，一丢手里的棋，回卧室找存折，他自己手里没那么多积蓄，又打电话找自己的老哥们儿给韩新借了一万块。韩新拿钱的时候，看着爸爸稀疏的头发和眼角的皱纹，心里一个劲酸疼。可他不知该怎么向老汉表达自己的歉意和无奈，只是酸楚地笑着说："爸，这钱很快就能收回来，到时候一准还你。我妈脾气不好，虽然和你吵，可她就是刀子嘴豆腐心，你别往心里去……"

"你这孩子，唉，钱的事你就别管了，我和你妈不用你还，借别人的那一万块钱我替你还上，你别有什么心理负担。本来这些钱是留着给孙子当教育基金的，让你给花了。没事，当父母的哪有心疼孩子花钱的啊，等你有了孩子就知道了。"

韩万和没说李卫红的事儿，韩新从他眼睛里看到的全是隐忍的悲哀。李卫红还是经常和他吵架，吵架的内容也是千篇一律，不管什么事都能扯到那个小钟点工身上。比方说韩万和在屋里抽烟，李卫红先是唠叨一阵子，声音越来越大，后来自己就先发火了，骂韩万和不要脸，不光在屋里抽烟，还勾搭小姑娘。即使不吵架的时候，她脸也是阴着，只有韩新来了，她才能露点笑脸。

何琪拿到钱的时候兴奋得直跳，接着给自己妈妈打电话要钱，她妈妈在温江区开了一家小型超市，还算是比较有钱，不过听何琪又开口要钱，还是和以前一样把何琪臭骂了一顿，什么"女儿真是赔钱货，就知道剥削自己爸妈"啊，什么"女生外向，有了老公忘了家"啊，说了一大堆，发了半天牢骚，最后还是把钱给何琪送了过来。韩新比较喜欢何琪妈妈，一个很精明也很直爽的生意人，烫着卷发，面色白净，胖嘟嘟的。她有一说一，从不在韩新面前掩饰什么。当着韩新的面她还跟何琪吵了一架。

看她们母女俩在自己面前吵，吵的内容还大多和自己有关，韩新真是哭笑不得。比方说何琪妈妈教育何琪："你把我钱都拿光了，等我老了，你和你男人得养着我，要不然我到法院告你们俩去。"

韩新送何琪妈妈出门的时候，何琪妈妈一脸得意，悄悄给韩新说："那么长时间没和丫头斗嘴了，心里怪空得慌，今天把她训了一顿，也就图个痛快，你可不能当真。"

　　房子买下来了，首付三成，其余的按揭贷款。韩新陪着何琪去看房子了，自言自语地说，房子的确漂亮，交通也便利，只是有些偏远，周边配套还没起来。何琪心情好，笑着说这有啥子嘛？看看周边一下子起来那么多楼盘，配套和基础设施肯定很快就能上来。有人气的地方就别担心没有配套。

　　韩新点点头说："咱现在就委托中介公司或者在网上把房子卖掉吧。放在手里总不是那么踏实，每月要还那么多房贷，这可不是闹着玩的，咱们的生活质量立马就下降了。以后买东西和吃饭都得有明确的预算，一切都为房贷让步。"

　　何琪说："你懂个串串，电视上那么多专家都说了，房价肯定还会涨。现在卖也就是六千左右一个平米，过上一年再卖，能涨到八千，前后算下来能多赚二十多万呢。"

　　韩新一脸担忧，吸了吸鼻子说："老婆，你还记得前段时间咱们炒股吧，股市疯涨的时候谁也不会考虑会不会跌，走哪儿都有人问你炒不炒股？现在呢？在股市上赔得倾家荡产的还在少数吗？房价涨的时候也是那样，你觉得房价会永远涨下去，这套房子明天就会比今天更值钱。你想想，可能吗？"

　　何琪有些不高兴："小新，你怎么那么扫兴？我知道房价早晚会跌，但至少近一两年不会跌吧？你也不看看，像咱们这个年龄段的没买房的有多少，拿咱同学李睿来说吧，他和女朋友谈了五年了，到现在没买房，没房他女朋友就不结婚。我上次见到他的时候，他简直成了一小愤青，巴不得明天就是世界末日，有房的没房的一块去死。"

　　韩新不说话了，可他还是觉得不太对劲。贪欲容易让人迷失，让人疯狂，让人的判断力不断下降。生活就像一场赌博，只有在这集体物质狂热的社会里保持最冷静的头脑才能更好地活下去。谁都明白这个道理，可谁也控制不了自己的贪欲。

80

AA 制婚姻

自打从回龙沟回来，梁碧华一直没跟韩新联系，看起来她正在回避韩新。也是，一般女的哪有愿意招惹有妇之夫的？惹上了，不管是不是真心的，"小三"的帽子就已经给自己扣上了。无数事实证明，"小三"的下场一般不会太好。这世界上有三十多亿男人和三十多亿女人，找个什么样的不行啊，谁也没必要在韩新这棵歪脖子树上吊死。

　　韩新觉得心里有些失落和不安，星期一上班的时候给梁碧华发了个QQ信息：在吗小梁？非常对不起，当初隐瞒了你，希望你能开心一点，别把那事放在心上。

　　等了一天，梁碧华都没有回复。

　　星期二上午，韩新刚打开QQ，梁碧华的头像就在那儿跳。打开一看，上面写着：去陕西出差了，在那儿呆了四天，刚回来。很好，勿念。

　　没有下文。韩新抽着烟在电脑前傻愣了半天，他实在弄不懂梁碧华那句话是什么意思。表面上看起来梁碧华只是想跟他通报一下自己的行程，可是她有必要跟韩新解释那么清楚吗？时间、地点、人物、事件，四个要素齐全，虽然短，也是一篇记叙文哪。韩新的心思一下子活了起来。男人最怕这种若即若离的感觉。如果她不理韩新，韩新肯定就死心了。如果她向韩新倾诉衷肠，韩新肯定会害怕，说不定就不敢把这种感情继续下去了，毕竟他有自己的家庭，有感情的外遇早晚会露馅。人在河边走，哪能不湿鞋。

　　男人有时候也会犯贱，被追的女人不能给男人太大希望，可又不能让他绝望。就像穿衣服，女人穿得太露或一丝不挂让人觉得没有神秘感，穿得太严实就显得过于拘谨，旗袍最好，边腿开衩，若隐若现，让男人浮想联翩，却不失神秘。最能引起男人探索的欲望。

　　韩新心里斗争了半天，想要不要给她回复。抽了两支烟，他突然想到那个迷蒙的夜晚，那个略带香甜的吻，心里一阵燥热，不再犹豫，有些兴奋和期待地给梁碧华回了一条信息：那就好，只要开心就好。

　　有些底线是男人不能突破的，一旦突破了，那些所谓的强大的自制力瞬间就会变成零。如果那天晚上韩新和梁碧华什么都没发生也就罢了，这段感情很容易摆脱。如果那天晚上他们发生了什么也罢了，韩新可能觉得已经得手，梁碧华对他就没有那么大诱惑力了。偏偏那天晚上他们除了做爱什么都做了，就像一场攻坚战，男人越过一道又一道防线，终于到达敌军总部，却得到命令要撤军。男人肯定心存不甘，攻取敌军总部的愿望会比任何时候都要强烈，心里的遗憾也就越大。

梁碧华这次回复很快：有些忙，等空了打电话说。

韩新看着这句话，心里突然松了口气。梁碧华这么说意思就很明显了，她不介意韩新，还愿意与韩新继续下去。

下班的时候，韩新给梁碧华打了个电话。电话里梁碧华声音平静，很有礼貌地和韩新说话，跟平常一样，听不出内心有什么波澜，只是说了一些在陕西的行程和旅行途中发生的事情。最后韩新说想周末请她吃饭，她犹豫了一下就答应了。

第七章

晚上回家，韩新开车走到红瓦寺零点酒吧附近的时候，把车停在路口等红灯，正好看到一个很熟悉的背影，好像是张林，刚从一辆本田商务车上下来。韩新落下车窗喊了一声："张林？"

那人回头，果然是他，看到韩新，他脸上表情变了几变，一开始显得有些尴尬，接着又热情地跑过来和韩新打招呼。韩新看到他车上下来一个女人，很漂亮，娇小玲珑，看年龄不大，二十岁左右，有些单纯，看起来还是个大学生。

韩新这才觉得刚才那个招呼打得有些贸然了。张林过来就问："小新，你怎么也在这儿？"

"这不刚下班嘛，赶着回家。"韩新掏出两支烟，递给张林一支，指了指站在张林车旁四处张望的小妮子，"那个是……行啊你小子。"张林摆着手："别，你别想歪了，那是在我公司做兼职的一个学生，这不，她想到酒吧跳舞，非让我一块过来。要不你也别急着回家了，跟我进去喝两杯。"

"好吗？我这不成了电灯泡了吗？"男人和男人之间在婚外恋等问题上很容易取得谅解。韩新没追问张林和那个女孩到底什么关系，只是开玩笑般说了张林一句。张林看韩新的态度比较暧昧，心领神会地硬拉他去喝酒，边拉边说："可不许你胡思乱想的哈，我和她真是没什么，普通的上下级关系。"

这些话说了也白说，韩新根本不相信。一个人的内心都写在眼神上，那小妮子看张林的时候就像看自己的恋人，有些迷蒙，有些依赖。找地方停好车，韩新给何琪打了个电话，没说张林的事儿，只是说有个同事找他喝酒，晚上不回家吃饭了，何琪也没说什么，只是嘱咐他开车小心点，还说她和蔡娟煲了一锅母鸡汤，给他留着晚上回去喝。

酒吧里人有些多，音乐嘈杂，三人在二楼找地方坐好，服务员问他们喝什么。韩新和张林不约而同地说："一扎啤酒。"说完俩人相视而笑，大学刚毕业那会儿，韩新经常和张林来零点酒吧玩，每次他们都是要一扎啤酒，看着舞池里群魔乱舞，听着震耳欲聋的音乐，喝到醺醺欲醉，然后回家把何琪和蔡娟聚一块搓麻将。那时候的张林一腔热血，发誓要和蔡娟白头偕老，发誓要出人头地，让蔡娟把他当男人，发誓要永远珍惜青春和友谊。

曾经的誓言犹在耳旁，就像生活赐给我们的一场梦幻，可一觉醒来，早已物是人非。

张林上大学时和韩新他们不是一个系的，他认识韩新是因为蔡娟和何琪是室友。蔡娟和何琪经常带着自己男友去聚餐，张林就这么和韩新认识了，再加上俩人性格和爱好差不多，很合得来。

那时候的张林对蔡娟可谓全心全意，根本不在乎男人的自尊，被蔡娟宿舍里评为"五好丈夫"。每天早上张林都提着豆浆、包子和鸡蛋，站在蔡娟宿舍底下喊："蔡娟，开饭了!"

每天晚上张林都护送蔡娟回宿舍，雷打不动。

下雨时，不管蔡娟在哪儿，张林都得把雨伞给她送过去。

大四时，蔡娟突然发神经，想考研究生，张林每天早上六点钟就起来，跑到自习室给她占座。

有一次在食堂吃饭，蔡娟说她想吃兔头，张林带她去吃兔头，自己一口也没吃，蔡娟吃完，意犹未尽，舔着嘴唇说还想吃。张林潸然落泪，他说他想到蔡娟跟他受罪，吃个兔头都觉得是多大享受似的，心里难受。

有个男生骚扰蔡娟，经常给她发黄色短信，张林把他打了一顿。后来那个男生纠集了几个同学把张林堵在路上敲了一记闷棍。张林满头是血，可一看到蔡娟就咧开嘴笑。

那时候的张林单纯、阳光、真诚，总是一副胸无城府的模样，总是和韩新凑一块发牢骚，抱怨社会不公，抱怨食堂里的菜难吃，抱怨学校教育僵化……他还喜欢唱歌，有一次蔡娟过生日，张林坐在蔡娟宿舍下的草坪上，弹着吉他唱了十几首歌。

何琪说张林唱了一首他们没听过的歌："当你看见路边野花卑微又灿烂，请相信那是我给你的永恒眷恋，在万人践踏下努力伸展，就是为了能够让你看见……"

当时她们宿舍几个女生都被感动得哭了。她们后来问张林那是谁的歌，张林只是笑笑没说话。可韩新知道，那是张林自己写的歌，他也曾那么年轻，在懵懂而让人留恋的青春里，深深地热爱着什么，并写下那么多温柔的歌。在岁月的河流里，我们都曾在某个堤岸留下一缕淡淡的哀愁和纯真，可是我们已经走得太远，再也看不到那个杨柳轻拂的堤岸上已经猝然苍老的青春。

那女生喝了一瓶啤酒，酒劲上来，不再和张林腻歪在一起，到舞池去跳舞了。女孩很狂热，只穿了一件吊带和牛仔短裤，在舞池里扭动着，像一条白净的蛇。DJ 也注意到她了，嘶声高喊："大家请看舞池中央的那个女孩，狂放、青春、热情、漂亮，在这儿请放下你们所有包袱，和那个女孩一样动起来吧。"

韩新伸头往舞池里看了一眼，撇着嘴笑："很漂亮，想不到你娃儿还有这手。"

"你要是愿意，我跟她说一声，让她今天晚上陪你。"张林笑容闪烁，让人听不出真假，"小新，蔡娟现在好吗?"

"好，看起来还是那样。"韩新喝了口酒，"你说你这何苦来着，本来日子过得好好的，事业也有起色了，你跟蔡娟搞得那么僵干吗?"

"小新，你说句实话，你觉得蔡娟对我是真心的吗?"

这个问题蔡娟也曾问过韩新，这两口子在一起生活了那么多年，却还不确定对方对自己是不是真心的，互相猜忌，又互相融合，都想从别人那里得到肯定的答案。韩新想了想说："那肯定的，现在的蔡娟就像大学时候的你，我曾见到她一个人偷偷地哭。大学时候她年轻不懂事，有些虚荣是正常的，可现在她是真心和你过日子。"

张林看起来有些动容，使劲抽了口烟："我也不是真想欺负她，就是想给她点厉害，改改她那臭脾气。她以前被我惯坏了，我什么都让着她，结婚后她性格还是那样，让人受不了。我觉得两个人得在一起过一辈子，她老是这样也不是办法，平常就故意气她。"

"我明白你的意思。可是……"韩新想说"你就不怕她真的和你离婚"，这句话被他咽回肚子了，现在的张林已经不是昨日的张林，曾经的友情已经不是那么融洽，中间隔了很多东西，有些话不能那么随意去说了。

"小新，你别跟蔡娟说这个女学生的事，即使我们俩没什么关系，被蔡娟知道了她也会和我闹……"

"我明白，放心。"韩新一副心知肚明的表情。

"有些时候两个人在一起就是惯性，我不是没想过和她离婚，可是一旦她不在我身边了，我又空得慌，觉得生活里什么东西都没了，两个人在一起还真是不能计较太多。小新，先让蔡娟在你们家住几天，给我一段时间，我玩够了再去找她。麻烦你们两口子了，不过也没外人，感谢的话我也就不说了。"

玩够了？韩新一愣，接着咧开嘴坏笑，他看了看舞池里的女学生，明白张林这句话是什么意思。人啊，总是对生活有着太多贪念。挣了一万块的时候想着十万，挣了十万块的时候想着百万，挣了百万块的时候想着什么时候能挣够一亿。男人找了个温柔贤惠的老婆，就想尝尝大胆泼辣的女人是什么味道；找了个身材高挑的老婆，就想知道和娇小玲珑的女人做爱什么感觉……欲望永无止境。

韩新总觉得自己脑袋出了问题，每当想起何琪，他脑子里首先浮现的是大学时他刚认识何琪时的场景。那时候的何琪古灵精怪，长得

86

也漂亮，经常捉弄班里的男生，给男生起了很多难听的外号，比方说她给一个瘦子叫"凤爪"，给一个胖子叫"撒尿牛丸"，给路海涛叫"臭豆腐"……反正大部分名字都和食品有关，一看就是个馋猫。后来韩新和她恋爱了，问她给自己起了什么外号，她坏笑着说韩新的外号是蔡娟给起的，叫"北京烤鸭"，原因就是韩新长得有点帅，身板又好，一看就是当鸭子的好材料。

韩新故意气何琪："这个外号起得好，我正想组织几个男生到深圳开公司呢，就叫'神鸭公司'，专为妇女同胞们提供最贴心的服务。"

何琪没反应过来，下意识地说："随你大小便。"过了一会儿，她明白韩新的话是什么意思了，突然一下子抱住韩新，很认真地问，"你个瓜娃子还真想去干那个呀？"

韩新光笑不说话，何琪急了，扭住他的胳膊："不许你和别的女的干那种事，你是我的，我把你包下来，谁也不能碰。要是你的手指碰了别的女人，我就剁了你手指，要是下边碰了别的女人，我就把它切下来炒着吃。"

越是这种遥远的事韩新记得越清楚，最近发生的事在他脑子里却是模糊一片。昨天他和何琪说过什么话？何琪有没有朝他撒娇？何琪有没有亲他？他全都记不清了，他的记忆力和敏锐的触觉在熟悉的近乎冷漠的生活里消磨、钝化，他的记忆已经不再关注那些细节，还有那些点点滴滴带给他的温暖和感动。

在这种迟钝的生活里，他甚至有些怀疑自己记忆的准确性，怀疑那些深烙在他脑海的片段。他曾每天等在何琪经过的路上帮她打水？他曾为了追求何琪，给她写过一封血书？他曾和何琪在学校操场里一坐就是一整夜？他曾因为跟何琪吵架而哭过？曾经有过那么一个夜晚，他和何琪拥抱在一起，发誓永远也不分开？

一切的一切都似曾发生。

我们曾经爱过，却已经记不清爱情究竟是什么感觉；我们曾经激情万丈，可如今忙忙碌碌，四处奔波；我们曾经相信一切，可现在总在怀疑着什么；我们努力地去记住曾经走过的路，却疲惫地发现我们

87

早已忘记了大部分的细节。这就是我们的生活，四面高墙，抬头一方污浊的天，我们困在俗世的牢笼里，也困在自己的心里，无力挣脱，曾经的梦境越走越远，远到模糊不见，生命不断沉沦，年华不断老去，开往未来的列车载不动一车红尘，注定搁浅在彼岸我们懵懂的青春里。

韩新回到家时，何琪正和蔡娟在电视上看《士兵突击》，两人都眼泪汪汪的。韩新经过沙发的时候，何琪闻到他身上浓烈的酒味，突然问："小新，你怎么喝那么多酒？"韩新随口说："不多，就一瓶啤酒。"

"一瓶啤酒能有那么大酒味？你还得开车，喝那么多酒干吗？不要命了你？你要是有个三长两短，我不就成了孤儿寡母了呀？真是不知道爱惜自己。"可能是受了电视剧情绪的感染，何琪显得很柔弱。

"什么孤儿寡母的，说那么难听做啥子。"韩新笑笑，在洗手台那儿洗脸。何琪不依不饶："咱们会有孩子呀！你这种男人啊，只有当了爸爸才能长大，现在就跟个孩子似的，整天让人操心。"

这句话似曾听过，是在什么时候，他们刚开始的时候？热恋的时候？刚结婚的时候？韩新心里一热，眼眶那儿有点湿，他忙捧一捧水洗脸。何琪整天得意洋洋地笑话韩新，什么衣服也不会洗啊，炒个菜都那么难吃啊，洗澡都不知道搓背啊，袜子三天不换都不嫌臭啊等等，笑话完就摸着他后脑勺说："你说你这小娃儿吧，生活都不能自理，要是有一天我不在了，你怎么办呀？真是让人放心不下。快喊妈妈，妈妈帮你做。"

韩新是个容易动感情的人，特别是喝了酒的时候，不管同学聚会还是同事聚会，第一个喝醉的肯定是他，喝醉了就扯着别人的手擦眼泪的也是他，不停抱怨自己身世诉说感情的还是他。他有一次喝醉了，何琪抱着他说："小新，我发誓一辈子都不和你分开，就是死也要死在你前面。"

"不……不行，我得死你前边。"

"我不，不许你死我前面，你不在了，就我一个老太太活在这世

88

上，多凄凉、多孤单啊！"

韩新当时就哭了，抱着何琪哭得跟狼嚎似的，心里的悲伤在喉咙里缠绵成一声声哭嚎，那么绝望而真挚，仿佛何琪的那句话就是一辈子的生离死别。那时候他们正热恋，在他们心里，自己的一生都是属于对方的，谁也夺不走。他们就像两条连体的鱼，只能从对方那里获得氧气，一旦分开谁都活不了，谁先死谁后死都成了一个很严肃的问题被他们讨论来讨论去。

从那以后，何琪知道韩新喝了酒后感情比较脆弱，只要韩新喝了酒，她就喜欢逗韩新玩，每次都把韩新逗哭。

洗完脸，韩新走到卧室，拿出手机，翻到梁碧华的手机号码，犹豫了一会儿，还是狠心把它给删掉了。

他想从梁碧华那儿找到曾经有过的恋爱的感觉，可是光有爱情是不够的，谁也代替不了他曾和何琪有过的生死相依。

看完电视，何琪非拉着韩新陪她一起洗澡，好给她搓背。刚出院那会儿他们俩还不好意思一块进洗手间，当着蔡娟的面腼腆得慌，过了没两天他们就习惯了，也就没那么多避讳了。只要两口子一起进洗手间了，蔡娟就故意把电视机声音调大一点，掩盖那对狗男女洗澡和暧昧的声音。

洗完澡，何琪和韩新穿着睡衣经过客厅的时候，看到蔡娟还在那看电视，蜷缩在沙发上，身上盖着毛巾被。两眼痴痴呆呆地盯着电视屏幕，看似很专心，其实在走神。那不，手机就放在她面前的茶几上，眼睛时不时地往那瞟一下。

"蔡娟，快十二点了，还不睡啊？再说，你盯着广告看啥子嘛！"韩新随口说了一句，蔡娟回过神来，"哦"了一声，忙拿起遥控器调频道。

"对不起哈小新，我这几天晚上睡不着，影响你们两口子休息了。一躺在床上脑子里就乱得很，看电视的时候还好一点。"蔡娟一脸歉意。

"不用那么客气，对我们倒没什么影响。不过我觉得你应该给张林打个电话，两口子哪有那么大的仇啊？你们都一个多星期没联系了。"

蔡娟轻摇了摇头："唉……本来是他有些绝情了，我还低三下四地求着他回去，是不是太那个了……还是过几天再说吧。"

从心底里韩新想让蔡娟和张林联系，当蔡娟在这个无眠的夜里独自难过的时候，张林正搂着一个二十岁的小姑娘逛街、吃饭、做爱、睡觉。那小姑娘正代替蔡娟享受着她的老公。可蔡娟什么都不知道，她能做的就是躺在沙发上，把手机放在最显眼的位置，心不在焉地看电视。

虽然张林一开始否认那个小妮子是他的情人，可几瓶啤酒下肚他就放开了手脚，把那个跳舞跳出一身汗的小妮子搂在怀里，顺势亲了亲她的脸蛋。趁那小妮子上厕所的空，韩新问他："你真的和这小妮子好了？"

"是啊，好了，她年龄小，喜欢玩，我就陪她玩呗。有钱就行，又不需要付出感情。"

"可是……你以前不这样啊！"

"是，我以前和你一样，那话怎么说来着，有道德洁癖，总觉得自己不能做违背良心和感情的事。可一旦道德洁癖上被染了瑕疵，要学坏就快了。现在这社会就是劣币驱逐良币，当官的，如果你身边都是贪官，只有你一个清官，那你这官也就别当了。做生意的，如果你同行都逃税漏税，弄虚作假，可你正儿八经做生意，你就竞争不过别人。做男人的，你身边的男人都寻花问柳，可你一下班就回家找老婆，你就很难交到朋友……"

"说这些……张林，你喝醉了。"韩新突然觉得自己没有理由反驳张林，他心理上早已出轨，和梁碧华的关系不干不净，让他没法站在道德制高点上反驳张林。已经不是当初那个有道德洁癖的人，一些在内心坚持了很久的东西正在悄悄流失，这一点，他自己都没有觉察到。

喝完酒，韩新和张林从酒吧出来，被冷风一激，头脑清醒了很多，张林有些动容："小新，当年真好。我们整天一块踢球，踢完球就去喝酒，还记得吗？有一次咱俩都没钱了，为了喝酒把你的球衣押在小卖部，那天你喝醉了，光着膀子在何琪宿舍楼下转了好几圈，瓜兮兮的。那次我们还和物理系的几个人打架了，你还记得吗？"

"记得，记得，那次你被揍得跟猪头似的。"

"我不是猪头，物理系那几个才是猪头呢。哈哈。可惜啊，有些事只能经历一次，要是永远那么年轻就好了。"

韩新没有去回忆他曾经的壮举和年少轻狂。因为他看到张林正紧紧搂着那小妮子往自己车边走。那小妮子步履有些蹒跚，皮肤洁白光滑，很清凉的感觉，这个景象让韩新心里按捺不住，他开始犯贱，想象梁碧华这样躺在他怀里时的场景，想象梁碧华的身体和她身体的每个细节。想到和梁碧华接吻的过程，他舌根下渗出许多甜甜的唾液。

回到卧室，何琪突然问："小新，你为什么那么关心蔡娟？"

"我怎么关心她了，不过随口问了问。"

"哼哼，别以为我看不出来，你对蔡娟有意思是不是？怪不得你前段时间对我那么凶。"何琪懒懒地斜躺在床上，一脸得意，就跟发现猎物踪迹的猎人一样。

"我说你这妮子，我怎么对她有意思了？你可别血口喷人。"

"你看你急的，汗都出来了，没事，你就是跟蔡娟有点什么我也不在乎。"

"你是不在乎，可我在乎，你怎么那么不信任人呢？"韩新假装生气，坐在电脑桌前闷闷地抽烟。这是他最近几天对付何琪的新招数，他知道何琪出院后对他又有了依赖感，每当何琪惹他不高兴了，他就假装生气或者假装伤心，何琪肯定就会过来哄他，像他们刚恋爱时一样。

果然，看韩新当真了，何琪忙起身过来，抱住韩新的头："你这小孩吧，怎么那么爱生气？妈妈是说着玩的，不要当真哈。不过就是白天蔡娟给我说了一句话，我才那么问你的。"

"说啥子了她？"

"她说早知道张林是这样的人，她大学里就该主动一点，和你谈恋爱了。她都是开玩笑的，不过我听了心里不安逸，总觉得她和你以前有过什么似的。"

"有什么呀?"韩新悄悄趴在何琪耳边说,"我要是跟她有什么,就让我小弟弟长头顶上,让太阳晒它,让雨淋它,打雷劈它。"

"去你的。"何琪打了他一下,"你当你那个是避雷针啊。不过以后不许你对蔡娟好,哪怕普通的关心也不行。"

"好好好,都听你的行了吧老婆。"韩新心里有些感动,何琪已经很长时间没这么关心他了,在他看来,何琪不让他和别的女生交往是爱他的表现,虽然这种爱很自私很狭隘。以前他最烦何琪限制他的人身自由,什么不能和别的女人单独约会啊,不能和别的女人开低俗玩笑啊,不能向别的女人表达太多关心啊等等。可一旦何琪不再限制他,不再因为这些事对他唠唠叨叨,他又觉得不自在。

就像《肖申克的救赎》里说的那样,在监狱里呆惯了,如果不向上峰报告,连尿都撒不出来了。

韩新一边希望何琪能把眼睛从人民币和冰冷的生活中移开,多看他两眼,一边又在心里想念梁碧华,祈祷何琪不要发现他的内心正走神,有种精神分裂的感觉。甚至今天晚上和何琪做爱的时候,他也把两个人拿出来比较了一下。何琪的皮肤不如梁碧华的好,何琪的乳房稍微有些下垂,不如梁碧华的有弹性,何琪的五官比梁碧华的精致一些……

心不在焉地完成今晚的任务,韩新疲惫地趴在何琪身上。不知从什么时候开始,做爱已经不是为了激情,而成了一项任务了?何琪摸着他的头发问:"今天晚上觉得你怪怪的,刚才那个的时候你在想什么?"

"没想什么。"韩新心里一激灵,忙一把搂住何琪,摸着她光滑的背,何琪巧笑着,拿手指点着韩新的鼻尖,没发现韩新眼神里倏忽而逝的慌张。

第二天上班的时候,韩新打开QQ,想把梁碧华的QQ号拖到黑名单里,没想到梁碧华主动给他说话了。她说有些事情想麻烦韩新,让韩新下班后到她报社门口接她。韩新本想拒绝,可心里一犹豫,鬼使神差地就答应了。聊完天,他总觉得有些地方不对劲,打开聊天记录

92

一看，明白了，梁碧华对他说话的口气不对劲，有些赖皮，有些不容置疑，就跟韩新是她情人似的。

下班的时候天空阴了下来，一层一层的墨云把城市上空遮蔽得密不透风，天色很黑，在这种强气压和闷湿的天气里，韩新心里莫名地烦躁。他把车停在梁碧华报社门口，点上一根烟，先是给何琪打了个电话，告诉她晚上不在家吃饭了，又打了个电话把梁碧华叫下来。

梁碧华特别打扮了一番，看起来非常清爽。不过她情绪不高，上车后给韩新打了个招呼就不说话了。

"小梁，怎么了？找我有什么事？"韩新递给梁碧华一支烟，又替她点上。

"没怎么。"梁碧华说，"今天晚上你陪我吃饭吧，别回家吃了，给你老婆说一下。"

"哦，已经说了。"

"说了？"梁碧华有些意外，撇起嘴来笑了笑，"你倒是有先见之明。对了，还有一个人要和我们一起吃。"

"谁啊？"

"我前夫。"梁碧华眉头皱着，看起来很不高兴。韩新一愣，心里觉得有些不自在，"早说呀你，我见你前夫做啥子？"

"韩新！"梁碧华声调提高了八度，很气愤地说，"你还是不是个男人？都离婚了，那龟儿子还整天纠缠我，我找你去就是替我装装门面，你就假装是我新男朋友就行了。"

"行行行，我陪你去行了吧，发什么火呀？"

韩新发动汽车，一开始心里还有些疙疙瘩瘩的，感觉被人利用了。可听梁碧华大体上说了说她前夫的情况，他开始同情梁碧华。

梁碧华是前年结的婚，老公叫李峰，两个人也是大学时确定的恋爱关系。结婚前李峰就有一些恶习，抽烟、喝酒、脾气暴躁，不过他对梁碧华还是很好的，言听计从，梁碧华也就没把那些恶习放在心上。谁知道结婚后李峰就变了，开始沉迷于赌博，虽然他家里有钱，可也经不起那样折腾啊。一开始李峰都是和朋友玩麻将，一天最多输几百块钱，有时还能赢一点。可后来他流连赌场，最多的时候一晚上输了三万块。那天晚上梁碧华和他吵架，碰巧他喝多了酒，吵着吵着就动起了手，把梁碧华按在床上狂揍了一顿。揍得她鼻子出血，眼睛红肿，大腿内侧和乳房上都是掐出来的血印子。

打完闹完，李峰兽性大发，逼着梁碧华和他做爱，梁碧华不答应。他抓着梁碧华的头发把她强奸了。有了第一次就有第二次，李峰后来经常打梁碧华，打完就强奸她，有时候为了寻找刺激还把她捆起来。梁碧华实在受不了李峰的折磨，就报了案，可派出所没给刑事立案，只是对李峰进行了说服教育。梁碧华跑回娘家，经过一个月的冷战，俩人离婚了。

离婚后李峰还是纠缠着梁碧华，经常给她打电话，见了面软磨硬缠，求梁碧华和他复婚。今天下午他要请梁碧华吃饭，梁碧华说她有男朋友了，要带男朋友去，这么说也就是想让李峰死心。可她这一年多都是单身，属于剩女一族的，没办法，只好找韩新出面给她装门面。

韩新笑着说："我读大一的时候，给一个师姐冒充男朋友，她也是为了摆脱一个男人的纠缠。没想到时隔这么多年，我还能冒充别人男朋友。是不是因为我长得帅，能在心理上对别的男人造成毁灭性冲击，让他们自知不敌，主动退兵？"梁碧华把心里的酸楚说完，心情也渐渐好起来，假装啐了一下说："天，世界上怎么还有这么臭美的男人，怎么还不让这种男人灭绝？还让不让女人活了？"

第八章

李峰就等在饭店门口，一个看起来很斯文的男人，戴着眼镜，脸庞白净清瘦，手腕上戴着劳力士金表，跟整容不彻底的韩国明星一样，怎么看也不像暴力分子。看到韩新和梁碧华下车，他眉头轻皱了一下，腼腆地笑了："欢迎欢迎，请到二楼大厅。"

在座位上坐定，等梁碧华对他俩互相做了介绍，李峰拿热毛巾擦着手说："你怎么买的国产车？大学时我爸爸说要给我买辆奇瑞车开着玩，我坚决不同意，让他给我买了辆三菱越野。国产车质量上不怎么可靠，我劝你也换一辆。"

他说话慢条斯理，就跟和老朋友聊天一样。可韩新知道他这是在炫耀自己有钱，心里有些不舒服："我觉得奇瑞车挺好的，支持国货嘛。昨天还在网上看了一篇文章，说是侵华日军用的坦克就是三菱公司造的。人不能忘本啊。"

"这观点偏执，都是网络愤青们瞎编乱造。德国宝马公司还给希特勒造过战车呢，也没见法国人抵制宝马。"

"算了吧，国情不一样，没法比。不过日本车安全性不是太高，你可得注意了。前几天我家小区前一辆本田和一辆 POLO 车撞了，POLO 就掉了一个车灯，本田的前车杠都被撞断了，车体严重变形。"

李峰笑笑没说话。俩人虽然像在讨论问题，可酒桌上弥漫着火药味。韩新看不惯李峰，想刺激他一下，抓过梁碧华的手，放在自己腿上。他的小动作被李峰看在眼里，表情有些不自然，脸上的肌肉抽搐了几下。

想跟我玩，我恶心死你。韩新边想边向梁碧华献殷勤，帮梁碧华倒酒，给她夹菜，还动不动就把手搭在梁碧华的小蛮腰上。一桌三人谁也不说话，气氛异常诡异。

几杯红酒下肚，梁碧华起身去洗手间，李峰忍不住了，皱着眉对韩新说："我对碧华还有感情，毕竟她以前是我老婆，我希望你能离她远一点。说吧，你有什么要求？"韩新假戏真做："没什么要求，我正准备和小梁结婚，你就死了那份心吧。"李峰眼里闪过一丝寒光："这么说没得商量？"韩新斩钉截铁："没商量。"

梁碧华回来，觉得气氛不太对劲，跟韩新说："我头有点晕，咱们先回家吧。"韩新站起来穿上外套就要走，李峰却一把抓住梁碧华的手说："碧华，别走了，我看出来了，这个男的就是个穷光蛋，什么都没有，你跟他一起能幸福吗？咱们还是复婚吧。"

韩新心里的火气一下子上来了，他那会儿恍惚觉得梁碧华就是何琪，正受到一个坏蛋的威胁，正需要他的保护，他推了李峰一下："瓜娃子，把手拿开。"李峰一拳打到韩新脸上："你骂哪个？"

"就骂你个瓜娃子！臭不要脸的！"韩新趔趄了一下，觉得嘴里有点咸，不顾正拉着他的梁碧华，疯了一样抓起桌上的一个红酒瓶就砸到李峰头上，砸了一下酒瓶没碎，只砰地闷响了一声，李峰看起来有些怕，捂着头往后躲，他又砸了一下，酒瓶碎了，李峰从头上摸出一把血，抱着头趴在桌子上，不敢再动。韩新冲他啐了一口带血的唾沫，怕保安来了会纠缠不清，趁围观的人不多，赶紧拉起梁碧华就走。

出了酒店大门，韩新浑身哆嗦，两腿发软，心脏怦怦直跳，胸口涨得难受，刚才太激动了，毕竟好多年没和人打架了。他把梁碧华搂在怀里，使劲呼吸着。外面正在下雨，空气清凉，雨丝在昏暗的路灯下交织着，路上行人匆匆，汽车横冲直撞。不知从什么时候开始，成都这个以休闲著称的城市充满了戾气，人们开始不安和躁动。有车的不遵守交通规则，走路的满脸愤怒，见着违规的车就骂。在这个缺乏公平和监督的社会里，社会阶层迅速分化，本位主义盛行，金钱至上，社会责任感流失。

本来那会儿韩新没想打李峰，可是他看不惯李峰眼里的轻蔑，那种一贯的对穷人的轻蔑。直到冒雨上了车，梁碧华才从刚才的事件中缓过神来，像是想从韩新那里得到肯定的答案："小新，你打李峰了?"韩新点了点头，抖着手点上一根烟。梁碧华脸色潮红，小声说："小新，到我家去吧，你脸有点肿，我给你找冰块敷一下，要不你老婆看到……"

一想到要到梁碧华家，韩新心里突然有些躁动，有些兴奋。当一个单身女人邀请男人去她家的时候，往往会发生点什么。虽然那会儿韩新心里突然想到了何琪，想到了昨天晚上何琪给他的温暖，担心自己越走越远会伤了何琪的心。但内心潜伏的不安分的因子在蠢蠢欲动，他和所有正准备出轨的男人一样，一边承受着自我道德感的谴责，一边向将要来临的生活的刺激狂奔而去。

梁碧华的房子比较大，一百二十多个平方，三室两厅两卫，客厅外是个露台，里面种着些花花草草的。房子装修也很有品位，可韩新总觉得有些不对劲，感觉少点什么，想了一会儿，明白了，这个房子里缺少人气，太空了，空得让人发慌。一个单身女人住在一个空得要命的大房子里，真像无处投胎的孤魂野鬼，这地方都可以拿来拍恐怖片了。

梁碧华从冰箱里找出一些冰块，又找来一块干净手帕，包好，让韩新斜躺在沙发上，把冰块放在韩新有些肿胀的左腮。韩新感到沁心的凉，痛感减轻了很多。

"想看电视吗?"梁碧华翻开韩新的腿，手忙脚乱地找东西。

"在找什么?"

"遥控器……"

"别找了。"韩新笑，梁碧华看着他，眼神慌乱。韩新脑子里一片空白，一下子把梁碧华抱在怀里，包着冰块的手帕啪嗒掉在地上。梁碧华趴在韩新身上，感受着他炽热的情欲，想动却不敢动，韩新一抬头就亲上了她的嘴唇。

男人和女人走到这一步剩下的就是脱衣服了，韩新想让自己表现得温柔一些，可他控制不了节奏，脱梁碧华的牛仔裤时动作极为粗鲁，怎么看都像一个强奸犯。

"先别，我拉上窗帘。"梁碧华看着窗外，眼神像惊慌的兔子。韩新抱着梁碧华站起来，走到窗户边，把大窗帘拉上，他的下身已经涨得不行了，脑子里一阵一阵地直发晕。他抱着梁碧华，在她的指点下走到卧室，一下把她扔到床上，抖着手脱下她的衣服，用手一摸，梁碧华下身已湿透，如春雨淋过的大地。

韩新正想进入，却看到梁碧华乳房边有个两厘米左右的疤痕，他指着那道疤痕说："李峰给弄的?"

"嗯……"梁碧华点了点头，一把抱住韩新，把他的头埋在自己胸脯上。韩新趁势进入她的湿滑的身体。

完事后，俩人在床上躺了很长时间才缓过劲来，到洗手间洗了洗身子，回来一人点了一根烟，边抽边聊天。

"小新，谢谢你。"

"啥子?"

"我说谢谢你，帮我出了一口气。"

"这些都不存在。对了，你对李峰还有感情吗?"

"嗯……怎么说呢。没有了，也不恨，也不爱，只是对以前的那些时光还有些怀念。"

"你还怀念那锤子? 他都把你打成那样了!"韩新伸手摸着梁碧华胸脯上的伤疤。

"是，虽然他有时候会打我，可至少他让我不孤单。我晚上会等他回家，不管多晚，不管回来后我们俩怎么吵怎么闹，至少我知道他会回家。不像现在，家里太冷了。"

是啊，家里太冷了。一个女人不管在外面表现得多么强势，多么能干，她总是需要一个温暖的家，需要有个男人能陪她过日子，为她驱赶寂寞。韩新叹了口气，把梁碧华紧紧抱在怀里。这时的韩新有些

98

疲惫，有些后悔，有些担心，他怕梁碧华会让他承诺些什么，怕梁碧华会提到他的家庭，甚至怕梁碧华说到爱这个字眼。可梁碧华什么都没说，她就像一个熟知男人心理的女人，不给这个男人任何的心理负担。

从梁碧华家出来的时候，韩新心里有些空。从他潜意识里不想和梁碧华有深入交往，毕竟他是有妇之夫，搞一夜情还行，要是给自己找个情人，他还没那种能力。脚踏两只船的游戏不是所有男人都玩得起的，脸皮不够厚心不够黑的男人玩这种游戏纯粹是找死。可是要让韩新占完便宜后拍拍屁股就走他又觉得良心上不安，他还有着一些伪善和傻兮兮的道德感。和梁碧华躺在床上聊了一会儿，越聊越深入。他对梁碧华的感觉也逐步深入，从同情到心疼，从心疼到喜爱。他突然有了大学时恋爱的感觉，觉得什么都是新鲜的，那个女人从心理上和身体上都充满了神秘感，充满了诱惑。

梁碧华阅历丰富、性格坚强、独立意识强，再加上她很知性的气质，属于最能激发男人征服欲的那种成功女人。不管从哪方面看，她都比何琪稍微强一些。这种女人拿来当情人是最好不过的，不过韩新知道，和这种女人接触得久了，就有可能无法自拔，毕竟他家里还有个同甘共苦的老婆，他不能在梁碧华这儿陷得太深。

韩新出门的时候，梁碧华把他送到门口，像是意识到了什么，表情有些失落："走啦?"

韩新鬼使神差地说了句："嗯，走了，改天再来看你。"

有些言不由衷，有些心虚。韩新不知道梁碧华是不是相信他真的还会来，反正他觉得刚和一个女人发生过关系，说走就走有些不近人情，可他又不可能做出什么承诺，只能把话说得好听一点，哪怕那是谎言。一直到了停车场，上了车，韩新才点上一根烟，慢慢回味和梁碧华做爱时的细节。

感觉不是很完美，才做了十多分钟，梁碧华并没有达到高潮，虽然她一直哼哼唧唧地叫，可那都不是高潮。他前两年的身体状态要比现在好，一次做半个小时都是短的，每次都口手并用，让何琪达到高潮。韩新跟所有刚偷完情的男人一样，思维龌龊下流，在心里对自己

99

第八章

的性行为和那个女人的身体偷偷做出评价。

回家的时候，韩新心里还有些忐忑，不知道该怎么面对何琪，那时候他还是有自尊心的，怕这件事情会露馅，怕何琪难过，怕事情拆穿时会尴尬。可回家后看何琪并没什么察觉，心里松了口气。

以后的几天很平静，梁碧华并没有主动和韩新联系过，倒是韩新会经常想起那天的事，心情躁动的时候就在 QQ 上和梁碧华聊几句。

梁碧华像是没事人一样，故意避开那天的事儿，只是和韩新聊些鸡毛蒜皮的小事，有时心情不愉快了还会发发牢骚。韩新犯贱，老想讲些黄色笑话逗她，给梁碧华讲荤话的时候，他竟能得到性快感，每当这时，梁碧华就说："你会跟你老婆讲这些笑话吗？"

这句话杀伤力很强，就像一盆凉水，把韩新心里的燥火扑灭。

成都没有春天和秋天，基本上冬天还没有过去，下一场小雨夏天就会来了。可能昨天大街上的女人们还穿着羽绒服，今天就会换上超短裙。随着初夏的到来，韩新突然觉得有些不对劲。不知从什么时候开始，公交站牌等一些户外广告牌上开始刊登房地产广告。没过几天这种广告就形成铺天盖地之势。去年的时候，房地产商根本不屑于打广告，只要房地产商圈一块荒地，说这儿要盖房，很多人连地基还没看到就兴冲冲地去买房，雇人拿着马扎去通宵排队，或者通过房地产公司的熟人帮忙。那时候房地产公司员工的待遇简直可以和公务员媲美。

在那种绝对的卖方市场里，房地产公司根本不需要打广告。

韩新清楚地记得小时候家里买电视的情景，那时候电视机是稀缺商品，他爸妈为了买到一台十四英寸的黑白电视，四处走关系。就那种破电视都卖将近一千块钱，等后来电视机普及开来，掀起了一轮一轮的降价热潮。一台纯平的彩电也不过一千多块钱。现在的房地产市场和当初的电视机市场非常相似。

不管什么商品从卖方市场进入买方市场时，首先受到冲击的就是价格。现在房地产是不是进入买方市场了？韩新想到自己刚买的另一套房，心里有些不安。

100

何琪对新买的那套房子非常热情，只要有空就拉着韩新去看房。有时候还空想一下那套新房子的装修方案。什么田园风格啊、海景风格啊、休闲风格啊等等，各种流行的装修风格她几乎都在新房子上设想过。有时候她也会犯愁，对韩新说："咱这两套房子各有优点，老的那个地理位置好，离市中心近，新的这个房子大，环境优美，你说将来咱们住在哪个房子里啊？"

韩新这种时候就显得比她理性，经常说她："你还真想住在新房子里？那房子还没装修，趁现在价格比较高，赶快卖掉，省得每月还那么多房贷……"何琪这种时候往往很执拗，跟孩子一样对新房子恋恋不舍："那是我的房子，不许你卖。"

月底领了薪水，韩新和何琪付了两套房子的贷款，剩下的就不多了。何琪问他："你这个月怎么才领了三千多块钱？"

"不就是因为这个月公司里接的项目比较少吗？"韩新没有提他公司里的那些破事，他不愿让何琪知道现在高总正在疏远他，不给他项目做。何琪很不高兴，算着剩下的两千多块钱数落韩新："就这点钱，这个月生活费不知道够不够，幸亏现在是自己花自己的，这样哈，你的钱比我的还少，你不够的时候可以找我借，不过等你有钱的时候得还我。还有，以后你开车的油钱得用你自己的钱，不能用咱们的公款。"

"为啥子？"

"不为啥子，基本上这车都是你开着上下班，我凭啥子替你付油钱？"

"你……老婆。"韩新见何琪和他较真，心里有些恼怒，"啥子AA制嘛？那是小孩过家家的玩意儿——咱中国几千年了，就没听说过两口子还AA制的。"

"古代还三妻四妾呢，你也想三妻四妾？"

"对啊，咱中国传统文化中最优秀的一个特点被废除了，三妻四妾多好呀，有利于改良人口，促进社会发展……"韩新故意气她，何琪听到这儿，本来正和韩新并排走路的，一下子停下来，笑盈盈地看着他，看得他心里发毛。

101

韩新忙问："你想做啥子？"

何琪说："我想看看你是不是真想三妻四妾。要是真想呢，我就大度一点，我看蔡娟对你不错，要不我跟张林说说，让他把蔡娟让给你。我们俩姐妹相称，你左搂右抱的，多安逸呀。"

韩新故作惊喜："真的？"

"我叫你胡思乱想，叫你心灵出轨。"何琪被他的无赖模样气坏了，上来就扭他的胳膊，"快说，你是不是真的对蔡娟有意思？"

"哪有啊老婆？你别诬陷好人，不都是你口口声声说蔡娟大学时喜欢过我，我根本都不知道的事，你成天说，还拿这事虐待我……不玩了，胳膊都被你扭红了。老婆，AA 制说着玩行，可也别太当真啊。"

"为啥子不能当真？法律制定得再好，如果不能严格执行也是废纸一张。咱不能光说着玩，还得把 AA 制执行下去。"何琪松开韩新的胳膊，甩着手走了。韩新追上去说，"老婆，既然你那么认真，也别怪我跟你较真，养车和油钱我出，那你坐我的车该怎么算？是不是你得出运费？跟成都出租车一个价，起步五块，一公里一块二，怎么样？"

何琪愣了一下，半天没说话。过了一会儿，没好气地说："行，就按那个价。你比黑车司机还黑！"韩新看何琪认真了，忙嬉皮笑脸地说："开玩笑呢，你还当真？我的意思就是两个人不能算得那么明白，也不可能算得明白。吃饭时 AA 制还可以理解，要是套套呢，这也算是咱俩人一块用的吧，是不是也 AA 制？"何琪说不过韩新，有些发急："我又没说啥子都和你 AA 制，大面上能分开就行了，分那么细干啥子？"

韩新贼笑："老婆，你理解的 AA 制和我理解的不一样，标准也没法明确，实行起来还有啥子意思哦？要不还是把 AA 制取消了吧。"

何琪说："不行，我好不容易才攒下钱来，不能跟以前那样乱花了。反正我就是喜欢钱。"

每当何琪说这种话的时候，韩新心里因出轨而产生的负罪感就会减少一点。只要不涉及到钱的问题，何琪还是以前那个乖巧可爱的女

102

孩儿，可是一旦涉及到钱的问题，何琪就变了，变得那么陌生，变得那么不近人情。

　　蔡娟的事情倒是有了转机，这几天经常有花店的人来给她送花，虽然不说是谁送的，但韩新和何琪都认为送花人肯定是张林，他不留姓名就是为了给蔡娟玩一些浪漫。韩新得意地想，张林这小子终于玩够了，蔡娟这些天都快熬成怨妇了。说实话他一点也不想让蔡娟住在他家里，毕竟家是两个人的私密空间，有个外人在场总不是那么方便，比方说韩新喜欢裸睡，以前蔡娟不在的时候，他起夜时都是光着屁股上厕所。有一天晚上他睡得迷迷糊糊，想上厕所，就光着屁股出去了，没想到蔡娟失眠，在客厅看电视，正好看到他的裸体，更要命的是，那会儿韩新下身被尿憋得正处于勃起状态，被蔡娟看个正着，她两眼亮晶晶的，愣了一样盯住韩新的下身，嘴角还泛着微笑。那表情怎么看都像一只发现地面爬行动物的鹰。

　　虽然蔡娟没说什么，假装什么事也没发生，可韩新觉得不爽，毕竟有了那天晚上的事以后，他就再也不好意思光着屁股上厕所了。

　　等送花的小弟第三次过来给蔡娟送花的那天，蔡娟一个人在客卧里呆了很长时间，不知她在做些什么，从卧室出来，神色有些慌张，又精心打扮了一下就出门了，直到下半夜才回来。

　　正好那天晚上韩新闲着没事，就给张林打了个电话："喂，张林。"

　　"你小子，有事吗？"

　　"没事啊，我就是想问问你在做啥子事情哦？想让蔡娟回家就光明正大地来我家请她，你没事给她送什么花呀，还送到我家里来，弄得何琪一个劲拿我和你比较，说我不如你浪漫，吵了架连个电话都不给她打。"

　　韩新只是和张林开玩笑，却没注意到张林在电话里口气都变了："你说有人给蔡娟送花？"

　　"是啊，怎么了？"

　　"那她现在在不在你家，找她接电话。"张林听起来非常着急。韩新听出来一些门道："那花……蔡娟不在家，下午就出去了。"

"几点出去的？"

"六点钟的样子……张林，你急啥子。"

"那花不是我送的，这都十二点多了，她还没回来？你别管这事了，我打她手机。"

没多久蔡娟就回来了，满脸愁云，满腹心事。让人一看就知道那花根本就不是张林送的，她今晚上出去根本不是去找张林，难道去约会了？女人和男人不同，最怕的就是寂寞和冷落，张林给了她太多的寂寞，已经让她对生活和曾经的爱情从心底里怀疑。古往今来都是那样，古代深宫里不知多少女人因受不了寂寞而掀起腥风血雨。有时候，爱情只是寂寞的衍生品。

听到蔡娟进门，一直在客厅里等着她的韩新和何琪赶紧迎上去。刚才何琪训了韩新一顿，怪他没事找事，干吗把有人给蔡娟送花的事告诉张林呀，这不让他俩的夫妻关系雪上加霜吗。

蔡娟看了韩新和何琪一眼，低下头换鞋，动作很慢很细致，但韩新看到她的手在微微颤抖。有一会儿还差点摔倒。何琪忙上前扶住她："娟，没事吧？"

"没事，这么晚了你们还没睡？"蔡娟红着眼睛，表情僵硬地笑了笑，"看的什么电视？还是《士兵突击》？不是看过一遍了吗？怎么还看？你也看不烦。"

"上次在电视上看得断断续续，不安逸，我就买了套正版碟。"

"哦。你看完我也看一遍哈，你们怎么了，怎么那么奇怪，别看我了，看我干吗？"蔡娟走到客厅，坐在沙发上，使劲扭过脸去，泪水顺着脸颊流了下来。

"娟，别哭了，你一哭我心里也难受。"早看出蔡娟情绪不对劲的何琪搂着她的肩，"是不是张林又欺负你了？"

"张林说要和我离婚，那个瓜娃子要和我离婚。"蔡娟依然转着脸，不让何琪看到自己的表情，声音有些变形，"那花不是别人送的，也不是张林送的，是我自己送给自己的。张林这么多天都不理我，也不给我打电话，我又不好意思主动和他联系，就想刺激他一下，自己到花店给自己订花，我想让你们告诉张林有人追求我，让张林快点来找我。要是别人给我送花，除了张林，谁会送到你们家呀，谁也不知道我住在你们这儿。可不管我怎么解释，张林就是不信，他就是不信……"

韩新问她为什么这么晚才回家，蔡娟说她下午的时候突然想到明天有个重要讲课，市教育局领导过来听课，她还有一个 PPT 演示文件没做好，就赶回学校做文件去了。可一切的发生都太巧合，晚上在他们办公室加班的还有一个男老师，蔡娟上厕所的时候把手机放在办公桌上，正巧张林那会儿给她打电话，没人接听，张林就不停打，那个男老师受不了没完没了的手机铃声，替蔡娟接听了。

张林一听手机里是个男人，立马毛了，三言两语就跟那男老师吵了起来。那男老师的脾气也不好，并且追求过蔡娟，听张林骂蔡娟，火气一下子上来了，回了一句："你瓜娃子骂我可以，别骂蔡娟，我一直都很喜欢她……"

因为这句话，张林非要和蔡娟离婚。

韩新觉得事情匪夷所思，忙给张林打了个电话，想问清楚是怎么回事，张林却一口咬定他给蔡娟打电话的时候蔡娟正和一个男人做爱。韩新觉得他有些误会，把蔡娟的话给他转述了一遍。

张林的声音几分愤怒，几分悲凉："你跟蔡娟说，让她别装单纯了，我一开始给她打了好几个电话，她手机一直关机，后来才开机的，你想想，她做什么事情需要关着手机呀？我们都不是小孩，都干过那事，那个男人接我电话的时候连气都喘不匀，我一听就知道他们在做什么。再说，PPT 课件一个小时就能做完，她在外面呆了七个小时。七个小时呀，日几次也日完了……"

第九章

张林是新闻学院的高材生，有很多过人的才华，比方说他会弹吉他，会写歌，会写诗，写得一手好毛笔字，还会制作网站。大四的时候，他在一家杂志社实习，看他那么能干，社长亲自找他谈话，想让他留在社里工作，却被他婉拒了。

2004 年 7 月，张林毕业，毕业后他没考公务员，没往事业单位里挤，而是进了一家很不起眼的小广告公司做业务员。他说不能让自己过得太安逸了，他想多吃些苦头，积累一些社会经验。韩新对他的想法很不理解，可后来慢慢就明白了他的本意。有时候自愿吃苦的人才是最有可能成功的人。那家广告公司代理一家大型搜索网站在成都地区的所有广告业务，张林要做的就是挨个企业地跑，说服那些企业在他们的网站上做广告。

"你好，请问我可以见一下你们的负责人吗?"这是张林到了每一家公司都要说的开场白。大多数时候他都会被拒绝。有一次张林叫韩新出来喝酒，他醉酒后泪眼婆娑地说："做业务凭的就是一丝希望，你会不断被人拒绝，遭人冷眼，有时还会遭人骂，但你不能放弃，你得心存希望，即使你敲了九十九个门都被拒之门外，还得告诉自己，第一百个门一定会向你打开。"

106

等张林做成了几单业务，韩新才意识到张林的前瞻性，网络刚开始普及的时候大家上网还不怎么用搜索引擎，可张林断定总有一天搜索网站会成为一个重要的广告平台。没过两年，他的预测就成了现实。人们越来越倾向于在网上搜索自己需要的信息，搜索网站越来越重要。一家企业要想让客户及时在网上搜索到自己公司的信息，就需要在搜索引擎上登广告，根据自己公司网站在搜索引擎上的排名付费。

张林用了半年时间就摸透了广告行业的规则，也给自己积累了一大批客户资源。在公司高层宣布要提升他为广告经理，给他加薪的时候，他毅然辞职，当天就坐硬座去了北京，找到另一家比较知名的搜索网站，说想要代理那家公司在成都地区的业务。

那家公司老总看他只是一个毛头小伙子，没资金，没背景，没有强有力的家庭，拒绝了他，可他不放弃，在那家公司门口磨，一旦看到老总的车来了，他就殷勤地上前帮着开车门，门卫换班的时候，他就请门卫去吃饭，进了公司低三下四地和他们员工套近乎。

在北京呆了半个多月，后来没钱了，他就住地下室。连住地下室的钱也没了，他就在火车站出口大厅里熬了一夜。那是冬天，北风刀子似的，他浑身冻得直哆嗦，关节僵硬麻木。后来那家公司老总被他感动了，让他当了那家公司的代理。

那时张林和韩新都相信爱情，不管社会加给他们多少冷眼，不管在外面吃多少苦，他们心里都有个温暖的家，家里有个等着他们的女人。张林老家在重庆达州的一个小镇上，那里全是山，他父母没什么能耐，就靠在外地打工赚些辛苦钱供张林读书。上学的时候，每当两鬓花白的父亲来看他，他都会躲在宿舍里哭。毕业后他没问父母要一分钱，买不起房他就和蔡娟在外租房住，那段时光成了他最温暖的记忆。

那时候他年轻，重要的是，他的心很年轻，执着而充满希望。每天晚上拖着疲惫的身体回家，在外面跑了一天，心和身体都处于崩溃边缘，但一看到蔡娟和桌子上简单的饭菜，他的心里立刻暖洋洋的。吃完饭，两个人躺在床上看电影，那台老旧的电脑还是蔡娟大二时买的，噪音很大，网速很慢，但那丝毫不影响他们的心情。

有时候张林还会自己写歌，写完就唱给蔡娟听。有一次他写了一首歌："……求你来领我出去吧，妈妈，我在森林里迷路了，求你来抱着我吧，妈妈，我真的好冷好孤独……"那天他一单业务也没谈成，还被一个喝醉酒的公司老板骂了一顿，说他就是一个四处乞讨的叭儿狗。他心里难受，可又不敢得罪那些潜在的客户。回家后，他写完那首歌抱着蔡娟哭得肝肠寸断。蔡娟也哭了，摸着张林的头发说："要不咱不干了，咱不受那窝囊气，大不了我养着你。"

这句话，就这一句话，让张林那颗受伤结疤的心感动得发颤，不管什么时候，不管蔡娟平时怎么和他吵，只要一想到这句话，他都发誓要一辈子对蔡娟好。

不知从什么时候，他变了，变得更像一个商人，那颗敏感的心被磨得坚硬，像一块结满了痂的老树皮。冰冷的社会，浮浮沉沉的红尘，究竟还有没有一寸净土，能容得下最初的温暖和感动？

张林并没和蔡娟去办理离婚手续，蔡娟第二天喝醉了酒，去他公司大闹了一场，不停地追问："你说，我怎么才能证明自己的清白？你说呀……我死给你看行了吧。"说着她跑到张林办公室的窗台边，笨拙地往窗户上爬，张林冷着脸把她抱下来，她在张林怀里扭动着，大张着嘴，脸色苍白，泪水迸流出来，流到下巴，流到脖子，她也不擦，只是哭，那么绝望，那么歇斯底里，仿佛世界末日来临，仿佛一个迷了路孤苦无依的羔羊。

张林赶开在门外看热闹的下属，把蔡娟往楼下拖，她就是不走，上衣都被张林撸起来了，露出白花花的肚皮。张林打电话把韩新两口子叫过去，帮着把蔡娟带回家。

张林请求何琪，让蔡娟继续在他们家住几天，他说他要冷静一下，想想后面的路该怎么走。蔡娟真的喝多了，在张林的车上就吐，酸酸的胃液加上浓浓的酒气，车厢里弥漫着腐烂气息。她的鼻孔和下巴上都沾着污秽，何琪在旁边扶着她，不停给她擦着。

张林上车后很少说话，偶尔回头看一眼，何琪看到他眼睛红红的，里面写满了难过。她怎么也猜不透那天晚上蔡娟到底有没有背叛

108

张林，这就像一个谜，张林从他自己的角度看，蔡娟不可能没出轨，而从蔡娟的辩解和绝望的表情来看，仿佛她真的没做什么，一切都是张林的臆测。这件事只表明了一点，他们两口子之间的信任度已经降到最低，可以说荡然无存了。就像张林写过的一首歌：什么是真，什么是假，一颗心放在胸腔都握不住，怎能拿它度量虚无的人生？

到了韩新家，安顿蔡娟在床上躺下，张林转身要走，却被蔡娟一把抓住，她喃喃地说："张林，你真想和我离婚也可以，我真的没做什么，要不然把那个男的叫来，咱们对质。"

"没必要，你别想那么多，先休息一下。"

"张林，我真心想和你过日子，为你死都可以，我知道这些年你过得苦，平时我脾气不好，有时会骂你，可我这颗心是真的。"说到这儿，她又紧皱着眉头哭了，哭完，松开手，像是下定了决心，颤抖着声音，用很揪心的眼神看着张林，"你走吧！"

张林走到门口，有些迟疑，扶着门把手回过头，蔡娟恶狠狠地瞪着他嘶喊："你滚，你他妈给我滚！你个龟儿子，我日你先人板板，我再也不想看到你！"

韩新送张林下楼，他们在小区公园的长椅上坐下，每人点了一根烟，枯坐了半天。一根烟快抽完了，韩新问："你真的想和蔡娟离婚？"

"我不知道！"张林低着头，无意识地用右脚搓着地面上的一只蚂蚁，"小新，你说蔡娟对我是真心的吗？"这是张林第二次问这个问题，第一次是在酒吧喝酒的时候。这个男人面对为之付出了五年的感情，那么不自信，那么惆怅。韩新回答："当然是真心的，为什么要这么问？"

"你也知道，这些天我一直和别的女人在一起。"张林有些自嘲地笑了笑，"按说是我出轨在先，不该因为一点小事就对蔡娟发那么大脾气的。可我就是控制不住自己，和别的女人一块的时候，她们对我百依百顺，在她们面前，我觉得自己很重要。可是，蔡娟不能给我这种感觉。"

韩新不知该怎么劝解张林，他想到了梁碧华。

张林走后，蔡娟变得更沉默了，相应地，她夜间失眠的次数越来越多。每次韩新起夜，都看到蔡娟呆呆地躺在沙发上看电视。她的反应能力也越来越差，有时候韩新叫她她都听不到，脸色苍白，眼圈发黑。

这样下去她肯定会得抑郁症，韩新看她越来越消沉，就经常给张林打电话通报蔡娟的近况，并催促张林过来看她。一开始张林还不以为意，直到一个星期后，有一天何琪加班，打电话交代蔡娟做饭，蔡娟用砂锅煲龙骨汤，端砂锅的时候有些走神，把锅打碎了。沸水溅了她一脚，她一屁股坐在地上，抱着脚哭了起来，脚上先是一片红，很快就起了一圈水泡。那种刺骨的疼激发了她努力压抑的悲伤，哭得那么无助。韩新赶紧扶着她，把她送到医院。

出门的时候韩新给张林打了个电话，顾不上平时的脉脉温情了，愠怒地说："蔡娟脚烫伤了，你过来看看吧。"

韩新真的有些火了，他一开始就不想掺和这俩人的事儿，可蔡娟死皮赖脸地住在他家里，张林也觉得天经地义。住在他家里倒也没什么，可是别整天弄这么多事呀，搞得他和何琪不利索，就蔡娟那性子，万一她哪天想不开有个三长两短，谁能担得起这个责任？大学时韩新就经历过这种事，大四快毕业的时候，他和何琪进入白炽化状态，一天不腻在一起就难受，两个人在校内租房住，租了一套三室两厅的房子，房东是他们学校的老师，里面还住了两户，其中一户是个单身男生，一天二十四小时猫在屋里玩网游，由于长时间熬夜，再加上营养不良，整个人就跟个鬼魂似的，见了人两眼直勾勾的，脸色菜青，头发蓬乱，身上的味道堪比咸鱼。后来不知因为什么事，估计是失恋了，一时没想开，跳楼自杀了。为这事房东和韩新都受到了公安局的传讯，虽然后来证明那男生是自杀的，可死者家长丧子心痛，认定是有人害他们孩子，天天到学校里闹，好几次把韩新堵在路上，让韩新给个说法。

张林和韩新他们几乎是同时到达医院的，看着蔡娟脚上包着毛巾，脸色惨白，张林本来紧绷的脸舒缓开来，忙和韩新一起，一边一个抬着蔡娟的胳膊，把她架起来，送到皮肤科。一路上蔡娟都是低着头，看也不看张林一眼。医生检查了伤势，给她敷上药水，做了简单的消毒和包扎，又开了一大堆药。

出了医院大门，太阳明晃晃地照在街道上，热浪扑面，车流涌动，路边的河水腥臭，却滋润着河岸草木青青，繁花锦簇，像这个病态的世界，用肮脏的毒汁供养一世虚妄繁华。蔡娟突然转头对韩新说："咱们回家吧，估计何琪已经下班了。"韩新一愣："你不和张林回去？"

张林忙说："娟，别闹了，跟我走吧。"

蔡娟变得很执拗："滚你妈的！"

"娟，别生气，都是我不好，跟我回家行不？"张林一脸谄笑，只换来蔡娟一个轻蔑的冷眼，"跟你回去做啥子？再受你折磨？"

张林说："折磨？咋能这么说？我疼你还来不及呢。"听到这句话，蔡娟满脸恶心，如同看到狗屎："你疼我？你娃疼我？刚吵架的时候你一句话也不跟我说，成天见了我就绷着死人脸，我搬到何琪家去住，半个多月来你主动给老娘打过一次电话吗？你说呀，怎么不说了！你不但在精神上虐待我，还朝我身上泼脏水，说我跟别的男的日×！老娘二十多年长个×，就没给别人日过，给你日了你还嫌这嫌那！真他妈畜生！畜生都不如！"

张林苦笑，不管三七二十一，弯腰把蔡娟抱起来，任她撒泼，还不忘给韩新告别："谢了哈小新，这些天麻烦你们两口子了。"

韩新拍了拍他肩膀："你回去对蔡娟……好一点。"

蔡娟1984年出生，比张林小一岁，家在武汉，爸爸是一个街道办主任，妈妈是武汉郊区一个小学校长，家底较为丰厚，所以从一开始，父母就不看好她和张林的恋情。蔡娟毕业时，他们张罗着让蔡娟回武汉，可蔡娟是刀子嘴豆腐心，嘴上嫌弃张林，把张林说成臭狗屎，可最后她还是抵住家庭压力，跟臭狗屎来了成都。当时不知道多少对校园情侣，因为家不在一个城市，或者屈服于家庭压力，最终劳燕分飞。他们班就有一个女生和男生私定终身，终日混在床上摩擦生水，游戏玩腻了就向对方表忠心，假模假样地发誓一辈子不分开，状如举着拳头宣誓的红卫兵，其心昭昭，可表日月，自己都被自己感动

111

了。男生是天津的，女生是江苏的，毕业时，男生本想嫁鸡随鸡，随女生去江苏，签下了一个用人单位，可是男生家长偷偷把他档案提走，放在老家那边一家单位，男生屈服于家庭压力，回了天津，并让女生等他，女生莫名悲愤，发誓报复那个忘恩负义的陈世美，不到一个月就随便找个人嫁了，这件事轰动一时，让许多校园情侣不胜唏嘘。

由此来看，蔡娟已经很对得起张林了。对他好的女人很多，但能在他最穷的时候为他放弃了那么多的只有蔡娟。

回到家，何琪已经回来了，看起来有些累，把包包往沙发上一扔，懒洋洋地躺在那儿。韩新大体上给她说了说蔡娟的情况，她一开始没什么反应，后来明白过来了，突然瞪着眼问："蔡娟以后不会来了吧？"

韩新点头。

"噢，太好了……"她从沙发上跳起来，一下抱住韩新，"以后我们可以光着屁股在客厅里玩了，还可以在沙发上做爱了！"

看她没心没肺的表情，韩新心里有些感动，抱住她，趴在沙发上，亲着她白净的腮和脖子。这会儿的何琪看起来那么简单，对生活没什么要求，只要有一个相对自由的空间，可以在沙发上做爱就是最开心的事儿了。

何琪回应着韩新的亲吻，十分热情大胆，媚眼如丝，娇喘吁吁。玩了一会儿，韩新的情绪被调动起来，下身鼓鼓胀胀的，何琪突然推开他："好了，出去吃饭。"

"我不，我难受，必须要做。"

何琪拿手指点着韩新的鼻子说："小孩，别闹了，今天大姨妈来了。"

"怎么不早说？还勾引我。"韩新气呼呼地站起来。

"我故意让你难受，以后再来大姨妈的时候我还勾引你。"何琪一脸得意，站起来，整理好衣服，踮起脚来钩着韩新的脖子下去吃饭，还边走边说，"小新，你说我这样搂着你，咱俩像不像好哥们儿？"

夕阳明媚，照得人心里热乎乎的，小区里水流潺潺，花木茂盛，乒乓球台上有人打球，儿童游乐场传来几个孩子的嬉闹声。原来，生活本来就这么美好。

和何琪吃饭的时候，韩新接了梁碧华的一通电话，紧张得手都哆嗦了。他一直担心梁碧华乱给他打电话，这样很容易暴露蛛丝马迹。虽然何琪对他有着近乎盲目的信任，可他知道这种信任是在平稳无奇的生活中培养起来的，生活中任何不经意的变动都会把这种信任破坏掉。

接了电话，韩新尽量让自己装着平静如常的样子："喂……"

电话那边说："韩新？"

"是啊，你好，请问找我做啥子？"

"你怎么说话这个样子？没事……我就给你问个好。"

"我很好，有点忙，有空联系。"

梁碧华没说话，过了几秒钟，电话挂了。自从和梁碧华做爱后，韩新就像人间蒸发了一样，再也没去过她家，估计她想韩新了。何琪狐疑地看了看韩新，给他碗里夹了一块鱼肉，笑眯眯地问："谁呀？打电话做啥子？"

"同事。"韩新故意不耐烦地回答，没在这个问题上说太多，他知道言多必失的道理，何琪没再追问，而是絮絮叨叨地问下午蔡娟经历的那些事，每一个细节都不放过。听韩新给讲蔡娟骂张林的话，她自顾自地傻笑了起来。笑完还一本正经地拿筷子指着韩新说："你们男人啊……哼，不理你了。"韩新愣头愣脑地问："我们男人怎么了？"何琪说："我刚才想说啥子呢？嗯……忘了。"

梁碧华的电话让韩新失去了安全感，本来他以为梁碧华是个聪明女人，不会主动和他联系，不会破坏他的家庭，不会对他有任何要求。可他错了，梁碧华是个女人，有独立人格，有感情要求。她和韩新那个销魂时刻不是一次偶然，她真的喜欢韩新。

韩新这几天看到手机就觉得心里发慌，在家里也不敢登陆 QQ，怕梁碧华在 QQ 上和他说话。这种恐惧感把人折磨得身心疲惫，他一空下来脑子就会走神，想象着梁碧华现在在做什么。是不是正在想他？是不是想给他打电话？有时候何琪给他说话，他会突然发无名火，发完火觉得自己不对，忙想办法哄何琪开心。他也变得勤快起来，一有空就跟在何琪屁股后收拾屋子、拖地、洗衣服、做饭，这让何琪觉得莫名其妙，摸着他额头说："你这小孩，光知道帮倒忙，是不是病了？怎么心不在焉的？"

韩新心想，一定要找机会跟梁碧华说清楚，再这样下去他非得发疯不可。可还没等韩新去找梁碧华，他父母那边就出事了。

星期五，韩新趁上班的时候给梁碧华打了个电话，说第二天周末，去她家里玩。梁碧华倒没说什么，只是问韩新那天接电话的时候怎么有些不对劲。韩新支支吾吾地说那天跟何琪在一起，后面就不知该说些什么了。梁碧华听到这儿有些不高兴，说你老婆对你那么好，你得多陪陪你老婆，一个女人操持一个家庭太难了。她的语气酸酸的，虽然感觉很真诚，但让人听起来不舒服。挂了电话，韩新觉得梁碧华反应有些过了，本来她就知道韩新有老婆，怎么还能因为这事吃醋？

第二天一大早韩新就起床了，为了见梁碧华，他昨天晚上没和何琪做爱，想保存一点体力。何琪也没说什么，在被窝里搂着韩新看了一晚上电影，最近何琪看电影的口味越来越重，净看些《两杆大烟枪》、《飞越疯人院》、《发条橙》之类的片子，看得韩新精神压抑，心情郁闷，几近崩溃。可是他不看还不行，何琪拉着他看电影的时候，他要敢说不喜欢看，何琪肯定跟他急，用何琪的话来说："我喜欢的你必须也得喜欢，你得分享我的快乐。要不，我一个人享受多没意思啊。"

何琪就是这种人，她喜欢吃酸奶，就逼韩新陪她吃，她喜欢吃榴莲等那些味道怪怪的水果，也会逼着韩新吃。两个人在一起呆了几年，韩新的很多生活习惯都被她改变了。

何琪还没起床，韩新怕吵醒她，蹑手蹑脚地去卫生间洗漱，回卧室穿好衣服，想往外走，却听何琪正在嘿嘿傻笑，回头看了看，她还没睡醒，不知正在做什么美梦，像小猫一样缩着身子，笑起来没完。韩新心里一暖，有些心疼，趴下来亲了亲她肉嘟嘟的脸。何琪睡梦里

114

觉得脸上痒，用小手挠了挠，换了个姿势呲着嘴继续睡。

在小区外吃完早餐，韩新刚想走，突然想为何琪做些什么，又折回早餐店，给她买了一碗带丝汤、两个鸡蛋、四个肉粽子，提回家，放在餐桌上。把何琪叫醒，说是公司里有个项目要加班，让何琪早点起来吃饭。何琪朝韩新翻了翻矇矇眬眬的睡眼说："知道了知道了。"又睡了过去。韩新笑着摇了摇头，才放心出门。

开着车走在半路上，他手机突然响了，是韩万和打来的，韩新边开车边接听："爸，有事吗？"

"小新，你回家一趟吧，好久没回来了。"

"怎么了这是？你是不是又和妈吵架了？"

"没……就是我和你妈都想你了，趁今天周末，你回家来，让你妈给你做点好吃的。"

话虽这么说，可韩新还是从韩万和的语气里听出些什么，像是一个人被困住了，急于摆脱眼前的困境。韩新犹豫了一下，在立交桥下转弯，去了韩万和家。他在路上给梁碧华打了个电话，说是等下午才能到她那儿。

家里倒没什么事，韩万和一个人坐在客厅里抽烟，心不在焉地想着什么。韩新边换鞋边问："爸，妈呢？"

"哦，你妈听说你回家，到菜市场买菜去了。"

韩新走到韩万和身边问："你怎么看起来精神不太好？"

"没事，晚上睡不着。"韩万和挤出一丝笑，故作爽朗地说，"来，陪我下会儿棋。"等李卫红回家，做好饭，一家三口吃完饭，韩万和突然说："今天孩子来了，有些话我想说说。"

几天不见，李卫红看起来老了很多，脸色灰白，头发有些枯干。本来吃饭的时候她一直挺高兴的，听韩万和说这句话，她一扔筷子，脸色阴了下来："有话就说，哪个也没拦着你。"

"嗯。"韩万和看着表情疑惑的韩新，"小新，我想和你妈分居一段时间，这些天她一直跟我吵架，我实在是受不了了。"

"分居？怎么分？"韩新瞥了李卫红一眼。

李卫红没说话，站起来收拾碗筷，弄得叮当响。韩万和说："我

115

就是想到你那儿住几天，等你妈气消了我再回来。省得整天吵架。"韩新想了想，问李卫红："妈，你的意思呢？"

李卫红还是没说话，但韩新看到她眼睛已经红了，两手微微颤抖。她动作有些慢，把碗筷收好，端着就要进厨房，空气变得很压抑，韩新不知道该不该答应韩万和的要求，在他看来，这也算个比较好的解决方法，两个人在一起闹来闹去很伤感情，他们年龄也大了，整天生气很伤身体，按韩万和的说法分开一段时间，大家都有个缓冲空间，可以慢慢地把那件事淡化下去。可他又觉得为难，怕李卫红不接受，也怕何琪不高兴。

李卫红走到韩万和身边，站住，身形有些晃，她突然说："老韩……"

晃了两下，她又说："老韩……"

韩新看到她眼泪早就下来了，她想对韩万和说些什么，可嘴唇哆嗦着，就是说不出来。韩万和看她哭，忙站起来，扶住她，难过地替她擦着眼泪，她深吸了一口气，努力把话说全："老韩……这辈子，苦了你了。"

说完，她手里的碗碟滑到地上，哗啦啦响成一片，破碎的瓷片四处飞溅。韩新刚站起来，李卫红已经瘫倒在韩万和怀里。韩万和手忙脚乱地搂住她，怕她摔倒，嘴里面还不停地唠叨："卫红，你做啥子？怎么说摔倒就摔倒？卫红，你哪儿不舒服？我错了还不行吗？我以后好好过日子，你看，孩子在这儿呢。"那会儿韩新脑子里一片空白，不知道该做些什么，只是紧张地在韩万和身边转来转去。韩万和让他帮着把李卫红抬到沙发上，父子俩突然觉得有些不对劲，李卫红五官严重扭曲，手脚冰凉，嘴角淤着白沫。韩万和意识到了什么，神情颓败，抱着李卫红的头掉眼泪，声音哽咽："小新，快打120，你妈……你妈……"

等急救车把李卫红送到医院，她已经不行了，丧失了一切生命特征。经医生诊断，她死于突发性脑溢血。一切的发生都很虚幻，韩新怎么也不肯接受医院发放的死亡通知书，他在急救室门前焦虑地走来走去，对医生咆哮："我妈怎么可能去世，刚才还好好的，还给我做饭吃了，你弄错了，你说你是不是弄错了？"

韩新激动地抓住医生的衣领，使劲晃着，恨不能把那个说谎的人撕成碎片。医生有些为难，往后撤着身子："请你冷静一下，请冷静，我能理解你的心情，可我们也无能为力。"

松开医生，韩新听到急救室里传来韩万和压抑的哭声，他突然意识到什么，无力地靠着墙蹲坐在地上，咧开嘴，紧皱着脸哭了起来，眼泪和鼻涕止不住地流，胸口和肋骨疼得发麻。他脑子里不停地出现一个镜头。那年他考到了外地的大学，第一次离家远走。他刚走那几天，家里冷冷清清，李卫红吃饭的时候一口也吃不下，光端着饭碗愣神了，愣完神，眼泪啪嗒啪嗒往下掉。这是大一寒假回家时韩万和跟他说的，他还说，自从韩新出去上学，李卫红那几天都不怎么吃饭，有时候睡梦里都会掉眼泪。

这个场景让韩新痛不欲生。

那是他的妈妈，不管她有什么缺点，都是他骨肉连心的亲人。韩新小时候得了奖状，李卫红都高兴地向街坊邻居炫耀。小时候韩新得黄疸肝炎，在医院挂了一个多月点滴，那时韩万和在外地培训，每天都是李卫红背着他去医院。韩新初中时嘴馋，有一天半夜里想吃鸭心，李卫红骑着自行车跑了十几里地去给他买。韩新成家后，每次回父母家，李卫红都提前给他准备好吃的。

韩新越痛苦就越想起他妈妈的好，越回忆他妈妈的好他就越痛苦。

处理后事的那几天韩新一直不愿意说话，也不哭，像是得了自闭症，麻木而机械。梁碧华一直在给他打电话，问他那天为什么失约，让她白等了一下午。韩新懒得解释，直接挂电话。后来梁碧华急了，拨通电话就骂："你娃做啥子？怎么不接我电话？他妈的……"韩新恶狠狠地说："从现在起，我不认识你了，请你嘴巴干净点，再骂我妈别怪我不客气！"梁碧华的声音有些走形："好好好……韩新，你够狠！"

何琪尽到了妻子的本分，一直跟在韩新身边，想办法安慰他。葬礼结束后，韩新回到家睡了一整天。何琪把他叫醒，给他端来清汤面，韩新吃了没两口就朝外吐，跟怀孕的女人似的。何琪不知道该做些什么，急得起了一嘴水疱。

那天晚上，等何琪睡着了，韩新起来，坐在露台上，抽着烟，看远处的风景。夜色中的成都弥漫着忧伤，路灯昏黄，树影摇曳，天空没有星星，没有月亮，甚至连云彩也看不到，只有无边无际的空虚夜色，像冬天的草原，一片荒芜。楼下保安的步话机吱吱作响，正在和其他保安说着什么，远处立交桥有迷幻的汽车声。韩新愣愣地坐着，脑子里什么也不想，直到烟屁股烧到他的手指，一阵灼热的刺疼传来，他把烟头扔到楼下，咬着手指哭了起来，一开始他只是轻声抽泣，后来就张开嘴弓着腰，无声流泪。

"小新。"不知什么时候，何琪起来了，默默走到他身后，抱住他的头，轻轻抚摸着，"都过去了，乖，别难过。你一哭，我都想哭了。"韩新把头埋在她肚子上，努力压抑着悲伤："都怪他，都怪他，要不是他，我妈不会被气成那样，不会得这种怪病！"

"怪谁？"何琪擦着眼角的泪水，轻声问。

"还能怪谁？我爸。要不是他出轨，要不是他跟我妈提分居，我妈怎么会那么难过？你不知道，那天我妈都哭了，她肯定心都碎了……"

何琪蹲下来，对着韩新的脸，小心翼翼地说："小新，不能怪你爸爸，真的不能怪他，要怪只能怪那该死的病。"

第十章

　　不管何琪怎么劝解，韩新心里始终对韩万和充满恨意，他亲眼看着韩万和把他妈妈活活气死。他不愿再去父母家，那个家里有太多记忆，太多让他难过的东西。每一个他妈妈用过的东西都能让他心里翻起波澜。他自己家里的冰箱也是他妈妈给买的，刚搬新家那天，他妈妈乐呵呵地过来看房子，转了一圈说："嗯，不错，就是还缺几个家电，我和你爸给你们买个冰箱吧，其余的你们自己解决。"

　　忧伤就是埋在心底最深处的芽，没人愿去动它，没人愿去想它，可它总想着长大，它每长大一点，痛楚就会多上一些，心脏有被割破般的疼，尖锐而突兀。韩新每次开冰箱，耳边就会响起他妈妈那天说的话，心如电击。有时悲哀地想，他妈妈最后的人生真像那个冰箱，余晖脉脉却寒气逼人。

　　几天丧假过去，他又回公司上班，生活回到原点，一切都周而复始。最近公司在某县接了一个游乐场的项目，是地方政府投资的。这个项目是一种明显的圈地行为。自从国家下达保 18 亿亩耕地的红线，一下子截断了地方政府的重要财政来源，不能像以前那样为所欲为地卖地了。有些畜生就想通过发展旅游来整合土地资源，掠夺基本农田。

对方负责人是个肥头大耳的官员，来公司开策划讨论会时，那畜生拍着桌子提要求："别的先不管，你们先算算通过拆迁、合并和土地置换我们能拿到多少地。这些地又有多少可以用来开发地产。"

　　国家有项政策，基本农田除非省一级部门批准，一般不能用作建设用地，并且需要找到另一块土地来置换。高总为了给对方置换出更多土地，竟然在一个废旧的砖厂上打主意，把那个砖厂摊平，用作基本农田，置换出一块建筑用地。

　　当着客户的面韩新一直没敢说，开完会就找高总提意见："高总，那砖厂已经被挖得差不多了，没土层，在里面填些垃圾就能种粮食了？"

　　"这关你屁事，客户怎么要求咱就怎么做。"

　　"可这摆明了违反国家政策。"

　　"违反国家政策？有意思。你说我哪儿违反国家政策了？告诉你吧，正是国家政策给了我置换土地的机会。你少他妈给我讲这些，不想干就滚蛋，龟儿子！"

　　韩新没再多说，高总动了真气，咬牙切齿，眼珠通红，恨不能生啖其肉。按说高总是他的师傅，从刚入行时就带着他做，直到现在把他培养成一个略有虚名的策划师，他不该老是和高总对着干，可他就是管不住那张破嘴，有话就想说出来。

　　成长过程中韩新一直在摇摆，在做好人和做强人之间摇摆，在平平淡淡的生活和轰轰烈烈的人生之间摇摆。韩新想做个好人，他知道要做强人就要付出代价，要做很多自己不愿做的事，做好人要容易得多，谁都会发牢骚，谁都会假装清高，可真正内心高贵如金砖的人有几个？

　　张大伟听说这事，嗑着牙花子，手指都戳到韩新脑门了，像个大彻大悟的预言师："我算看明白了，你娃儿就是个锤子！"

　　前后想了一下，韩新也觉得自己是个锤子，事情该怎么发展就怎么发展，那块地该占的还会占，就像无数少女怀着美丽梦想走进城市，该去卖淫的一定会去卖，谁管你情不情愿？谁管你想当空姐还是歌星？扯！不把你脱光不把你压倒不射你身体里不把你梦想揉碎谁都

120

不甘心！就算社会腐烂得只适合蛆虫生长，人心肮脏得只剩下白毛，可这些干卿底事？假装自己有责任感，有良心就能改变那些杂碎的恶行吗？

能吗？

自己就是个垃圾堆里找食的蛆，有什么资格去笑别人脏？

韩新恨自己多嘴，恨自己虚伪，他没想到高总的反应那么强烈，他只想说话，只想表达不满，如果早知道高总会朝他发飙，他就不会屁颠屁颠地去找难堪了。以前高总对他的牢骚总是好言劝慰，给他造成了错觉，以为说真话不会受到惩罚，可今天的状况颠覆了他的认知。韩新悲哀地想，我终于变了，大学毕业时仅存的一点锐气，一点可耻的理想消磨得差不多了，早就该把这些东西消磨光的。留着有什么用？除了让别人反感还有什么用？不能吃不能喝，不能拿来买房买车，一个吃垃圾的蛆还自以为有洁癖，不知死活，真是个自以为是的锤子！

锤子呀！韩新透心悲凉，就算三昧真火也难把它烘热，想放声大哭却无泪可流，想仰天长啸却空余一声叹息。

回家路上，韩新接了梁碧华的一个电话，韩新有些恼火，直接说："你还有完没完？"梁碧华没撒泼，只是静静说："小新，我要走了，工作变动。"韩新一愣，心情茫然："要走了？到什么地方？"

"这你就别问了，反正我现在还在家。"梁碧华声音有些低，像在赌气。韩新急速掉头，差一点把路边的一辆电动车刚倒，骑车的是个小姑娘，开口就骂："瓜娃子奔丧去啊？×养的！"

梁碧华知道韩新肯定会来，家里收拾得很整洁，一开门，韩新见梁碧华只穿一件松垮的睡裙，眼睛水汪汪的，俩人没跟上次一样虚情假意，而是直奔主题，像两只正处发情期的猴子，紧紧抱在一起。梁碧华说幸亏你来了，你要不来我就跟别的男人睡了，我明天就走，发誓跟今晚到我家的第一个男人睡觉，你看看，我都没穿内裤。韩新问要是来的是个收电费的你也会跟他睡？梁碧华说是啊，不管是谁我都跟他睡。韩新问人家要是不答应怎么办？她说那就强奸他。

想到这可能是他和梁碧华的最后一次了，韩新本着有便宜不赚王八蛋的原则，做了两次，其间何琪给他打了个电话，他谎称正在开会，挂了电话就关机。做到最后，梁碧华开始哭，一开始只是掉眼泪，后来就咧开嘴哭出声来，韩新停下来问她："怎么了？"

"你别停，你要停下来我就杀了你！我他妈真想杀了你！"梁碧华疯了一样一拳砸在韩新胸脯上，砸完又抖着手抚摸他的胸口，"你这个瓜儿，你这个瓜儿！"眼泪流到耳边，流到枕头，流到心里，流到黑夜里瑟瑟发抖的角落，那些风起的地方，叶落的地方。

做完爱，韩新拿卫生纸擦了擦，也帮梁碧华擦了擦，擦得很仔细，刚才一直处于精虫上脑状态，没工夫琢磨梁碧华的心思，谁知道怀里这个女人到底在做什么，到底想要什么？梁碧华闭着眼睛，脸红得像个猴子屁股。韩新问她，你喜欢我什么？梁碧华笑："谁说我喜欢你？自作多情！"她还是闭着眼，像在说梦话，只轻微动了动嘴唇。韩新觉得有些好笑，这个女人飘忽不定，一会儿这样，一会儿那样，让人猜不透，却又情不自禁地想猜。

韩新点上两根蓝娇，塞她嘴里一根。又问："你真的不喜欢我？"

"不喜欢！"

"不喜欢，那我走了？"韩新穿衣服，他想他该走了，何琪肯定等急了。

走到客厅，梁碧华追出来，说等一会儿再走，等一会儿吧。她没穿衣服，抱着胳膊，柔弱得让人不忍心拒绝。韩新坐下，她也坐在韩新身边，抽完手里的烟，她说："我当时想接近你是因为你给人感觉很质朴，像个刚毕业的学生。让我，让我感觉一下子回到了过去。"韩新说："我得走了，回家晚了何琪会生气。"梁碧华低头绞着手指头，轻声说："你就不能再坐一会儿吗？就一会儿……"韩新站起又坐下，局促地说："其实，刚才我并不是真的想走，嗯，我本想说的是……这×养的社会就是一条河，河里的石块再硬也经不起它磨，最终棱角磨光了，都成了鹅卵石。"梁碧华问："啥子意思？"韩新说："没啥意思，我瞎说……"韩新心里有些难受，不知该怎么和梁碧华进行下面的谈话，他不想再做质朴的干净的单纯的傻瓜，他也想油滑，也想赚钱，也想把无数女人压在身下。

122

走的时候，韩新问："明天要我送你吗？"梁碧华扶着门框说："不用了……我调到重庆分社去了，到那儿耍的时候别忘了和我联系。"韩新转身就走，可梁碧华一下从后面抱住了他，抱了足足五分钟才放手，韩新不敢回头，他隐约听到梁碧华低低的啜泣声，像是幽静夜晚赐给他的一个幻觉，让他恐惧而迷恋。

晚上在被窝里，韩新满脑子奇奇怪怪的想法，搂着何琪讲了个故事。他说有个国王喜欢看用人做成的盆景，从一个穷人家买来一个小孩，把他的胳膊和腿都折断，塞进瓶子里当盆景养着，瓶装人每长大一点就疼得万蚁噬心，恨不能死，十年过后他的身体长成了最符合国王审美要求的盆景。国王找来世界上最知名的媒体报道他，天天带他上电视。他说想吃天鹅的舌头，国王为此射杀了成千上万只天鹅，他又说想吃北极熊的心，国王耗资数千万让人抓来野生北极熊。他说想要女人，国王让世界名模轮流陪他睡觉。盆景感到很幸福，虽然这都是他改变自身形态换来的。有一天在家务农的哥哥来看他，穿着破烂的衣服，脸色青黄。因为家里穷，他哥哥没上过学，没有女人，整天吃不饱饭，住在一个茅草棚里。因为没钱看病，他哥哥回家没多久就被病痛折磨死了。本来国王也想把他哥哥培养成盆景的，可被他哥哥拒绝了，他哥哥临死前想幸亏当初没答应国王，要不然就会失去自我，成为残害自己取悦别人的傻瓜。盆景很同情他哥哥，而他哥哥又同情他。你说，这两个人谁最值得同情？

何琪迷迷糊糊地问："啥子意思？"韩新愣了半天，想到给梁碧华讲鹅卵石时她的表情，心里黯然叹息："你不觉得有时候我们都像那个盆景吗？本来我们小时候都一样，无忧无虑，多安逸啊，可是长大了我们就要做出选择，你想做失去自我的盆景还是一无所有的可怜虫？"何琪半天没说话，最后翻了翻身说："真恶心，不许你讲恐怖故事，快点睡觉，明天还上班呢。"

韩新的妈妈礼佛信道，经常到成都周边的道观进香，2005年韩新毕业，陪他妈去青羊宫，偶遇一个老道替人占卜，韩新抽到的签写着："半生糊涂一朝醒，路随心走绝处生。"他一直没弄明白这句话是什么意思，现在隐约明白那两句诗要告诉他什么。

第二天上班，韩新第一个到公司，他从来没起这么早，公司里很冷清，满屋子的电脑和仪器都冷冰冰的。张大伟九点后才到，跟往常一样到他那儿抽支烟，摆一会儿龙门阵。张大伟故作神秘："最近公司的改革措施有点凶，说不定得朝外赶人。"韩新心里一紧："你怎么知道？"张大伟说："听高总说的呗，昨天晚上我和他一起吃饭了。你得小心点，那娃好像对你意见挺大。"

韩新心里很忐忑，觉得高总想炒他鱿鱼。他并不怕失业，旅游策划这个行业是朝阳产业，他完全可以到一些相关私企工作，但他现在不能走，他有两套房子的贷款要还，更重要的是他怕何琪不高兴，怕在何琪面前抬不起头。

十点钟高总叫他们开会，宣布了一项任命，由廖晨出任策划部经理。任命一下，韩新倒吸一口冷气，再看其他策划人员，眼神不屑者有之，微笑摇头者有之，表情冷漠者有之，对这个任命不服气的大有人在。说来也是，廖晨只是刚入行没多久的菜鸟，连 SWOT 分析都做不好，要创意没创意，要逻辑没逻辑，整天就知道抄袭国外经验，这种人怎么能做领导？她除了长得靓点嘴巴甜点还有什么优点？反观廖晨，坐在高总下手的位置，目不斜视，自始至终对高总致微笑礼，手里拿着圆珠笔，随时记录领导指示。听到任命，她装作毫不在意，可腮都红了，活像个油炸了的天外飞仙。

韩新虽心生不满，可尽量把火气压在肚子里，其他人未必就有他那么好的修养，其中一个老资格的策划师当时就长叹一口气，狠狠瞪了高总一眼。高总环视一周说："你们那么看着我做啥子？这个任命不是我说了算的，是相关局领导指示的，廖晨能得到局领导的重视说明她能胜任这个工作……"

这是高总惯用的伎俩，他自己想要的东西，对员工就说这是上级部门想要的，对上级部门就说这都是员工要求的，他站在中间渔利却两边都不得罪，深得中国官场太极真传，虚伪至极，作了恶还让人抓不到把柄。估计他往上级部门推荐廖晨的时候，肯定说她是广大员工民主推选出来的优秀代表。真不知这小妮子有没有陪高总上过床，韩新不明白她除了身体还有什么能得到高总的重视。

124

高总是个标准色狼，涉猎广泛，上到四十岁半老徐娘，下到十八岁青青幼苗，没他不敢干的，环肥燕瘦、高矮美丑在他眼里只剩下一个可供鸡巴进出的器官，据说他年轻时就逛遍成都娱乐场所，去过高档夜总会和五星酒店，也去过路边按摩房和洗头房，实在没钱的时候找个站街女在公园里解决，一根鸡巴从小磨到老，多次被公安局罚款，不见收敛，反而愈演愈烈。他说老婆是米、情人是菜、妓女是盐，搭配在一起才能营养均衡、丰盛可口，可惜他老婆半年前就和他离婚了，至今无米下锅，只靠拿盐拌菜为生。

这事闹得挺大的，他本来和助理有一腿，那助理替他服务了不下五年了，工作上是他的助手，应酬上是他的交际花，生活上是他的老妈，床上是他的充气娃娃，比他老婆还尽职尽责，可问他要一辆帕萨特他都不给，半年前两人因项目款的问题吵了起来，一开始还只是吵工作上的事，吵架升级后开始互相揭短，助理说我替你打了三次胎，高总就说我送了你三条钻石项链；助理又说你床上不行，还没进去就射了，高总就说你×毛上有阴虱，害我都传染了……吵完闹完，俩人才发现办公室门没关，员工们背对着办公室假装忙碌，表情严肃，想笑不敢笑，憋得跟尿毒症似的。后来这事传到他老婆那里，俩人匆匆忙忙地离婚了，据说他老婆临走放了句狠话：怪不得我×毛上最近长虱子呢，都是那×养的传染的，我要把这病传染给所有我见过的和将要遇见的男人。

当然，最后这句话都是韩新他们很恶毒的猜测。

下班前，韩新在高总办公室外踌躇了很长时间，最后一咬牙敲门进去了。高总正忙着整理办公桌上的文件，抬头瞥了他一眼："韩新，有事吗？"韩新低着头说："高总，我昨天……"他本想说他昨天做错了，不该那么意气用事的。可那句话怎么也说不出口。高总说："你昨天怎么了？很好啊，坚持自己的观点，两年了，你几乎一点也没变。"韩新不知道这句话是夸他还是讽刺他，无所适从地说："高总，今天下午你有空吗？我想请你吃顿饭。"

高总冷冷地抬头看了他一眼，点了点头。

125

第十章

这种眼神，韩新两年前也看过，那时候他刚大学毕业，一腔热血，自认为凭自己的才能很快就会出人头地。他那时候最爱做的就是白日梦，躺在床上就百无聊赖地想将来会怎么样。首先他要找工作养活自己，碰到一个好项目就大赚一笔，有了第一桶金就去做生意，现在宠物医院比较时尚，他可以去开一家宠物医院，或者开一个旅行社，主打川西——西藏线，或者在成都郊区承包一大块土地，开一家农家乐，结合现代农业，发展农业旅游。这样下来，他很快就能赚到一千万，有了钱，他留出六百万继续投资，拿四百万买房买车。房子要买龙泉的别墅，带私家花园的。车子要买悍马，奔驰和宝马的档次够高，但太过普通，太过商务了，他要和别人不同就买辆充满野性的悍马，副驾驶座上坐着美女，那美女是谁呢？忘了，不过肯定不是何琪……

　　妄想一夜暴富的韩新参加招聘会时才知道社会的残酷，招聘现场熙熙攘攘，万千黑乎乎的人头攒在一起，无数张焦虑的脸在他眼前晃来晃去，如同春天校园里遮天蔽地的麻雀。他投了很多份简历都石沉大海，偶尔有保险公司让他去签约，不过需要他去听课，兴冲冲过去听了两节课才发现讲课内容如同传销组织洗脑，那些公司不过想忽悠他去卖保险。他终于明白在这样的社会现况里，无论什么样的自负都会惹来上帝不怀好意的嘲笑。

　　直到遇到高总。招聘会的最后一天，他转到美华旅游策划公司的席位，高总正和一个女毕业生相谈甚欢，那女生像个初次卖身的小姐，面对嫖客，表情紧张焦虑，希望这件事能尽快搞完，可又怕嫖客对自己不满意，只好强颜欢笑，陪嫖客无聊地谈情说爱，用此情此爱换取满眼泪水和嫖客口袋里几张鲜亮的钞票。

　　韩新不识时务地打断他们的谈话，递上自己的简历，高总冷冷看了他一眼，翻着厚厚的简历说："哦，你这么多证书，有用的有几个？优秀学生代表，文明学生标兵，大学生演讲比赛第三名，这种垃圾证书每个人简历里都一大堆。我们需要的有创造性的人才，不是优秀学生。"他的话跟刀子一样往韩新心口扎，扎得韩新脸上直冒虚汗，手足无措。翻完简历，高总说："这样吧，我出道题目，如果让你负责

126

整个成都的旅游策划,你该怎么做?明天把策划书送到我们公司,如果合格了我就录用你。"

为了得到这个工作机会,韩新熬了整整一个通宵。第二天去美华公司送策划书的时候,韩新坐在公交车上,看着外面鳞次栉比的楼房和来来往往的车辆,心里莫名酸楚,想浮生碌碌、居无定所,不知前程几何,像个郁郁不得志的傻×诗人,伤春悲秋,泪水在眼眶打转……

吃饭时,高总并没怎么为难他,也没具体说这次机构改革的事,韩新小心翼翼地陪着高总喝酒,两瓶啤酒下肚高总才训了他两句。听高总训他,心里才踏实下来,有时候挨领导训斥不见得是坏事,说明不会炒你鱿鱼,希望你做得更好一点。酒足饭饱,买完单,韩新凑到高总面前说:"高总,听说城西新开了一家洗浴中心,里面节目很丰富,还有川师的女生在那儿做兼职,要不今天我请客,去洗洗?"高总面露惊诧:"你娃儿还好这口?"韩新讪笑,这是张大伟教给他的,今天早上他跟张大伟说想请高总吃顿饭,张大伟嗤之以鼻,说这世界人各不同,有的贪财,有的好色,有的爱酒……高总最大的爱好就是女人,得从这方面入手。

千千洗浴中心装修豪华,站在门外往里看就觉得堪比皇宫,门口停着一溜名车,无一例外的是车牌上都挂着一个白色牌子,把号码遮住了。韩新第一次来这种地方,心里惴惴不安,感觉手脚没地方放,瞟一眼高总,那厮满面春风,如同到了自己家,径直带韩新走到吧台问:"有VIP包间没?"两个看起来很干练的服务员赶紧过来,弓着腰做了个请的手势:"两位先生请跟我来。"螺旋形楼梯上铺着红毯,不时有服务生端着水果拼盘和酒往楼上跑,到了二楼大厅,韩新血往头顶上涌,两个美女只穿着黑色内衣从他面前走过,刺激男性荷尔蒙的香水味道扑鼻而来。

韩新和高总每人一间VIP房,韩新洗完澡,躺床上抽烟,刚才那个服务生过来敲门,问他要不要小姐。韩新心跳有些急,酒劲上来了,大着胆子问服务生这儿的小姐都有什么服务。服务生说:"我们这儿有冰火、毒龙、漫游等常规的服务项目,不过我们新上了一种服

127

务——红绳，试试这个吗先生？"他说的这些韩新根本不明白是什么意思，可又不想让对方知道自己第一次去色情场所，傻兮兮地点了点头。

服务生出去一分多钟，一个女孩就进来了，长得很清秀，扎着马尾辫，看起来像个学生，穿着一件透明的薄纱，里面的内衣若隐若现。韩新想也没想就把她留下了。女孩看他有些紧张，躺在他身边抚摸着他，吻他的身体……

红绳将是韩新永远也忘不了的经历，房间天花板上垂下来一根红绳，女孩抓住绳子倒立起来，像个体操运动员，嘴里含住韩新的下身，在绳子上转圈，韩新好几次都要射精。

一切都结束的时候，韩新心里突然很空虚和难过，完全没有和何琪做爱时的满足感，女孩很漂亮，服务很周到，可没有那种灵魂交融的感觉。女孩走的时候，轻佻地弹了弹韩新还处于半勃起状态的下身说："帅哥，你真厉害，我是319号，记住下次还找我啊。"韩新茫然地点了点头，在床上愣了半天，壁挂液晶屏上正放着黄色电影，两个日本少女表演同性恋，声音和画面暧昧而靡靡，韩新突然很想吐，不知道是因为喝了酒还是因为做了爱，他胃里一个劲收缩，酸酸的胃液和着辛辣的油气往喉咙里顶，他使劲憋着，顶上来他咽下去，还往上顶，最终还是哇一声吐了出来，地板上喷了一片污渍，呈放射状，空气也跟着溃烂了，包房里有医院里药酸的味道。韩新眼眶热热的，鼻子里酸疼，额头发涨，眼泪和着鼻涕往下流。

他还是那个骑着自行车迎着阳光去上课的韩新吗？他还是那个背着何琪在草地上奔跑的韩新吗？他还是那个高兴了就能无忧无虑地欢笑的韩新吗？他还是那个相信爱情胜过相信自己的韩新吗？他还是毕业时喝醉了酒抱着将要离去的同学哭泣的韩新吗？

不是了。他很久没在拉着何琪的手说老婆和你在一起好幸福；他很久没再趁何琪不注意就蒙住她的眼睛让她猜猜他是谁；他很久没再看到何琪不开心就轻拍着她后脑勺说，老婆，哪个欺负你了，看我不揍他个性生活不能自理；他很久没在逛街时盯着美女故意惹何琪生气吃醋，在何琪的拳头中哈哈大笑着说刚才那女的真丑，简直就是老太婆。

128

刚和何琪一起的时候，韩新很认真地问她："如果有一天我要孤身漂泊，你愿不愿做那个永远陪伴我的影子？"何琪想笑却撇起嘴，摸着他的小乳头："讨厌，我才不做你的影子呢，没有光就没有我，我要做你的心，永远在这儿跳，离了我你就活不了。"

后来他们都觉得这些话很酸很肉麻，那时韩新幻想自己会成为漂泊天涯的游子，孤独而疲惫，满身风尘，能陪伴他的只有自己的影子，哪怕困顿终生也要自由的灵魂，那种意境让他向往。可最终他还是成了万丈红尘里一粒随波逐流的尘埃，年轻时的梦境只成为回忆时转瞬即逝的一缕心酸。

青春怎么突然就老了？一切的发生都让人猝不及防，让人在某个时刻突然想起这些，那么怀念，那么失落，失落得直想哭。

从 VIP 房出来，服务员说高总正在休息室等他。韩新过去，休息大厅里正歌舞表演，三个穿着暴露的少女在舞台上跳来跳去，高总正调戏一个女服务员，手都快伸到人家内裤里了，服务员不是小姐，羞涩地躲着他，表情幽怨，几欲发火。看到韩新过来，高总指了指旁边的空床："瓜娃子，怎么那么慢？"韩新躺下问："高总，我喝多了，刚才在房间里吐了一地，没啥子吧？"高总厌恶地皱了皱眉说："没啥子，你只要不吐小姐嘴里和×里就没啥子。人家来这里都是射精，就你厉害，吃的饭都能射出来。"

自从进了这家洗浴中心的大门，高总在韩新心目中的形象就彻底颠覆了，剥开身份的外衣，他和高总都是一个寻花问柳的男人，在心理上是平等的。就像俗语所说：什么样的关系最铁？一起扛过枪，一起同过窗，一起下过乡，一起嫖过娼。要不是有上下级关系在那搁着，韩新和高总就像两个好哥们儿了，可以互拍肩膀，可以互相取笑，可以肆无忌惮地当面打听对方隐私。就像凤凰和鸡的关系，凤凰长得比鸡好看，可一旦凤凰放下身段，和鸡一起在土堆里刨米吃，就会给鸡造成一种错觉，认为凤凰只是它的同类。

韩新正在琢磨该用什么样的语气和高总说话才显得亲热而得体呢，高总的一句话给他心里浇了盆凉水，让他意识到自己有些得意忘形："韩新，最近公司正机构改革你是晓得的哈。"韩新点了点头："晓得。"高总又说："相关局领导不满意你最近的工作成绩，想给你调个部门。"韩新心里突突直跳："什么部门？"

高总瞥了他一眼："你娃儿怎么那么沉不住气？急啥子。现在咱公司搞策划和规划的很多，可就是缺一个搞业务的，所以我们想让你当业务经理，暂时只有你一个人，等有了业绩再给你安排人手。"

这只是一种变相的发配，说得好听，什么业务经理，其实就是一个四处跑腿拉关系找客户的马仔，和他本行根本不沾边。并且韩新的性格好静，不喜欢拍马溜须，不喜欢舔别人屁眼。

高总给他安排这个工作就是想把他挤走。这是韩新脑子里一刹那的念头，酒精冲头，冲得他心里翻江倒海，下一个念头就是把枕头丢到高总脸上，然后报以一顿老拳，让高总满脸开花、五窍流血，惨死在这个销金堆玉肉体横陈的淫窟，心中有恶意，表情必狰狞。高总装看不到，喝了口茶，龇着牙说："你这娃儿吧，真他妈操性，我这也是为你好，你做策划能拿多少钱？告诉你，做了业务经理，只要是你拉来的项目，公司就给你百分之十的利润提成，能拉来一单百万以上的项目，你提成就十多万，够你做策划好几年的。"

听到这番话，韩新表情松弛下来，手心里握出汗，水涔涔的，或许这真的是个机会。为了有钱，拍马溜须又怎么了？舔屁眼又怎么了？给人喊爹又怎么了？卖身又怎么了？卖肾又怎么了？卖血又怎么了？卖命又怎么了？

在这摇摇晃晃的世界里活着还能怎么样？等着天塌，等着地陷，等着万物生灵戕杀心里最后一丝善念，龇出挂着血浆肉渣的獠牙，恶狠狠地扑向同类异类，这又怎么了？我们不相信天堂，不相信地狱，不相信善恶，不怕万火燎心的惩罚，不怕黑到绝望的夜色，不怕掏出一颗血淋淋的心卖给魔鬼，只怕没有钱。

高总瞪了韩新一眼："你干不干？给句准话。"语气像个正准备拉人打劫银行的歹徒。韩新表情阴晴不定，最后似恨似喜地说："干！"舞台上的表演快到终点，彩灯闪烁，三个少女身上汗珠淋漓，反射着晶莹的光，四个抱着电吉他和贝可的大男孩走到前台，给观众鞠躬，在迷幻的光影里，表情羞涩而认真，眼神执着而充满理想，向台下介绍："我们七个是四川音乐学院的学生，从前年开始组队，成立了这个麻雀天空演艺队，很高兴能为大家演奏和跳舞。下面由我们四个人为大家演唱 Beyond 的歌曲《再见理想》，以祭奠家驹在天之灵，家驹虽去，歌声永存！"台下有人叫骂："滚，一群龟儿子！让那几个女的跳舞！"

高总很期待地看着台上，似是无心地跟韩新说话："记得上个星期喝醉了，去 KTV 唱歌，我唱的就是这首《再见理想》，把一帮老哥们都唱哭了。原本以为心如铁，遇你便成绕指柔。我记得这句话是你在公司年庆上说的吧？"

韩新轻笑点头说："还有两句，哪怕百炼成精钢，岁月熬成镴枪头……这是说鸡巴的。"

窗外华灯亮丽，夜色如烟，无数人匆匆来去，寒暄喧闹，却记不住一个似曾相识的面孔，只是记忆深处总有一些影子，触不可及，深深沉淀，使得记忆清晰无比却长满扎人的刺，像心底里有块破碎的镜子，在心脏不知不觉悸动时，把它扎得鲜血淋漓。

韩新有个很聪明的高中同学，名叫佟小欢，数学很好，100 分的题经常得 90 多分，还多次在模拟考试中得满分。他那时最大的梦想就是考上清华大学数学系，毕业后考到麻省理工学院深造，拿到绿卡，留在那个传说中的国度。可不幸的是，他高三那年找了个女朋友，在那个荷尔蒙分泌过剩的年龄里，性爱绝对是少男少女们的心灵炼狱，没有性爱就会心如火煎，夜夜思春，有了性爱就会身陷泥淖，无法自拔。当韩新躲在被窝里幻想着班花的裸体打飞机时，小欢已经抱着女朋友在操场激情拥吻了。可好景不长，一次体检证实他女朋友患有乙肝，已经大三阳了，如果不能把病情控制下来，她将没有资格参加高考。可他女朋友家很穷，无法承担昂贵的药费和漫长的治疗。在那个阴冷的秋天，雨下得特别漫长，小欢短短几天就走出了青春期，当他在校外出租屋里抱着女朋友哭的时候，当他一个人漫无目的地走在细雨里的时候，当他几欲放弃高考出去打工挣钱替他女朋友治

131

病的时候，他就长大了。

几天后他找到韩新问："有个好工作，你愿不愿做？"那时韩新正叛逆，厌倦了无休止的学习，厌倦了浩如烟海的模拟试题，厌倦了父母的唠叨，竟然答应了。小欢所说的好工作就是替人报仇，他从商场的公共厕所里看到一个广告："麻药、电枪、办证、替人报仇、收债。"他按上面的电话打过去，说自己想挣钱，可以给对方当打手，替人报仇。韩新没把这当回事，反正在学校里也经常跟小欢一起和人打架，到社会上去打别人还能挣钱，就答应他去试试。

可真去替人报仇的时候，韩新却心虚了，那个眼神阴冷如毒蛇的中间人给他们每人一把砍刀，说只有见血才能给他们钱。韩新本想放弃，可小欢近乎哀求地看着他："你陪我去吧？就一次，我想挣钱给女朋友治病……可我自己不敢去。"

那次韩新举起了刀，砍向一个他们从未谋面的陌生人，那陌生人眼里的恐惧、亡命的奔逃、绝望的嘶喊成了他心底最抹不去的影子。那是他这辈子做得最冲动的一件事，做完那一次，韩新回家难受了整整一晚。他没有拿钱，把本该属于他的两千块钱都给了小欢。那次他和小欢一起去医院看他女朋友，小欢在病房外还大哭一场，可一进病房门就满脸笑容，很温暖，暖得韩新鼻子发酸。

原来爱一个人可以这样付出！哪怕自己要为此承受万蚁噬心的煎熬，哪怕自己要放弃充满鲜花的前途。

后来韩新就再也不去替人报仇了，他受不了良心的谴责，一夜之间他也从青春期的迷惘里走了出来。可小欢还去，他女朋友的病一直没好转，等着他挣钱买药。高考完，他考上一所二流大学中文系，可他撕毁了入学通知书，他说他有个哑巴弟弟，还有个生病的女朋友，上大学对他来说只是一个让人留恋的梦。记得他曾在一个数学试卷上写过一首诗，当时老师改完试卷还把他狠批了一顿，怪他不专心考试，在试卷上涂鸦，并当着全班同学的面把那首诗念了出来：一蓬飘絮一河沙，半生风雨落残家。孤灯难明无涯夜，涕泪沾襟心如杀。数学老师不懂诗，读完还笑着对小欢说："少年不知愁滋味，爱上层楼，爱上层楼，写这些东西有什么用？有工夫你好好学习，考上清华是正道。"惹得全班哄堂大笑。

那是 2000 年，新世纪的第一年，人们毫无留恋地送别了一个世纪，谁都以为新世纪将充满阳光，人们将得到希望和富足，在那年的联欢晚会上，烟花照亮了北京夜空，主持人一如既往地绽放千年不变的笑容，人们在歌唱狂欢，虽然他们不知道有什么理由可以这么高兴，他们真的不知道。韩新和小欢从家里跑出来，好不容易找到一个苍蝇馆子吃饭，一人一瓶啤酒，看着电视上无数人渲染的快乐气氛，小欢捂着嘴哭了。

他那年只有十八岁，本可考取清华大学，甚至可以出国，成为一个诗人或数学家，获得诺贝尔文学奖或数学奖，生命在他面前展现了一个美好未来。可他为了一场虚无缥缈的爱情葬送了一切。

后来韩新在一家规模很大的按摩城遇到了他和他女朋友，眼神阴冷如毒蛇。韩新问他是不是还干老本行，他脸皮抽动："还干，不干怎么办？我要供我弟弟上大学，他是个哑巴，我考不上大学还能混口饭吃，他要是考不上就完了。没说的，你要是有摆不平的事尽管来找我，我帮你摆！"其状如街头混混，满脸横肉，纹身如蛇，看似阴鸷的气势里隐藏着莫名的焦虑和悲伤，在他身上再也看不到当初那个诗歌天才和数学天才的影子，泯然众人。

所有的理想在上帝的安排下成了一堆泡沫，光华闪亮后化为一摊充满恶臭的污水，就像台上那四个傻鸟，无论对音乐抱有什么样的美妙理想，都要在这个淫窟里为一群嫖客唱歌。也像他自己，不管以前有什么样的理想和洁癖，为了钱，可以去舔别人屁眼。不知为什么，此时此刻，韩新突然想到当初在病房里看到的小欢那个温暖的笑容，和那个阴冷的眼神重叠起来，让人唏嘘不已。

青春是一场成长的蜕变，要褪掉一层皮，褪掉那层傻兮兮的温暖笑容，才能让自己坚硬起来，这个过程怎么能不疼？韩新曾读不懂天才小欢的那首诗，可现在想起来他早已预知了很多人的人生：一蓬飘絮一河沙，半生风雨落残家。孤灯难明无涯夜，涕泪沾襟心如杀……韩新想罢，后脑勺激灵灵的，手臂上汗毛直竖，眼眶忽热，热泪哽在喉咙里，腥咸如血。

133

第十一章

回到家的时候已经夜里十点半了，出乎韩新意料，不光何琪在家，韩万和也来了。何琪一改往日对公婆的不屑和敌对姿态，对韩万和照顾有加，韩新进门的时候，她正给韩万和沏茶。一看她那表情，韩新就知道她同情心又开始泛滥了。

何琪就那性子，平时看起来很凶，可心比谁都软，最见不得别人受苦。看电视和读小说的时候，只要看到主人公落得个凄惨下场，她就伤心落泪，好几天缓不过劲来；看到有人虐待动物，她就恨得咬牙切齿，恨不能将之碎尸万段。说来奇怪，爱心泛滥的她经常对韩新的不开心视而不见，或许是因为两个人贴得太近吧，最亲的人往往最容易被忽略。

韩万和表情说不出的难过，笑得都那么让人心酸。看韩新进门，他讪讪地摆了个想要站起的动作："小新，怎么这么晚才回家？"韩新尽量不去看他，自顾自换着拖鞋："没啥，我和高总一起吃饭了。"虽说他心里很反感韩万和，可终归那是他爸爸，看到那张憔悴而惴惴不安的脸，他心里也有些难受。

何琪蹦蹦跳跳地过来，故作开心，抱住韩新的胳膊："咱爸说想在咱家住几天，我答应他了。"何琪看出韩万和的尴尬，怕他不好意

134

思请求韩新，赶紧先把他的目的和自己的回应说出来，让韩新没有反对的理由。

韩新心里有些烦躁，皱着眉看韩万和，没说话。韩万和有些讨好地说："没事，小新，要是不方便我就不住了，不能影响你们休息。咱家，你妈走了，我自己住不惯，冷清。要不，我先回，你们赶紧休息，别耽误了明天上班。"说着，他站起身就要走，几天时间，他的腰已经明显佝偻，头顶秃得更厉害了，提着包，站在茶几旁："小新，我给你带了些核桃，你最爱吃的，不过放得有些久，表皮上发霉的就别吃了，对身体不好……"

韩新努力压抑着心里的难过，两眼看着别处说："爸，先别走了，在这儿住几天吧。"

"唉！"韩万和应了一声，转过脸去拿手搓了搓眼。

晚上睡觉的时候，躺在被窝里，韩新抽了一支烟恨恨地说："不管怎么样，我都不能原谅他。"何琪在黑暗里抱紧他说："你怎么那么狠心呢，你怎么那么狠心呢。"

刚睡着没多久，何琪的电话响了，是蔡娟的，她半天没说话，如同鬼魅，过了很久才心不在焉地跟何琪道了声晚安，让何琪心里发毛，猜不透她深更半夜地打这么个电话有什么问题。

当何琪夜半听着寂静空气中偶尔响起的声音，为了那个奇怪的电话瞎琢磨的时候，蔡娟正在家魂不守舍，今天晚上张林又没回家睡觉，他借口公司最近有个大项目，需要全员加班。这已经是第三次了，第一次他借口一个朋友的车在都江堰抛锚，需要他过去帮着处理；第二次他说一个外地客户来成都，需要他接待，一夜未归。这是第三次了。自从蔡娟回家，他们只做了一次爱，按说小别胜新婚，两个人那么长时间没见，住到一起应该干柴烈火才对，可张林怎么都不愿碰她。只有他们刚回家的那晚，张林看蔡娟有些饥渴，腻在他身上不下来，才勉强做了一次，并且做得很不成功，其间他下身软了好几次，从那以后就再也不提做爱这茬了。

其实张林心里还是有疙瘩，或明或暗地问了蔡娟好几次，想知道她和那个男老师到底什么关系。不管蔡娟怎么解释，他就是不信，一些先入为主的想象在他脑海里根深蒂固。正因如此，蔡娟的身体在他眼里是脏的，触之如蛇蜕，虽知无毒，就是觉得腻歪。

当一个女人无论如何都不能让男人相信自己的时候，心里是非常绝望的，她想早知如此，还不如那天晚上就答应了那个男老师，省得自己受冤枉。想到伤心处又无处排解，只好给何琪打电话，可电话打通了，她却无从开口。

信任的建立需要很长时间，或许几年，或许一生，可倒坍只需一瞬。一个谎言，一个意外，一个不经意的表情都有可能把辛辛苦苦巩固起来的信任感冲垮。

第二天一早，韩新和何琪起床，闻到一股怪怪的味道，顺着味道走到厨房一看，韩万和正笨手笨脚地做饭，锅里直冒黑烟。

何琪忙打开抽油烟机说："爸，你别忙了，我们早饭都是在外面吃。"韩万和关了煤气灶，笑呵呵地说："没啥子，外面那些苍蝇馆子不干净，我不太会做饭，刚才煎鸡蛋都煎糊了。这是重煎的，你们一人两个。"说完还特意看了韩新一眼，眼神闪烁，像个做错事的孩子，想求得别人谅解。韩新没说话，洗漱完就要走，何琪拉住他："怎么了小新？"韩新说："我不想吃。"何琪小声说："你别这样，那是你爸，你看他多可怜。你只要原谅他，咱们的 AA 制协议就取消，怎么样？怎么样嘛？"

韩新心里突然很烦躁，甩掉何琪的手："没必要，那多不好意思啊，为了我爸，让你做出那么多牺牲，不值得。"这句话阴阳怪气，何琪立马火了："瓜娃子，你不吃我也不吃，那是你爸，关我屁事，别给脸不要脸。"

这是李卫红去世以来何琪第一次朝他发火，她实在不明白韩新为什么那么固执，那么爱钻牛角尖，自己爸爸做得再不对也不能表现得太过火啊。韩新没理她，他知道妈妈的去世给他造成了太大伤害，脾气有些乖戾，可没办法，他控制不了情绪。关于工作调动的事他还没跟何琪说，不知道何琪知道了会有什么反应。不过他对何琪有些感激，何琪这个时候表现出了一个女人最基本的善良，她不但接纳了她向来看不起的韩万和，甚至可以为了他们父子和解而放弃自己坚持的一些东西。

爸爸、何琪、梁碧华、工作、AA 制协议……所有这些有什么意义？韩新走出家门的那一刻，心里突然很空，满脑子虚无的感觉，他本想回家给韩万和和何琪道歉，可在门口踌躇了一会儿还是走了。

高总很快宣布了对韩新的新任命，很多策划师或怜悯或幸灾乐祸地看着他。做策划动脑力的人往往看不起业务员，觉得他们全靠耍嘴皮子挣钱。虽然公司提出给业务经理百分之十的利润提成，可谁都知道一个人单枪匹马根本拉不来业务，旅游策划公司不是旅行社，到报纸上登个小广告就能拉来游客。他们面对的是各级政府部门，特别是各地的旅游局官员。有项目的时候那些政府部门都是给几个比较知名的旅游策划公司发招标函，用招标的形式确定选用哪家公司。虽然韩新也负责招标工作，但那种项目不算是他拉来的，没什么利润分成。

谁都不知道高总为什么要设业务经理这个虚职，谁都不知道韩新为什么要答应高总，去当一个放弃大脑用嘴皮子谋食的傻鸟。

只有韩新在会场上不动声色，听到这个任命，他眼神中只一瞬间闪过慌乱，接着就平静下来。他想搏一下，想知道自己这辈子还有没有可能登上巅峰，或是在半途中就会累死，他想换一个活法，不再活在过去。现在的社会，受到最不公平待遇的就是搞创造的人，一个策划师就算天天爆发头脑风暴又怎么了？利润都让一群不用干活的瓜娃子给拿去了，月薪四千块钱，还不够别人一顿普通的宴席，他们喝着别人吃剩的汤还得意洋洋，感觉自己活在天堂。他们所谓的头脑风暴只能创造出欧美数年前就用过的概念，可他们还认为走在时代尖端，引领旅游发展潮流。真是不知死活的锤子！

随着立场的改变，韩新否定了以前的自己，虽然那是一个很痛苦的过程。傻，太傻，韩新看着在场的策划师们，想到自己的过去，想哭又想笑。傻儿呀，被人玩死都不知怎么死的。韩新一边为自己理想的流逝而伤感，一边在心里为自己开脱。

会后张大伟问他："你想当这个业务经理？"

"是啊。"

137

"你知不知道咱这个行业的规则？大部分业务都是面向政府，你才认识几个当官的啊？能拉来项目？"

"总得试试吧。"韩新叹了口气说，"我不像你过得那么舒服，我得养家糊口。这个社会里，既然我没法改变身边的环境，我改变我自己总没错吧。"

剩下来的日子韩新过得很清闲，公司里没有他的策划项目，能做的就是在办公室上网，看到哪个地方有开发意向就赶紧打电话过去问问，可大多数时候他都会被人回绝。韩万和呆在他家里没走，只是他已经知道了韩新对他的敌意，想对韩新好可又不敢表现得太明显，他真想回到从前，父子俩嘻嘻哈哈地杀两盘象棋，因为悔棋这爷俩能争得面红耳赤，可一看韩新冷冷的表情，他表现得更加唯唯诺诺，他越想找机会获得韩新的原谅，就越招他反感。何琪知道了韩新工作调动的事，没说什么，也没像以前那样把他训一顿，自从李卫红去世，她也像是变了一个人，对韩新实行人性化管理。

何琪从李卫红身上看到了自己的未来，她突然明白，守住一个男人的心远比让他挣很多钱更加艰难。

所以有时候何琪尽量摆出一副可爱模样。就像他们刚结婚时，何琪给韩新起过很多昵称，什么小亲啊小乖啊小屁屁啊……虽然这些昵称都是叫几天就不叫了，可每当她这样叫都惹得韩新一脸温暖笑意。她现在又开始这样叫韩新，只是从他脸上看不出来以前那种发自内心的笑容了。有时候韩万和睡得早，何琪和韩新看电视，找不到遥控器时就说："我的遥遥呢？"韩新不解："什么遥遥？"何琪得意地说："就是遥控器，真是，又找不到了，等哪天科技发达了，造出一个专门操纵遥控器的遥控器。我就可以拿着遥遥的遥遥找遥遥了。"

听到这些韩新就会笑，抱住她亲热一会儿，可过不了多久他又开始心事重重。

也难怪，除了生活上那些烦心事，工作上的困境更让他忧心。虽说现在他过得清闲，可这也说明他没有任何业绩啊。想了几天，他想到张林。他的工作之所以进行得不顺利，是因为他没有任何资源，没有一张可以铺天盖地的关系网。张林那厮做了两年广告，关系网铺得很到位，各行各业都有认识的人，说不定他能帮上忙。

想罢，打电话给张林，说是想请他吃顿饭。并约好到老菜馆去，他本想请张林去酒吧的，可他恍然间觉得自己老了，一想到酒吧里震耳欲聋的音乐他就头疼。不再像前两年，一听到摇滚或舞曲就兴奋，身上的细胞都跟一个个被激活了似的。现在他更想听听舒缓的轻音乐，不要嘈杂，不要悲伤，不要歇斯底里，甚至不要快乐，只要有声音，别让自己太寂寞即可。

张林结婚的时候，在老菜馆订了十桌酒席，让韩新给他当伴郎，两个人都西装笔挺，一脸白里透红的阳光，看似生活在他们面前展开了一个铺着红毯撒满鲜花的未来，那时候，他们对生活没有任何质疑。张林在新郎祝辞中说：我来自一个重庆山村，父母含辛茹苦把我养大，供我上大学。今天，我给了他们一个合格的答卷，我，张林，对各位成都的亲朋好友发誓，在我有生之年，将和妻子一起善待我的父母，有违此誓，天打雷劈。我还发誓，要善待与我同甘共苦的妻子，执子之手，与子偕老，哪怕世界末日来临，也要把婚姻进行到底。最后，我感谢蔡娟的父母，是他们给了我一个美丽的妻子。

说完他领着蔡娟走到父母面前跪下，蔡娟扭捏了一下，硬被他拉下来了。两位衣着朴素的老人受宠若惊，拉着张林他们的手扭过头去，热泪盈眶。可蔡娟父母脸色铁青，因为张林让蔡娟下跪，更因为张林只跪了自己父母而没跪他们，只是给他们鞠了个躬。或许是因为张林曾受到的歧视在心里留下了阴影，而那种阴影会延续终生。

对那次婚礼，蔡娟也不满意，可以说结婚的过程与她之前幻想的相差很多。那是她正式把自己托付给一个男人的时刻，是她一生中最重要的时刻。可她能看出来张林并不满意和她结婚，态度敷衍，拍婚纱照是她硬拉着张林去的，订的酒店是张林随机选择的，特别是面对蔡娟爸妈的时候，张林那一脸的笑怎么看都觉得虚伪，跟个讨好日本军官的地下党似的，表面在笑，心里巴不得把对方掐死。

可以说她是看着张林成长的，从一个朴素无华的农村大学生成长为一个意气风发的小公司老板。大学时，张林整天穿一身休闲服，见

139

了生人有些腼腆，和人聊天就聊贝克汉姆和姚明，或者聊中国到底需不需要航空母舰。

刚毕业时，张林走到哪儿都穿西装打领带，行色匆匆，见人就发名片，和人聊天就聊广告业的平台转换和发展前景，或者聊哪只股票有望反弹。

到了现在，他又开始穿休闲装，现在买一件休闲装的价格够他大学里买十件，可穿在身上显不出有多休闲，见了客户就笑得跟吃了屁似的，见了员工就绷着脸，一聊天就聊现在广告业不好干，他也就是赚些辛苦钱，或者聊想要出国需要哪些程序，聊哪家饭馆的菜好吃，聊哪家健身房女教练比较养眼……

一个男人就是这么长大的。

蔡娟越来越受不了张林，觉得他心眼比针尖还小，因为那个男老师的事，张林一直冷落她，回到家，不管她说什么，张林都"哦、哦"地应付，对她的性暗示视而不见，丝毫找不到大学里对她体贴入微的感觉了。

那个男老师名叫秦川生，一个很有锐气的男人，北师大毕业，教语文，据学生反映他讲课非常精彩，激情四射，充满智慧的火花。只是他和很多邋遢的单身男人一样，不太重视外表，眼睛浮肿、衣服好几天不换、头发蓬乱，笑起来都能看到黄色牙缝和黑色毛孔。因为蔡娟和他一个办公室，经常见他眯着眼看米兰·昆德拉和 J·D·塞林格的书。

交往时间长了，蔡娟听说了很多关于他的传言。据说他大学里有个很优秀的女朋友，可毕业时那女孩抛弃他嫁给一个日本人，移民到日本去了，他受到的刺激太大，性格变得孤僻，不太喜欢和女人交往，至今未婚。凭他的才学，毕业时本应能进国家重点中学当老师的，可他思想太偏激，动辄就痛心疾首地抨击社会黑暗，还因学校管理问题发动了一批学生在校园里游行，后来被保卫处处理，导致毕业时没有单位愿意接收他这样的刺头，只好流落到成都这所普通中学。

有学生说，他曾在课堂上语重心长地教育一些谈恋爱的学生："我看你们班有谈恋爱的了，这样不错，恋爱自由嘛。都是成年人了，

140

应该享受成年人待遇，所谓早恋的说法根本站不住脚，谁都有权利追求爱情，根本和年龄无关。不过我还是要警告你们，所谓爱情只是你们年轻时看过的一场烟花，谁也别指望这场烟花永远绚烂下去。人生总有散场的时候，爱情也是，开场时爱来爱去，散场时恨来恨去，回忆时痛来痛去。这或许就是你们某些人未来的人生，你们必须为此做好准备，遇事冷静一点，想透了就能放开了，不要像我，对人生没有把握也没有准备，落得个如此境地。"

这些话不可谓不苦口婆心，可学生们大多不理解，一个正恋爱的男生当即起来反驳他，我认为爱情就是一辈子，只要相爱就不会分开。他只是苦笑，无心辩论。有些事情，不去经历，谁又能看得清？有些人，不受伤害，又怎能长大？多少年轻，多少爱恨，多少痴缠，不过是黄昏日落里的一声悲凉的叹息。

本如一潭死水的秦川生遇到蔡娟就发生了改变，他说蔡娟长得和他女朋友不像，但气质上非常接近，后来有事没事就往蔡娟身边凑，彼此熟悉了以后，那厮还给蔡娟写了一首诗：

　　那一天，闭目在经殿的香雾中，蓦然听见，你诵经的真言
　　那一月，我转动所有经筒，不为超度，只为触摸你的指尖
　　那一年，我磕长头匍匐在山路，不为觐见，只为贴着你的温暖
　　那一世，我转山转水转佛塔，不为修来世，只为在途中与你相见

一开始蔡娟认为这是秦川生写的，惊羡于他的才华，后来才知道这是别人的诗。明白了秦川生的意思后，蔡娟很明确地告诉他，她已经有男朋友了，并且正准备结婚，可那厮鬼迷心窍，说这怕什么，即使蔡娟结婚了也有重新选择爱情的权利，他也有追求的权利。这两年来，他一直很照顾蔡娟，并且很有分寸，从没在蔡娟面前有过火的表

现。蔡娟一开始还很厌烦他的纠缠，慢慢地也就接受了，反正无所谓，他只是爱慕她，彼此当成好朋友就可以了。

没想到正因为这个人，她和张林的关系降到了冰点。她曾问过张林："你经常彻夜不归，我怀疑过你啥子吗？我那天就加班晚了点，你怎么就没完没了了呢？"

听到这句话，张林转头冷冷地看着她，什么也没说。那眼神烙在蔡娟心底，让她冷得发抖。那天晚上给蔡娟送花的还真就是秦川生，在那之前蔡娟曾给秦川生唠叨过自己和张林的矛盾，并且表达了想要离婚的想法，本来蔡娟只是想找个人倾诉心里的不满，没想到脑子一根筋的秦川生真的相信了，旁敲侧击地从蔡娟那里打听到她正住一个朋友家，又偷偷跟踪她过来，打探到何琪家的地址，就在楼下花店订花，送到何琪家里，连送三次。对秦川生了解不够的蔡娟没想到事情会这样发展，觉得这样下去不好，那天晚上约秦川生在办公室见面，想当面跟他谈清楚，由此引发了误会。

给何琪打电话的那天晚上，她看着头顶的天花板愣了半天神，长期失眠使她的精神处于崩溃边缘。挂了电话一直睡不着，过了很久，她又给秦川生打了个电话，电话一接通她就开始哭。

秦川生的声音有些哑："怎么了蔡娟？对不起哈，刚才我睡得太死了，刚听到电话响。别哭，有啥子事跟我说嘛。"蔡娟抹着眼泪说："你喜欢我吗？"秦川生愣了："啥子？"蔡娟又说："我问你娃喜不喜欢我。"电话里窸窸窣窣地响了一会儿，秦川生声音有些激动："喜欢，不对，嗯……是很喜欢。"

蔡娟一字一顿地说："好，我就问你一遍，你娃儿敢不敢到我家里来？"

秦川生犹疑问："现在？"

蔡娟哭出声来说："对，现在！"

张林大学时性格非常好，不知道怎么拒绝人，每当别人求他办事，他虽然心里不愿意，扭扭捏捏的，可最终还是会答应人家。他自己也知道这个毛病，并为此苦恼了很长时间。有一天韩新欺负他，对

142

他说："你娃屁股脏了没？洗洗屁股，趴床上等我。"张林很不解地问："你想做啥子？"韩新憋着笑，眼泪都憋出来了："还能做啥子，爆你菊花呗，你不知道我是同性恋啊？"张林表情明显很郁闷，红着脸嗫嚅了半天："这样好吗？我……"说完看韩新像是认真的，他真的拿了一个脸盆去水房了。韩新以为他真要去洗屁股，忙冲出去把他拉回来。后来他问张林是不是真的相信他是同性恋，张林说我知道你娃在逗我玩，所以我就假装当真，吓唬你一下。

快毕业的时候，张林就变了，不再是一个老好人，对别人的要求大多会拒绝，起因是他们班一个男生和体育系一男生打架，结果被人胖揍一顿，那个男生气不过，在班里召集了几个男生，其中就有张林，找到体育系男生打了一顿。体育系男生把这几个人都告到校保卫处，结果张林他们都被罚了钱，几百块钱对其他人来说并不多，可张林家穷，那几百块钱是他两个月的生活费。更让人难以忍受的是，他们班那男生和体育系男生的争执是因为争女朋友。本来人家女孩已经答应做体育系男生的女朋友了，可他们班那个男生还不死心，纠缠不休，才起了纠纷。

事后张林说，对别人好没错，但要有原则，否则就是在纵容别人犯错。

从那以后他就学会了拒绝，学会了衡量利弊。对蔡娟也是那样，不再一味讨好。

上大学的时候，张林和韩新无话不谈，甚至连他们几天做一次爱都当成一个话题拿出来讨论。有时候张林会和韩新抱怨："蔡娟性欲太强，礼拜六我们做了三次，到现在我腰还酸疼，这样下去非得肾虚，射精的时候射出来的根本就没有精子，光剩前列腺液了。"

坐在老菜馆，看着面前那个衣冠楚楚的张林，韩新感觉昨日的事情就像一场幻觉，可又觉得那些事情确确实实发生过。回忆就像一首老歌，许久前听过，本以为忘记了和那首歌有关的一切，可当再听到那首歌的时候，会突然感觉自己回到了过去，曾有过的情绪围绕在身边，让人莫名伤感。

张林看起来兴致不高，脸色苍白，眼眶红肿，几天不见，眼袋大

143

了一圈。

韩新试探着问："张林，你和蔡娟和好了吧？"

"蔡娟很好。"张林避开他的话题，"找我有什么事？在电话里听你的意思，是遇到了些麻烦？"

"是啊，最近工作有些调动，不做策划了，做业务。"

张林想了一下说："这个调动不是太妙，我对你们旅游行业有些了解，业务不好做。"听他这么说，韩新忙给他倒了杯啤酒，"这句话说到我心里了。"

张林点上一根烟，看起来有些颓废："小新，你跟我说话不用这么绕弯子，有什么话直来直去最好。就像以前……算啦，不说以前了。"

"好，那我直说了哈。"韩新脸有点红，感觉变了，在张林面前总是提不起气来，特别是他还有求于对方，即使那么多年的友谊也遮蔽不了身份的沟壑，"也没啥子事，你也知道做业务的最需要的就是人脉，可我没有这方面的积累，想让你帮我介绍几个和我业务相关的人。"

"嗯，这事啊……"张林没表态，想了一会儿说，"我倒是认识一个人，只是不知道那种业务你敢不敢接。"韩新和他碰了碰杯问："什么业务？"张林拿一根牙签大大咧咧地剔着牙，嘴里跟吃了屁似的嘶嘶漏风："有个香港老板说是要在重庆开发一个大型游乐场，投资二十多亿，在我看来他就是钱多了烧得慌，据说那娃祖籍就在重庆，他爷爷还是国民政府的高官，后来没往台湾跑，去香港经商了，不是最近咱成都和重庆正搞'城乡统筹'的试点嘛，大力发展旅游业，优惠措施多，他就想回重庆搞个大项目，借口开发景点，实际上是想搞房地产。这只是前期的，等资金回笼后，他还准备在成都、西安、大连和武汉四个城市运作同样的项目，你算算，如果能接下这个项目来，你们公司能拿到多少利润？"

韩新心里一动，眼睛闪亮，听到这个消息他有些惊讶，这么大的项目他竟然没听说。不过听到张林最后一句话，韩新心里有些不是滋味，他这么问是什么意思？想从这里面拿点好处？既然张林认识那个老板，中间肯定得找他牵线搭桥，权衡再三，韩新说："往常我们和地方政府合作的时候，策划和规划费用没有很明确的数目，都跟在菜市场买菜一样讨价还价。不过他这种项目我估计公司能拿到二百万的利润，只要把项目拉来，我可以分到二十万的提成。这样吧张林，事成后我分给你四万块钱的介绍费。"

说到二十万的时候，韩新声音都有些发颤了，一个项目挣二十万，五个这样的项目就能挣一百万，他从来没想过自己有一天能挣这么多钱，虽然现在八字还没一撇，可一想到他人生的第一桶金就摆在面前了，他还是激动得心脏噗通乱跳。

张林眯着眼看他，由于喝了酒，张林脸色发红，眼袋成猪肝色。许久才说："你娃真是这么想的?"

韩新说："我是……真是这么想的。"

没想到张林一下子就火了，往桌上一撂酒杯："你娃真要这么想，我就不帮你介绍这个项目了。日你先人的，我能图你那三万两万的钱? 我张林什么时候亏过朋友?"韩新听不出他话里的真假，突然感觉有些悲哀，什么时候自己变得那么虚伪了? 不管对方说什么自己都不敢相信，都得揣摩半天。哪怕对方是自己多年好友。

"张林，是我说错了。别急，别急，咱喝酒……"韩新假装不好意思地笑，可那种笑也是浅尝辄止的，不透彻，不爽朗，往往刚笑出声就被心里乱七八糟的情绪和想法搅乱了。不像以前，笑得真诚、通透，一个笑可以持续一分钟，笑疼肚子，笑出眼泪，笑得心里没有任何杂念，干干净净地开心。

"我看出来了，小新，这段时间你变化真的很大。可是你也不用这么功利吧……算了，不说了。"张林看起来很失落地叹了口气，"咱们都在变啊，我倒没想到，你娃也变得那么快。还是说说项目的事吧，那香港老板名叫黄振华，商场上滚来爬去的人，不是什么省油的灯，他一开始就不信任咱大陆的旅游策划公司，没招标，直接找了欧美两家公司谈判。这么说吧，欧美公司策划能力强，但有文化的局限，旅游业是直接依托于传统文化的，离了中国的文化土壤，他也搞不赢，毕竟主要游客出发地都在大陆。所以黄振华有些苦恼，这倒是

145

个机会，趁他还没反应过来，你得尽快和他联系。我唯一担心的是你们公司的能力，怕是拿不出好东西，钓不到这样的金龟啊。"

韩新想了想说："既然他对欧美方案最不满意的就是文化，那我就打文化牌，在文化上深挖一下。"

"对。"张林说，"还有两点你要注意，他喜欢金庸小说，还有就是比较好色。正好他在重庆考察，你要是没问题，我这两天给你安排一下，你过去和他谈谈。"

谈完正事，两个人边喝酒边闲扯。好几次韩新提到蔡娟，都被张林把话题岔过去了。喝到最后，他俩都醉了，张林突然有些动情，眼眶有些湿："小新，还记得以前不？觉得以前快乐还是现在快乐？"

韩新心里潮潮的，不知道该怎么回答这个问题，张林又问："小新，你是不是从来没把我当朋友？"

"你这说啥子话？张林，林哥……从一开始，你就是我哥。"韩新也喝醉了，舌床发麻，舌头打卷，看张林眼泪掉下来了，他也想哭。张林擦了擦眼睛，晃着脑袋说："小新，兄弟……你是我兄弟，知道不？你是我兄弟。当哥的我喝醉了，有件事我得跟你说，我正准备和蔡娟离婚，是我提出来的，蔡娟不答应，跟我闹，闹呗，反正我不喜欢她了，有她没她一个样，你信不信？"

"林哥！"韩新头脑里还是有理智，忙问，"你们好好的，离婚做啥子？"

"离婚做啥子？"张林惨笑了一下，又神神秘秘地趴在桌子上轻声说，"我在外面有别的女人，被蔡娟发现了，跟我闹，太闹心了。你想不想找小妹妹？我找个上大学的小妹妹来陪你玩？我现在就找，你信不信？"

"信，信，哥，你喝多了，别闹了，要不咱还是走吧？回家晚了不好，不好。"

"不走，你等我，我给你找个小妹妹，今天晚上保证让你当新郎。"说着他摇摇晃晃地掏出手机打电话。不到半个小时，果然一个小姑娘急匆匆地赶来了，脑门上都是汗。韩新买完单，想走，却被张林拉住："这小妹妹是你的了，你得，你得对人家好一点。"

146

"哥，别闹了行不？你喝醉了。"韩新示意小姑娘拉着张林走。三个人蹒跚走到菜馆门外，张林突然一屁股坐在地上吐了起来，小姑娘忙不迭地给他擦脸，吐了一会儿他开始捂着脸哭。过往行人像是看一场闹剧，匆匆来去。臭烘烘的街道上弥散着一层薄雾，空气湿漉漉的，隐约有露水的味道。张林哭得忧伤而绝望，惹来几个小青年不怀好意的嗤笑，韩新在地上摸到一个空易拉罐，想拿起来砸他们，可手腕软绵绵的没有力气。他也喝醉了。

小姑娘看起来有些烦闷，问韩新："今天晚上我到哪儿？"韩新不明白她的意思："你想做啥子？"小姑娘说："我陪你啊，张总说的。"

韩新想哭又想笑，把泪水噙在眼眶里："我不用你陪，我有老婆，还是打个车送张林回家吧。看样子我们俩都不能开车了。"

可能没想到韩新会这么说，小姑娘愣了一下，有些深意地看了他一眼："不用回家了，我带他到我那儿。他给我租了个房子。"小姑娘和韩新费力地把张林拖起来，打了个车，走了。张林坐在车里，已经在渐渐深沉的夜晚里酣然睡去，表情看似在笑，脸颊上却沾满了脏兮兮的泪水。

韩新突然想到张林写过的一首歌，心里莫名伤感：

　　　　曾经有一个茫然的孩子，在黄昏的田野里独自忧伤，他的爱情丢失了，红叶开始飘落，黄色的雏菊静静地开放。那孤单单的太阳已经受伤，红色的晚霞飘满天空，那个成长的孩子，不懂爱的心灵，孤独的青春深深的惆怅。是谁眼睛里注满年轻的迷惘，是谁心里珍藏着受伤的太阳，是谁把一句承诺当做永恒，是谁的脸上闪烁着泪光。

　　　　那一个孩子已去往远方，那条小河还在缓缓流淌，是否你已经长大，不再为爱受伤，是谁的声音在风中歌唱……

147

第十一章

第十二章

那天早上的情景对张林来说就是个梦。朦胧的光在清凉的早晨柔软温馨，鸟儿在枝头跳跃啾鸣，小区里的人们还在沉睡，一切都宁静得像是一个梦。一夜未归的张林走在梦里，身边无数百合开了又败，无数雀鸟聚了又散，整个世界亮了又暗，他希望这一切真的都是梦，不该过早从梦中醒来。他把车停在地下停车场，乘电梯回家，电梯往上走的时候他心里有些不安，像是有种难以名状的预言。打开门，客厅里还有点黑，不见蔡娟来迎接，他打开灯，屋里的摆设上都有他和蔡娟生活的痕迹，不曾动过，不曾失去。

他又推门去卧室，正看到蔡娟和秦川生相拥而眠，虽然两个人都穿着衣服，虽然蔡娟脸上有安详的笑容，可他们相拥而眠。他已经很久没见过蔡娟如此安静的睡姿了，那个被失眠折磨成魔鬼的女人，每天早上醒来都会眼睛浮肿，眼屎堆积成块，满脸焦虑和愤怒，恨不能杀人。

张林握着门把手站在卧室门口，光线把他长长的影子投射到屋里、床上、蔡娟身上。他那么站了几分钟，心里各种滋味翻滚，血浆上涌，有些眩晕。直到蔡娟揉着眼睛醒来，看到门口的那个人，一开始想大声喊叫，可一下子清醒过来，看看身边那个男人，看看站着的

148

张林，茫然无措。张林快步走过去，一把抓起醒过来的秦川生，像提小鸡一样把他提起来，右手紧握，一拳打到他两眼中间。秦川生闷哼一声仰倒在地，张林又一脚往他脸上踹去。

"张林，你干什么？"蔡娟从床上跳下来，扯住张林胳膊。张林丧失了理智，转身一巴掌甩在她脸上："干什么？我干什么？我杀了你们这对×养的。"秦川生眼睛已经睁不开了，满脸是血，捂着脸跌跌撞撞地朝外跑，蔡娟脸上浮起五个指印，还死死拉住张林胳膊："张林，我对不起你，可我们什么都没做，你看，我昨天的衣服还没脱。什么都没干，你别干傻事！再打下去就要出人命了。"

等秦川生跑出家门，张林甩开蔡娟往外追，又被蔡娟追到客厅抱住。张林一蹲一沉，猛用力把她甩开，上去一脚踢在她大腿上，他擦了擦嘴角的唾沫，又要踢，蔡娟突然挺起肚子，咬牙切齿地说："你打死我吧，我什么都没做，说什么你才能信？你谁都不信，就信你自己，就信你自己！有种朝我肚子上踢，把你孩子也踢死吧！这是你的孩子，是你这杂碎的孩子！死你手里，我们娘俩——认了！"

张林猛一趔趄，重心不稳，差一点把自己闪倒："你说啥子？孩子？"

蔡娟看张林冷静下来了，松了口气，开始抱着肚子哭，边哭边咧着嘴说："二十……二十天前我就知道自己怀孕了，那个都过去十天了还没来，我就用试纸测了一下，真怀孕了，可你那时候还和我吵架，也不哄我，我就没跟你说，跑到何琪家去住了。你说自从结婚后，你什么时候从心底里关心过我？我月经什么时候来你不知道，我为什么整天失眠你也不知道，我工作顺不顺利你也不知道，你就知道你自己！"

张林脸上的怒气并没有因为这番话而消散，他走到门口，探头往门外走廊看了看，觉得秦川生肯定已经跑远了，他"砰"地关上门，走到沙发前，点了一根烟说："蔡娟，不管你有没有怀孩子，也不管你肚子里的孩子是谁的，昨天晚上发生的事，我无论如何都不能原谅你。我要和你离婚，你还是把孩子打掉吧！"

"离婚？你行，张林，你行，这是你第二次跟我说这两个字了。"

149

蔡娟抬起眼，眼神里充满绝望，"张林，除了你我一无所有了，可是连你都不要我了吗？你是不是想让我死！"

正在气头上的张林什么也听不进去，他那快要爆炸的脑子里唯一想到的就是离婚。往日的万般恩爱也抵不过那背叛的一晚。

张林不愿在韩新面前说他想离婚的真实原因，只说是自己做错了，被蔡娟发现。可他为什么主动承认错误？谁都不知道，或许他自己都不知道在想什么。

其实那天晚上蔡娟和秦川生真的什么都没做，给秦川生打完电话，蔡娟拿出一瓶红酒，自斟自饮。想这两年来受够了寂寞和冷落，想婚姻没有当初想象的那般美好，想浮生一梦，竟连最亲密的人都摸不透，悲从中来，潸然泪下。

没想到秦川生真的来了，他敲开蔡娟家门，站在门口讪讪不敢进屋。蔡娟醉眼朦胧，轻佻地拉住他的手说："进来吧……"

秦川生拘束而忐忑，看起来他好好打扮了一下，身上有沐浴液的清香，头发黝黑光亮，脸上刮得白净，身穿一身运动服，很精神，只是眼神里偶尔露出一点忧伤："蔡娟，你……你是不是喝多了，要不，要不我给你泡点茶？"

蔡娟醉笑着说，你娃真的喜欢我？秦川生没说话，低下头。蔡娟又说，我看出来了，你不喜欢。秦川生说，我真喜欢你，可我更尊重你。

蔡娟说，你抱着我，抱我，没别的意思，我就是心里难受。秦川生说，别这样，你没事我就放心了，要不我先走了……

可没等他站起来，蔡娟已经抱住他哭了起来，说："你陪陪我，什么都不需要你做。"

秦川生真的什么都没和她做，甚至连接吻都没有，两个人抱在一起，像是这世界上最孤独的两颗心，面对着一个冷冰冰的世界，那个不属于他们的世界，只能靠在一起才能驱赶无处不在的寒冷。两个人聊着天，蔡娟聊张林，秦川生聊他那个在日本落地生根的女朋友，有时笑有时哭，有时痛恨有时叹息。蔡娟问他："你还想你那女朋友吗？"

他愣了半天，把蔡娟的胳膊从他肩膀下抽出去，说："还想，其实……很多人是永远也忘不了的。"蔡娟说："你是因为想你女朋友才追我的？"他说："是，你的气质和谈吐和她太像了，很忧郁，很冷，可一旦接近，又那么体贴。而且，你们都很聪明。"蔡娟叹了口气说："那你怎么还在课堂上当着学生的面骂她，还说你不相信爱情？"

他一字一顿地说："有时候恨一个人是怕自己忘记她！"

蔡娟又问他："你太瓜了，这样折腾自己，何必呢？我问你个问题，你还相信爱情吗？"

他有些落寞，过了很久才说了两个字："也许……"

秦川生失去了往日的轻狂不羁，像个刚开始恋爱的中学生，抱着蔡娟一动也不敢动，斯文而怯懦，只是从他眼神里流露出的疼惜，让蔡娟心底发颤，好几次蔡娟都想勾引他脱衣服，她想做些出格的事报复张林，可他每次都拒绝了，他说他只是喜欢蔡娟，不会做任何让蔡娟后悔的事情。

可张林不相信这样的情景，以他的思维方式来看，一男一女抱在一起睡觉，不可能没有做爱，世界上根本没有那么傻的男人，那样的男人简直就是百年不遇的极品傻鸟，说来谁信？

和张林喝完酒，韩新都不知道是怎么回到家的，他醉酒的时候就那德行，能走路，有时甚至能开车，能找到家门，能掏出钥匙，可一进自己家，就立刻人事不省，第二天醒来，往往就忘记了昨日醉酒后的行为。

昨天晚上韩新把何琪和韩万和折腾得不轻，一会儿狂笑着说我就要发财了，一会儿拉着何琪的手说我真的离不开你，一会儿又说我想我妈了。

当韩新边吐边哭着喊我想妈妈的时候，本来正给他熬醒酒汤的韩万和抱着头蹲在厨房难受了好一阵子。早上醒来，韩新觉得眼皮有些虚肿，脸上发麻，太阳穴那儿有点涨疼，宿醉的痛苦往往在第二天早上体会最深刻。一转脸，发现何琪盯着他，很出神。

"老婆。"韩新搓着脸就要起床，"昨晚又喝醉了，以后不会这

151

样了。"

何琪说："没事，你先躺下，嗯……我有点事想问你？"看她表情严肃，韩新故意笑了："做啥子？就跟审犯人似的，那么严肃。"何琪有些犹豫地问："你是不是在外面有人了？说实话！"

韩新心里咯噔一下，突然想到梁碧华，难道何琪发现了什么蛛丝马迹？

"没有啊，你为啥子这么说？"韩新有些心虚。

"不为啥子，你昨天晚上喝醉了酒嘟嘟囔囔地说，我有老婆，你别跟着我。那个人是谁？"

"哦。"韩新心里松了口气，只要不是梁碧华的事就好说，"她呀，就是昨天我和张林谈项目时在场的一个人，那不我们都喝醉了吗？她要送我回家，我没让她来，怕你看到误会……"

"那……昨天你们几个人吃饭？"

"五个，四男一女，除了我和张林，其他三个都是他公司中层干部。"

韩新故意轻描淡写地说，并且虚报人数，只要把人数报多了，事情就显得更正式，更中规中矩，更像一个商业活动。如果只有他和张林，再加上一个小姑娘，显得有些暧昧。何琪没再追问，摸着他的肚子说："哼，你们几个人不知道在搞什么阴谋诡计，别以为我不知道你怎么想的，表面上看起来老实，一肚子花花肠子。我丑话说在前头，你要是敢背着我做坏事，小心你的小弟弟……"

"什么我的小弟弟？现在它已经成了老哥哥了，再说它是你的，所有权归我，使用权归你！你舍得虐待它？"韩新亲昵地拍了拍何琪的脸，"还有一件事你知道不，张林要和蔡娟离婚！"

"什么？"何琪提高声音，"他怎么能那样，离什么婚呀，真是的，蔡娟得多可怜啊，不行，我得打电话问问。"说着，她摸过手机就要拨号，韩新拦住她："先别问了，估计这种事她也有苦衷，你问了不好，她要是想说的话早就给你打电话了。"何琪嘟着嘴说："可我是她朋友，这种时候我得支持她。"说完，她想到自己的生活，抱住韩新说："小新，咱们说好，不管什么时候，都不许你丢下我，哪怕我再无理取闹，也不许你生气。最近你对我都冷淡了很多。"

韩新看何琪有些紧张的表情，心里一疼，表情就温暖了起来："傻丫头，不要多想，我只是工作忙。"

现在的韩新越来越会掩饰自己真实的心理活动，撒谎也越来越自然。面对何琪，他内心越来越理智，不再像当初那样对何琪太在意，在意她的每个表情，在意她说的每句话，在意她喜不喜欢自己，在意她是不是和自己有所疏远。

可是，当他那颗心开始被磨硬，不再那么在意的时候，他却悲哀地发现，自己竟然越来越不开心。

为了应付黄振华那个财神爷，韩新这几天一直忙着整理项目报告，他需要两套完整的项目策划方案来打动黄振华，当第一套被对方否定的时候，他还能立刻拿出另外一套。最近旅游地产比较热门，很多投资商都想通过旅游项目发展地产。道理很简单，比方说某地有座荒山，交通不方便，少有人迹，那儿的地皮就会很便宜，房产也开发不起来。可如果通过旅游投资把那片荒山变成了旅游景点，人多了，周边业态就会兴旺，地皮就会升值，在那儿建楼房建别墅建宾馆建商铺，用来租售，就可使最初在那片荒山上投入的资金得到成倍的回报。

对于旅游策划师而言，这些都是有可能实现的。"中国死海"的概念就是某个旅游策划师的灵机一动，在一个旅游价值不高的地方独树一帜地建了个"死海"，突然成了一个旅游热点。所谓"死海"也只是通过提高淡水浓度，使之达到西亚死海的水平，让人能在里面漂浮即可，就这样还吸引了无数游客前去游玩。现代人追求新鲜和刺激，只要能把概念做得新鲜和刺激一些，就能达到事半功倍的效果。

根据张林的描述，黄振华那厮投资旅游的主要目的就是发展房地产，再加上他喜欢金庸小说，韩新以金庸小说里一些比较著名的地名为特征策划那个游乐场，比方说在游乐场里还原烟雨楼、桃花岛、绝情谷等场景，把游乐和金庸小说结合起来，在房产开发方面也尽量与金庸小说结合，多建一些明清复古建筑，用作商铺和别墅。打造成一

153

个别具一格的"金庸乐园"。

刚把方案设计完，张林就安排他去重庆与黄振华见面。

一方水土养一方人，重庆的天气暴烈、刚直，不如成都天气温和，因此这两个城市的性格走向了极端，一个躁，一个慢。韩新是开车去的重庆，快到重庆时他还接到了高总的一通电话。高总厮不相信韩新能找到这么大的项目，自从韩新给他说了项目的事，他就旁敲侧击打听黄振华这个人，韩新知道他的德行，怕他横插一腿，忍住没跟他说太多，只说是一个朋友介绍认识的，具体怎么样还得见了面才知道。高总本想和韩新一起来的，可临时要赶进度完成一个政府项目，韩新又不愿意等他，惹得他看韩新的眼神都变了，充满了不信任感。

到了重庆，找宾馆住下，韩新把策划方案前前后后想了一遍，总觉得缺点什么。要打动黄振华，仅凭那份策划方案就可以吗？黄振华这种商场大亨，会被他一个名不见经传的小人物打动吗？这事有点悬。

韩新太想得到这个项目了，事到临头他突然变得非常不自信，怕自己不能得到黄振华的重视。

思虑再三，他给梁碧华打了个电话。看起来梁碧华还记得他的手机号码，一接起来就说："韩新，是你吗？怎么现在才给我打电话？"

这个熟悉的声音让韩新心里一抖，针扎一般刺疼。那个女人真傻，她怎么可以喜欢上一个有妇之夫，而且还要为他做那么多事情？

韩新本想放弃利用这个女人，可一想到那些嘎嘣嘎嘣的钞票，他还是有些犹疑地说："我想你了，现在就在重庆，能见你一面吗？"

梁碧华声音却冷静下来："小新，你到底有啥子事情？我不信你会专门到重庆找我。"

"是，是有些事情需要你帮忙。"知道对方是个聪明人，韩新不再跟她瞎客气，"你不是重庆《旅游报》的记者吗？我正在这里谈项目，能不能请你们主编吃顿饭，主要是帮我充充门面。"

"主编？"梁碧华轻笑，"我就是《旅游报》重庆分社的主编……有啥子事情跟我说就行了。"

没想到梁碧华到重庆后风生水起，一下子成了主编，韩新赶紧把项目的事说了一下，想请她参与项目报告会，好坚定黄振华对他的信心。毕竟在内地办事，谁都绕不开政府和媒体。能得到《旅游报》这种行业媒体的支持，想必能给韩新增加一些筹码。

聊完了正事，韩新就和梁碧华插科打诨地瞎聊，聊完又约她下午一起吃饭，她很欣然地同意了。挂掉电话，韩新觉得心里有点空，本来他以为梁碧华离开了成都，他们就再也没有任何关系，可谁能想到他会到重庆来？至于和梁碧华联系，他心里清楚，这是有意而为，他还怀念梁碧华的身体，他还希望能得到梁碧华的感情，尽管这样做有些自私。

可哪个男人不自私？

那天晚上，他们在重庆小天鹅吃的火锅，许久不见，梁碧华更有味道了，眼睛和皮肤上润着水汽。酒足饭饱，韩新本想带着梁碧华回宾馆，事前他就准备好了两个安全套，杰士邦，超润滑水果味的。可梁碧华拒绝了他。他很不解，问她这是为什么。梁碧华突然说："你当我是啥子？是你的玩具？是街上的妓女？"

韩新怔住，笑容一下子被冻僵，不知所措，无所适从。脸上的肌肉动了动，反应过来后他心里动了嗔念，转而冷冰冰地问："为什么这么说？"

"韩新，你知道喜欢上一个人是多么难吗？现在这个社会，喜欢这个词哪有那么容易说出口的？可是我他妈就是犯贱，偏要去喜欢！我偏要去喜欢！而且是要喜欢你这样的杂碎！我只问你一句，你喜欢我吗？你敢不敢说喜欢这个词？"梁碧华眼望别处，声音平静而略带颤抖，"你还是送我回报社吧。"

韩新始终没有回答她那个问题，他不知道该怎么回答，也不敢回答。把梁碧华送回报社，一个人开车走在重庆的街道上，进了一个红灯区，路两边都是按摩房，按摩小姐们坐在玻璃门后暧昧的红色灯光里，露着大腿和胸脯，冲外面招着手。韩新把车停在一个按摩房门口，两个年轻姑娘过来问："先生，要打炮吗？"韩新选了个看起来皮肤白一些的，说好是包夜，二百块钱。姑娘开心地坐上车，问韩新要到哪儿，韩新点上一支烟，看不出表情是悲是喜："我就是……要不，你陪我逛逛重庆吧。"

暮色光影里，一辆洒水车唱着柔和的歌曲缓缓而来，它喷出的水雾笼罩着路边一个哭泣的乞丐和一群面带微笑的行人。

第二天一早，黄振华给韩新打电话，说是在天王酒店的会议室开项目会，让韩新过去作项目报告。韩新赶走了赖在床上不起来的小姐。昨天晚上看那女孩挺漂亮的，皮肤白，身材修长，前凸后翘，韩新最终还是没把持住，把车开到郊外，在车上就干了。可等那小姐洗完脸，把妆粉洗掉，看起来只是一个普通女孩，脸上有些小麻子，没什么出众的。女孩不愿走，伸手问韩新要小费，低于一百块钱都不行。"大哥。我出来做是为了供弟弟上大学，你就给点小费嘛。你想想，我刚干这行没多久，×都给你日了，多那一百块钱就当捐给希望工程了行不？"

希望工程？韩新想笑，可心里什么滋味都有。他掏钱给那女孩，心里有气，话里带刺："别说什么希望工程了，这一百块钱你拿着买瓶洁尔阴吧，下边有炎症，都臭了。"女孩刚出门就破口大骂："嫌臭回家日你老婆娃去！想日×还挑三拣四的，瓜×娃儿一个！"

韩新听到这些话，愣了半天，又嘿嘿笑了，笑得眼泪都出来了，边笑边骂自己："你个瓜×娃儿，你个瓜×娃儿……"笑完给梁碧华打电话。本想先给她道歉，再约她去天王酒店，可他道歉的话还没说出口，梁碧华直接说："你只说到哪儿去见黄振华就行，不用多说。"

他一直不明白为什么梁碧华昨天晚上有那么大的反应，这个女人有点敏感，有时候一句话说不好都会引起她的情绪波动。在韩新看来，如果她不想和韩新睡觉，昨天根本就没必要陪韩新吃饭，既然想睡觉，就别说什么喜欢不喜欢的。现在这个社会，爱情是最大的奢侈品，耗尽毕生心血也难以买到，即使买到了，也难保不是个赝品。既然如此，何必奢谈爱情？

可梁碧华不那么想，她还心存奢望。想到这些，韩新心里有些刺疼。究竟是什么让他不敢再相信爱情？究竟是谁让他口含毒药，却在

156

他耳边说这是甘甜美酒？在重重叠叠不怀好意的笑脸下，究竟还有没有一颗真诚的心，来拯救他不停下坠的灵魂？

项目会开得非常成功，黄振华只带了一个助理和三个随从过来听韩新讲解策划方案。黄振华看起来对这套方案挺感兴趣，可那个戴着金边眼镜，看起来很帅气的助理嘴角飘着一丝不以为意的冷笑。这让韩新很不爽。梁碧华还根据多年经验为他们分析了国内旅游策划业的优势和劣势，并列举了重庆几个景区的经验和教训，对韩新的方案作了一定的查缺补漏。黄振华一直盯着她看，她说得精彩的地方，还不失时机地点头微笑一下，表示赞同。韩新心里松了口气，想幸亏把梁碧华拉来了，要不然单凭他自己很难打动黄振华。梁碧华说得虽然不多，可字字句句都说到了点子上，对于黄振华助理提出的几个问题也做了比较合理的解答。

会后，韩新坚持请黄振华吃饭。梁碧华看起来不喜欢那种应酬场合，想要先走一步。黄振华一口带着港台味的普通话："梁小姐不要急着走嘛！我从来没见过像梁小姐这么漂亮这么知性的女性，希望能赏脸吃顿饭，这样，我来大陆一趟也就不虚此行了。"

话说到这份上了，梁碧华真不好意思拒绝。一行人在天王酒店包间里吃饭，包间里装饰豪华，古典而华贵，墙角还竖立着一个屏风，每当客人喝了一圈酒，屏风后就会走出一个穿大红旗袍的妖娆女子给他们添酒。黄振华看起来不像传说中的那么好色，对那个服务员无动于衷，只是不停劝韩新和梁碧华喝酒。

第一眼看到那个服务员，韩新就怦然心跳，吃饭时有意无意地往屏风后面瞅。他比较喜欢古典美的女人。他的野蛮女友何琪永远也给不了他那种感觉。才子佳人骚鸳鸯，风流不过一张床。男人心一痒痒，就先想到了床。棒棒鸡、麻辣虾、鹅掌汤……一溜川菜，没有想象中的山珍海味，菜品上齐，黄振华端起酒杯说："很高兴能跟梁小姐和韩先生一起吃饭，韩先生的公司我调查过，在内地算是一流的，我相信韩先生的能力。"韩新忙端起酒杯谦虚地客套着，手却不老实地在桌子下摸了梁碧华的大腿一把，引起梁碧华的白眼相加。

这妮子，还真跟我生分了？韩新心里不是滋味，看梁碧华厌恶的表情不似作伪。梁碧华却小声说："摸啥子嘛摸？想摸去摸那服务员，眼珠子都粘人身上下不来了……"原来是吃醋。韩新心底得意，又捏了她的腰一下，惹得她浑身颤抖了一下。

席间梁碧华不想喝酒，死活不端酒杯。黄振华的助理扶着眼镜，用公事公办的口气说："韩先生，我个人觉得你那个策划还不错，不过和我们要求的有一定距离……毕竟我们已经和欧美两家公司沟通过了。"韩新心里一阴，脸上不好看："那个，这也只是我的初步策划，后期会不断完善。"黄振华笑了笑说："喝酒喝酒嘛。这个策划方案也不是不可以，这样好吧，只要梁小姐同意把眼前那杯酒喝了，项目，我就给你们美华公司。"

韩新心里狂喜，转脸看着梁碧华，两眼充满哀求。梁碧华拿手碰了碰酒杯，有些为难："黄总，我真的不会喝酒，要不……算了，为了小新，这杯酒我喝了，希望黄总能兑现自己的承诺。"说完把面前那杯红酒一饮而尽。韩新转脸看了看黄总，黄总在微笑，所有人都在微笑。只有梁碧华皱了皱眉头。

只要第一杯酒下肚，后面的形势就无法掌控了，助理过来，端起酒杯，亲自给梁碧华倒满，笑了笑说："梁小姐，你已经喝过了黄总的酒，我的酒你不会不赏脸吧？"

在这样的酒场里，只要开始了第一杯，后面的节奏就无法控制了。梁碧华又喝了两杯，不过看起来脸色很差。她说不知怎么回事，头很晕，想去休息一会儿。韩新赶紧把她扶到窗边的沙发上，给她倒了杯水，一转身的工夫，她已经睡着了。

按说梁碧华的酒量不该这么差，到底出什么问题了？韩新看着脸色苍白的梁碧华，心里隐隐不安。只是梁碧华睡着前嘟嘟囔囔地说了两句话，韩新听清楚了，她说："韩新，你说这是怎么了？我一个人的时候孤单得要命，想和你一起。可和你一起了，我更孤单。"

韩新有些难过，他想到 2004 年的春天，草叶芬芳，瓜果丰盛，他买了一兜枇杷，和何琪坐在学校草坪上，何琪边吃边调皮地说："网上有人说，前世的一千次回眸才能换来今生的擦肩而过，你说我俩走到一起，得修了多少年啊。"韩新一本正经地笑话她："别傻了，

158

在我们这宇宙里，一亿年的光阴也不过是一眨眼的工夫。我上辈子也就冲你眨了眨眼，你这辈子就跟定我了。"何琪不高兴，跳起来追着他打，还撸了一把草塞到他裤裆里，害得他下身痒了好几天。

女人总不愿相信事实，总心存幻想。星河浩渺，斗转星移，云图变幻，万物枯荣，花开了又谢，人在这转瞬即逝的星球上孤独地活着，还有什么东西能等得起天长地久的苦修？

酒宴散场时，外面华灯初上，月光流转，城市里一幢幢的楼房下是一块块的阴影。韩新喝多了，两腿发飘，使劲抽着鼻子，尽管里面没有鼻涕。梁碧华还没有醒来，躺在猩红色的沙发上，身材曼妙，表情安然，似乎在微笑。黄振华的助理要送韩新出酒店，韩新摇摇晃晃地说："等一会儿，我得把小梁送回报社。"助理笑着说："不用送了，我们黄总很欣赏梁小姐的学识，想等她醒来继续讨论一下项目的问题。请您放心，我会把她送回家的。"他的笑有些冷，眼神里充满嘲弄与自得。

"凭啥子？我凭啥子相信你们？"韩新酒精上头，过去晃了晃梁碧华，没晃醒。他觉得蹊跷，警觉地问，"你们……啥子意思？是不是给小梁下药了。"他突然想到那助理喝酒期间动过梁碧华的酒杯，只要他手指动作快一点，下了药也不会被人发觉，想通关节，顿时肝火直冒，揪住那助理的领子不放，刚想动手，黄振华的一句话让他冷静下来。"韩先生不要激动嘛，我们又没什么恶意，只是钦佩梁小姐的才情，你又喝多了，让你送她回家我们不放心。这样吧，你先回家休息，等梁小姐醒了我们负责送她，怎么样？哦，我差点忘了，除了重庆的项目，我们决定将来把成都的项目也交给贵公司设计。"

钱！韩新松开手，晃着身子问："你说的，是真的？"

"真的。"

那天晚上韩新没回家，把车开到酒店门口，趴在方向盘上，街道上没什么人了，周围寂静，可他耳朵里一直轰鸣。错了，这世界一定有什么地方错了。我就这么把梁碧华卖了？为达目的我还有什么不能卖的？灯光里偶尔有出租车停下，带来几个花枝招展的女孩，轻佻地笑着走进酒店，走到一个一个男人的床上，她们长得漂亮，技术娴熟，只对高档酒店的顾客服务，她们一晚上能挣八百块钱，她们不愁吃穿，不相信爱情，把钱当成上帝，为之供奉着自己美妙的身体。韩新很困，可他不敢睡，怕梁碧华出事。他想冲到酒店里把梁碧华带走，可没这个勇气，两个项目就能挣到四十万，镀金的女人也卖不了这个价钱啊。

直到早上八点，梁碧华才打着哈欠从酒店里出来，没见黄振华和他助理跟随。这两个杂碎，不是说好了他们送梁碧华回家的吗？

韩新赶紧下车，他有些头重脚轻，一晚上没怎么睡觉，胃里有些疼，感觉硬邦邦的。他扶着车顶使劲呼吸了一口气。

"小梁，你怎么这么晚才出来？"韩新明知故问，迎上去。

"小新，你怎么没在房间里等我，跑到车上去做啥子？昨晚喝多了，没影响到你吧？"说到这儿，梁碧华明显有些不好意思，眼睛望着别处，"刚才遇到黄总他们了，一起在餐厅吃的饭，他们说昨天晚上是你在饭店里给我开了个房间。色鬼，小心我告你迷奸。"说到这儿，满脸嗔怪。

韩新一愣，没说什么，上车后，他突然问："小梁，昨晚上我也喝多了，没和你做吧？"

"没做？瓜娃子……"梁碧华突然生气，"没做才怪。到现在我下边都不舒服，黏糊糊的，里边那么多，洗澡都没洗干净，想做不会戴套啊，怀孕了怎么办。你说，昨天晚上做了几次？"

听到这儿，韩新彻底明白了。昨天晚上黄振华他们单独给梁碧华开了个房间，把她迷奸后就到别的房间去了。等早晨起来又把这些事都推到韩新身上，让韩新和梁碧华吃个哑巴亏，估计昨天吃饭的时候他们就注意到韩新和梁碧华的关系不一般，这群老狐狸，不是一般的狡猾。韩新顿时觉得心里血浆翻涌，想打电话质问黄振华到底怎么回事，更想冲进酒店把那老流氓狂扁一顿。昨天晚上他还心存侥幸，觉得黄振华不至于那么卑鄙，再怎么说也是有身份的人，不会趁梁碧华昏睡的时候迷奸的，可现在看来，他们要比韩新想的还龌龊。说不定是几个人把梁碧华轮了，轮完还得找个人背黑锅。真他妈恶心！

看韩新的表情，梁碧华觉得不对劲，想了想说："昨晚上……不

160

是你？"

韩新狠了狠心，心想反正都是为了钱，这个腌臜事就自己吃了吧，当不小心吃了个苍蝇，先把钱挣到手再说。昨晚上他把梁碧华留在酒店的时候，就想过黄振华有歪心眼，就想过可能要把梁碧华牺牲掉的。韩新胡思乱想的时候，梁碧华开始发急，高声问："你说呀你，昨天晚上到底是不是你？"

"当然是我！"韩新红着眼，紧握方向盘，手上青筋如铁，"可我就是忘了和你做了几次了，喝得太多了。"

"你还有理了你！你这畜生把我迷奸了，你还有理了你。朝我发啥子火？"梁碧华斜了韩新一眼，掏出化妆包给自己补妆。

车开在重庆蛛网般的道路上，韩新心如火烧，一阵阵刺疼。身边这个女人是真心喜欢自己的啊，可自己为了钱就这么把她坑了，而且坑得不明不白。"韩新，你说这是怎么了？我一个人的时候孤单得要命，想和你一起。可和你一起了，我更孤单。"这是昨天晚上梁碧华说过的话，现在想起来，韩新只觉得字字如针，一下一下往心窝里扎。

第十二章

第十三章

回成都前，韩新又给黄振华打电话，把签合同的事情定了下来，说好一个项目规划费用为二百万，这个价位在国内旅游策划规划领域都是极高的。下面的事情就需要高总出面与黄振华协商了。反正项目基本上已经被韩新拉过来了。虽然打电话前，韩新一想到那天晚上的事情嗓子眼里就跟塞了团棉花似的噎得慌，可等项目敲定了，他还是兴奋得差点喊出来。在电话里一个劲给黄振华道谢。

车子开进成都，韩新总觉得自己像是大梦了一场，这种感觉二十岁出头的时候经常有，那时候年轻，相信一切神秘的东西，总有一些事情自己经历了，回想起来就像是梦。可现在他已经成了老苞米，只会长胡须，在秋风中一天天变老，再也不可能长高了，所以他不敢再相信这世上有奇迹出现。用张林的话来说，人活着就是被老天爷玩弄的，就像小时候我们蹲马路牙子上玩弄蚂蚁，玩高兴了还拿小鸡鸡朝蚂蚁喷童子尿。谁知道在我们头顶上有没有那么一个怪物，像玩蚂蚁一样玩我们？哪天怪物大爷一高兴，朝我们喷一壶尿，我们也就全嗝屁了。韩新觉得张林有时候很悲观，估计就是因为他太悲观，才及时行乐。有一次韩新和张林在酒吧喝酒，舞台中央彩灯耀眼，一个帅哥抱着吉他吟唱着："路过幸福，我们路过痛苦，路过一个女人的温暖

162

和眼泪，路过漫无止境的寒冷和孤独……"唱得张林泪光闪闪，叹着气问："你说，我们活着到底为了什么？"

活着为了什么？为了自己？为了亲人？为了女人？为了钱？为了满大街的欲望和挥霍？好像什么都是，又好像什么都不是。

临走前，韩新刻意疏远梁碧华，连招呼都没打，可刚出重庆梁碧华的电话就追过来了。得知韩新已经走了，梁碧华什么也没说，直接挂掉了电话。韩新在电话滴滴的忙音中听到了她心底最深处的难过。这个女人对他没什么要求，不要求他离婚，不问他要钱，甚至很少和他联系。谁都不知道她到底想要什么，可越是这样，韩新心里越是不安。那种心情就像张林写过的一首歌：

> 你微笑的眼睛里
> 亲爱的
> 我能看到的
> 为什么只有叹息
> 请不要哭泣
> 亲爱的
> 我记不起是谁的泪
> 曾温暖我有关年轻的所有记忆

回到家，匆匆洗了洗澡，赶紧去公司找高总报告情况。没想到高总听了不动声色。其间韩新暗示了他好几回，二百万，他就不信这乌龟修养那么好，有了二百万的项目能不激动。

"不错啊韩新，刚接手业务经理的职位就拉了一个项目，你先回家休息一下，今天给你放个假。哦，对了，你把你们合同中谈到的一些条件和对方的联系方式给我留下来。"几天不见，高总皮肤看起来更白了一些，说话慢条斯理的，细细的像个娘们，看不出有多激动。不会做变性手术了吧？韩新心里很龌龊地想着，走出办公室就扑哧笑出声来。

想到现在何琪还没下班，韩新半路上买了盒精装铁观音，转道去了张林的公司。张林正忙着帮一家名叫《小资》的时尚杂志挑选平面模特，据说他有意往杂志业发展。公司门廊里站着五六个穿着暴露的女人，打扮得很怪异，眼圈都抹得焦黑，堪比熊猫，嘴唇红得像刚喝了一斤生血。

这就是所谓的时尚模特？找到张林，韩新第一句话就说："你娃改行做鸡头了？"

张林苦笑："乱说啥子。现在都搞眼球经济，漂亮女人满大街都是，都审美疲劳了，想吸引别人眼球，就得出其不意。这几个女孩是我们公司和《小资》杂志一起推出的平面模特，有看上眼的没？我给你介绍一个。"

"先别介绍了，现在她们化着妆，根本看不出来是人是兽，是男是女，更别说美丑了。"韩新把茶叶往桌上一丢，"万一到了床上一脱裤子发现构造和我一样，怎么办？你说我们谁干谁？"

"瞎说，我都检阅过了，个顶个美女，没问题。你那项目谈得怎么样？这两天忙，就没给黄振华打电话。"

"项目基本上定下来了。所以赶着过来向你道谢，连家都没回。"

韩新本想问他和蔡娟怎么样了，可没好意思开口。看张林的状况也不是太好，眼睛里布满红丝，脸颊上长了个大疖子，一看就是肝火攻心。

当张林在外面抱着别的女人的时候，蔡娟也躺在另一个男人的怀里。谁背叛了谁？谁对谁又是真心？当这个世界颠倒了黑白，道德只能成为屠夫手中滴血的刀，除了欲望的狂欢，我们还能看到什么？走过那几个模特的时候，韩新忍不住多看了两眼，一个眼神空洞，嘴里嚼着口香糖的女人哼着鼻子说："日你先人板板，看什么看？"

一个满嘴污言秽语的粗俗女人也能成为模特了？看一眼都不行了？这瓜×世道！韩新难过地笑了，总以为长大了就能体味人生的丰富多彩，不承想，握在手里的依旧是一片苍白。

韩新回家的时候，韩万和正给客厅里的绿萝浇水，他穿着一身略微显旧的夏装，佝偻着腰，脸上不知什么时候起了老人斑，一点点的那么刺眼。韩新仔细地看自己的老汉，心里有点酸，可怨气还是有，不冷不热地喊了一声"爸"。

韩万和很高兴，赶紧过来和韩新说话，韩新有些烦，怎么还得寸进尺了呢，只是喊一声"爸"，他就要过来谈心，当初把那小姑娘抱在怀里的时候怎么没见他那么热情呢。想到这些，韩新没再理他，自顾自进了卧室。留下老汉在客厅里有些发怔。

正在厨房做饭的何琪听到韩新回来了，忙洗了洗手，跑到卧室："怎么样？大忙人，项目的事说定了吗？"

韩新脱掉外套，往床上一躺："当然，这还用问？他们以后还要把成都的项目交给我，每个项目二百万，我总共可以拿到四十万……四十万呢。"

"哇哦！"何琪激动地跳起来，一下子扑到韩新怀里，"发财了，发财了！"

"别，别，你围裙上都是油。那么激动做啥子，钱还没到手呢。"

卧室里的欢笑传到客厅，那是不属于老汉的快乐，可是他知道韩新成功了，想笑，咧开嘴，眼眶却湿了。

就要发财的消息让一家三口人都有些亢奋，吃饭时韩新对老汉不像以前那样冷冰冰的了，何琪好几次像是想起了什么，歪着头笑。吃完饭，一家三口坐在沙发上看电视，突然一个成都本地电视台的新闻让何琪的好心情消失殆尽。

新闻上说"樱花之都"楼盘被曝出现质量问题，上百位业主在实地看房后对房屋质量产生了怀疑，一个女记者采访一位业主，那长得有点像赵本山的业主面红耳赤，激动而愤怒，拿手指着墙壁咋咋呼呼："哪有这样建房子的？啥子东西哦！你看，两面墙壁夹角根本不成九十度，四处都有裂缝，下水道口都堵着，线路铺设不合格，为了重新铺设线路，他们竟然把框架给破坏了，钢筋骨架都被他们夹断了，这种房子，哪个住得起嘛？我们业主要求退房。"

在他身边，很多挤过来的业主举着牌子，高喊着："退房、退房、退房……"

那个女记者在一片"退房"的呼声中对这个新闻进行了总结：

165

"部分开发商不注重建筑质量，采用劣质建材，规划不合格，对广大业主的利益造成了巨大损害，希望我们的开发商能引以为戒，群众的眼睛是雪亮的，从我们接到业主举报，到现在，'樱花之都'的二手房开始出现大幅度降价，一些业主也正式向开发商提出了退房要求。"

看到这儿，韩新和何琪的脸色刷一下变得苍白。他们从路海涛手里买来的房子就是"樱花之都"的。

何琪眼神有点慌乱，看着韩新说："小新……"

韩新心里难受，可还是抓住何琪的手安慰她："没事，老婆，一会儿打电话问问路海涛。"

矛盾是在晚上睡觉的时候爆发的。看完那条新闻，韩新和何琪再也没心情看下去了，匆匆洗漱了一下就回到卧室。韩新催何琪给路海涛打电话，可她装作耳旁风，一会儿修眉毛，一会儿剪指甲，就是不打电话。

韩新皱着眉，闷闷地说："老婆，我知道你比较好面子，不愿意跟个包租婆似的和路海涛撕破脸，可都这会儿了，咱得找个说法吧。"

何琪一晚上不怎么说话，心里的火气一直憋着，这会终于爆发了："想打你自己打，我丢不起那人。"韩新也火了："我说你这人怎么回事？这是我的错吗？明明我在买房前就提醒过你，不要上当，可你固执己见，怎么样？才多长时间呢，就出事了吧。"

"小新，你什么意思？"何琪转过脸鼓着嘴，瞪着他，表情冷冰冰的。

"没什么意思，我就是想让你打电话，让路海涛给咱们退房。就现在这行情，全成都人都知道那个楼盘是次品了，咱的房子还能卖得出去吗？你整天和我这 AA 制，那 AA 制，抠抠唆唆地省俩钱都被人坑去了。"

"你还有完没完，你有完没完啊你？"何琪冲过来扭住韩新的胳膊，使劲扭，扭了两下她就哭了，眼眶红了一圈，泪珠子不停往下掉。韩新心里也难受，伸手抓住何琪的胳膊："别闹了，老汉还在客厅呢。"

"那又怎么了？"何琪抽抽搭搭，"我买的时候怎么知道这房子有

166

问题？要知道有问题，谁还买呀？现在出问题了，你开始埋怨我。如果不出问题呢，咱们一下子能赚那么多钱，你还会埋怨我吗？"

"都是钱闹的。"韩新长叹一口气，"老婆，咱们就不能少谈点钱的事吗？以前没钱，咱们过得不也是好好的吗？怎么现在挣钱了，觉得越过越不踏实呢。"

"没钱的时候过得好？你……唉，有时候，的确过得很好……"何琪想起了什么，神情惆怅，若有所思，"小新，还记得那年我过生日的情形吗？"

2003年3月5日，那天是何琪生日，韩新兜里只剩下27块钱，老汉还没来得及给他打生活费。虽然心里很忐忑，他还是装作很大方地说："妮子，今天哥请客，咱们去吃东北大馅水饺。"半斤饺子，二两羊肉的，三两三鲜的就把何琪的生日对付过去了。何琪那天很高兴，只字不提自己过生日的事，可韩新知道，她的无所谓和高兴都是装出来的，那时候，他们都很在乎对方的感受，在乎对方说过的每一句话，只有对方开心了，自己才能开心。后来韩新有了生活费，给何琪买了个玉石项链，说是补偿给她的生日礼物。她却泪光盈盈地说："小新，有句话我想跟你说，那天的水饺是我吃过的最好吃的。"

月上枝头，流光如水，许多个男人被自己的女人感动着，又有许多个男人被自己的女人伤害着。那天晚上的张林正在写歌，他用悲伤的声音吟唱着："从天堂到地狱，只是一句话的距离。别说离去，不要离去，人潮汹涌的世界里，我该怎么找到你。"

哭过闹过，何琪还是咬着牙给路海涛打了个电话。

她说："海涛……"

对方没有声音。

她又说："海涛，是我，何琪。"

路海涛的声音有些哑："这么晚了还没睡啊？"

"是啊，有点事……"何琪说不下去了，她不知道该怎么开口。

"是不是想退房？如果想退房的话，直接到售楼处和销售经理说。"说完，电话挂断了。何琪拿着手机愣了半天，路海涛这是什么态度？再怎么说自己也是他老同学，他怎么这么蛮横？

167

恼羞成怒的何琪顾不得脸面，又拨电话，被直接挂掉，又拨，对方已经关机。何琪把手机扔到桌上，闷闷不乐地爬到床上睡觉。她郁闷的表情让韩新心里一疼，过去抱住她。她扭着身子挣了挣，说："别惹我，你别惹我，就知道幸灾乐祸，就知道看笑话。"

　　韩新心里生气，这都什么时候了，她还在那赌气。可他知道这不是吵架的时候，一旦吵起来就会天翻地覆。自己生气吧，还得安慰她："老婆，别难过了，咱们明天就把房子在中介挂出来，尽快脱手。"

　　"行，尽快脱手，你不就是心疼钱嘛，放心，咱们是实行 AA 制，花你多少钱，最后我肯定分文不少。"

　　"老婆，你这么说可就没意思了，我发发牢骚都不行了？"

　　"不行，就是不行，不许你对我发牢骚……"说不过韩新的时候，何琪开始耍赖。

　　"好，好，我不说了，什么都怪我，都是我的错。"韩新和衣躺在床上，被气得急了，语气有些硬，"我早让你把房子卖了，你为啥子不卖？非说房价要涨，要涨，现在倒好，我看你卖给哪个。"

　　"你还说！"何琪看起来很疲惫，很生气，鼓着眼瞪韩新，"还有完没完了你？有本事你怎么不多赚钱，让我受这种窝囊气，你还是不是男人？"韩新知道她心里难受，这个女人平时被小偷偷去一百块钱都心疼得好几天吃不下饭，别说现在要损失很多钱了，现在吵架肯定口无遮拦，就一口气憋在嗓子里，不说话了。

　　躺在床上，两个人谁也睡不着，不知道在寻思什么。客厅里传来韩万和关电视的声音，窗外隐隐有汽车的马达声。在这个暗夜里，韩新心里很空，不知道自己的生活到底怎么了，不知道曾经的世界为什么变成了现在这个样子。看着背对着他的何琪，韩新心里什么滋味都有。

　　过了一会儿，韩新转过脸，握住何琪的手："老婆，生气的时候别那么乱说话，很伤人的。"

　　何琪身子动了动："我知道，可我一生气就管不住自己的嘴。小新，我错了，对不起。"

"能听到你道歉，真的很难。"韩新看起来有些动情，"记得以前你跟我说过，和我在一起看重的是我这个人，不是钱。要是咱们能一直停在那个时候该多好呀。"

大三的那年暑假，韩新第一次跟何琪去她家。出发前他紧张得要命，心乱如麻，生怕何琪父母不喜欢自己，生怕自己说错话会得罪对方。见家长其实也没那么复杂，相当于一次见面咨询会。男方把自己的家庭背景、财产情况、父母健康、个人学历等问题摆出来，只要这些条件达到对方满意，长相别太难看，基本上见父母就不会是一件很痛苦的事情。吃饭的时候，何琪妈妈旁敲侧击打听韩新的生活经历。从她家出来后，何琪怒冲冲地说："我妈真烦人，就看重家庭。家庭真的有那么重要吗？"过了一会儿，她又说："韩新，我这辈子非你不嫁，哪怕你家里是要饭的，我也不会丢下你不管。"她说："我看重的是你这个人，不是钱！"看韩新还不说话，她急了："你哑巴啦？说话呀你。你到底愿不愿意娶我？"韩新一直没说话，只是把何琪抱在怀里，抱得很紧，紧得他眼泪都掉下来了。

第二天韩新和何琪到"樱花之都"售楼处，在那儿看到了二十多个气势汹汹的业主，正围着仅有的几个销售小姐理论，要求退房，那几个销售小姐说负责人十分钟后赶来，可一个小时过去了，就是不见人影。双方对峙着，业主们个个焦虑不安，嘴角淤着唾沫，说得口干舌燥。韩新看现场就这么僵住了，也无心在那儿瞎磨叽，拉着何琪就走。

他隐隐觉得，在强势的开发商面前，这些业主就是乱叫唤的绵羊，起不到什么作用，不管他们闹得多凶，就像猎狗遇到狮子，往往是猎狗乱叫，狮子悠闲地散步，等猎狗叫累了，狮子就会突然扑上来把它撕碎。

不管在自然界，还是在竞争社会，最先龇出牙齿的，往往都是弱者。

对韩新来说，现在最重要的不是和路海涛交涉，而是赶紧把房子卖出去。

169

走在路上，韩新说："老婆，不光是你，就是我，也拉不下脸来硬去找路海涛退房。在局外人看来，又不是路海涛求着咱们买那套房子，是咱们自己犯迷糊，非要去买的。最后吃了亏，这能怪谁？"

"也是。"何琪说，"再说路海涛也不一定成心骗咱们。如果说有质量问题，现在开发的楼盘，哪个没有质量问题？只是有些问题被曝了出来，有些被隐瞒了。算是咱们倒霉吧。"

找了几个二手房中介，把卖房信息登记上，就等着买房的过来看房了。

一个房产中介语重心长地说："现在'樱花之都'被媒体曝光了，一般人都不愿买，只能等风头过去看看情况再说。如果'樱花之都'不被曝光，人们会住得心安理得，现在曝了光，这就很难说了。谁也不愿买个有问题的房子吧。"

何琪有些紧张："可是一般的楼盘不都有问题吗？要不就是质量有问题，要不就是管理有问题，要不就是宣传作假。嗯，如果风头过去，这房子还能卖掉吗？"

中介低声说："肯定没啥子问题。'立方都市'那个楼盘你听说过吧？烂尾楼翻工的，前年开卖，当时被曝出来质量问题比'樱花之都'还严重，也是很多业主要求退房，一时间卖不出去。后来风头过去了，现在他们的二手房价又涨起来了，快接近一万块钱一平米了。怎么说呢，来成都买房的，大多是外地人和刚来成都工作没多久的，他们对当时的情况不是太了解。再说，现在房市那么疯，开发商负责任的又不太多，有问题谁都知道，可谁也没办法，该买的房子还会买。你们耐心等着，半年后，保证你的房子能卖个好价钱。"

从昨天晚上到现在，何琪一直都闷闷不乐，听了中介的话，她脸上才露出笑模样。走出中介，心里觉得亮堂了很多，大街上人来人往，阳光灿烂。

"小新。"何琪突然上来抱住韩新的胳膊，"小新，你怎么不高兴？"韩新心里也松了口气，不过还拿着架子，咧开嘴说："有啥子好高兴的？"何琪摇着他的胳膊："你笑一个嘛！来，给爷笑一个！昨天晚上是我不对，跟你实行 **AA** 制也不对，自作主张买房子也不对，好

170

不好嘛？"韩新没理她，自顾自往前走，何琪看起来有些委屈："小新，你变心了！你想丢下我不管了。你说过，你要背我一辈子的。"

韩新停下来，看着面前的何琪，马路上的热气直冲后脑勺，汗水浸透了头发，滴到眼角，眼睛被渍得生疼，不知为什么，他突然涌上一股莫名的心酸。那次何琪堕胎，出了医院大门，她说什么也不肯自己走，非要让韩新背。趴在韩新背上，她问："要是有一天我老了，你还会这么背我吗？"韩新正累得气喘吁吁，恼怒地说："还背啥子背？你老了，我也就老了，想背你也背不动了！满大街都是人，你也不怕人笑话。"听到这话，何琪挣扎着从他背上蹿下来，甩着手往前走，边走边擦泪："不背拉倒，不用你背。"韩新忙拉住她，谄笑着赔礼道歉，并发誓刚才那句话不是他韩新说的，是从狗嘴里吐出来的，是路边母猪放的屁，是耳边苍蝇恶心人的叫声。没想到何琪哭得更厉害了，她说："我现在就让你发誓，你要背我一辈子。永远也不能丢下我不管。"

我们那颗心，不知遗忘了多少光辉灿烂的场景，却总为一些小小的细节柔软得一塌糊涂。

心软下来的韩新还没来得及哄何琪，张林的电话就打过来了，他在电话里闷闷地说，蔡娟疯了！正在家里拼命砸东西，两万多一台的等离子电视都被她拿椅子砸了。如果何琪有时间，最好过来一趟，帮着安慰一下。

挂电话前，他又说，蔡娟真的疯了。我知道她会闹，就是没想到她会疯！那语气听起来真让人难过。

俩人不再忙于批评和自我批评，放下内部矛盾，赶紧打车去了张林家。一进张林家门，韩新倒吸一口凉气，满地狼藉，满目疮痍，活像被偷袭后的珍珠港。空中飘着丝丝棉絮，地上到处是各种家具的断肢残骸、玻璃碴、碎瓷片，蔡娟直愣愣地躺在地板中间，活像挺尸，脸色苍白、目光呆滞地看着天花板。张林本来坐在沙发上，看到韩新他们来了，起身过来迎接，走过蔡娟身边的时候，他厌恶地瞪了蔡娟一眼，可根本引不起蔡娟的一点反应。

"张林，你们这是怎么了？娟，别闹了，快起来，我来陪你了，

171

第十三章

娟……"何琪绕过张林，赶紧跑到蔡娟身边，想把蔡娟拉起来，可蔡娟就是一动不动。过了一会儿，蔡娟嘴唇动了动，何琪忙把耳朵贴过去，问："你说啥子？娟，再说一遍！"

蔡娟眼泪一下子迸出来，她喃喃说："妈妈，我疼。"

自从那天张林发现蔡娟和秦川生睡在一起，先是让她把孩子打掉，蔡娟拗不过他，把孩子打掉了。后来他又坚持要和蔡娟离婚，可蔡娟不想离，一提起离婚的事就和他闹，一闹就天昏地暗、没完没了，所有过去的怨恨都集中起来爆发。两个人什么时候因为蔡娟买了件比较贵的衣服吵了一架？蔡娟哪年过生日的时候张林出去打麻将，没给她过生日？张林大学里还喜欢过一个什么样的女生？张林第一次动手打蔡娟是什么时候？张林多少次在蔡娟面前抱怨蔡娟的爸妈？张林有一次喝多了酒，抱着蔡娟哭，嘴里却喊着另一个女人的名字？

所有这些都曾是他们走过的轨迹，都曾经给他们带来了阶段性的伤害。吵完对方的不好，又开始说自己对对方的好。我什么时候为了等你吃饭饿成了胃炎？我什么时候给你买了把吉他？我什么时候省下所有的钱请你去看电影？

说到最后，张林哭了，把胸脯拍得震天响："蔡娟，这些就是我们全部的感情吗？我就没做过一件让你感动的事情吗？"

"怎么没有？怎么没有？那次我病了，不是你抱着我去校医院打的点滴吗？那次我妈妈来学校看我，不是你假装我普通同学陪着我妈逛了一整天吗？那次我们出去玩得太晚，宿舍里进不去了，不是你陪着我在路边廊檐下坐了一整夜吗？那次放假回家，不是你去送的我，还在车站上追着火车跑了很远吗？

"不管到什么时候我都不敢忘，不敢忘了哪怕一丁点你的好，可现在的你为什么让我那么疼？你明知道我离不开你，知道我多么想和你在一起，你为什么还要逼着我离开？为什么？"

"很小的时候，我曾捡到一块石头，以为那是无价之宝，藏在别人找不到的角落。长大以后，知道那不过是块石头，可我还是舍不得扔掉，一直把它珍藏到老。"这是张林写过的一首歌，韩新曾以为蔡娟就是他歌里所说的石头，现在看来，不是那么回事。既然如此，对

172

现在的张林来说，没有了蔡娟，谁还能成为他歌里所写的那块石头，让他到老也舍不得丢掉？

真正让蔡娟陷入崩溃的是今天张林领了一个小姑娘回家。看到蔡娟就是不同意离婚，张林为了让她死心，在外面带了个野女人回来了。张林那厮确实心狠手辣，不光把那女的带来了，还把手搭在她腰上说："这是我新交的女朋友，只要你同意离婚，我立马就娶她。"

当时的蔡娟手里拿着吹风机，听到这话，吹风机啪一下掉在地上。然后就不顾一切地冲上来要抓那个女人，张林挡在前面，她就一次次冲击张林，疯了一样，冲过去一次，被张林抓住推开，她又冲过去。那个女人一开始还展开魅力微笑，示威似的瞪着蔡娟，毕竟张林那话说得太明白了，只要蔡娟离婚，张林就会娶她。可她低估了蔡娟的疯狂，没想到蔡娟冲了几次冲不过来，兽性大发，从茶几上摸起水果刀就朝她扔过来。那个女人惊叫着逃出蔡娟家的时候，看到的最后一个景象是蔡娟两手狂躁地挥舞，趴在张林怀里，头发蓬乱，张大嘴巴哭，哭得嘴唇一点血色也没有了，上面还沾着些丝状黏液，泪水和鼻涕在她脸上弄花了一片。可是，她的眼神里竟然没有仇恨和悲伤。

那个女人进电梯后，心里哆嗦了一下，她突然明白了蔡娟眼神里的东西。那竟然是绝望，是心被人撕碎后的绝望。

绝望后的蔡娟开始寻找发泄口，先是伸手抓花了张林的脸，被张林推倒在地，又起来抓，又被推倒。已经哭得上气不接下气的蔡娟彻底癫狂，开始漫无目的地四处走动，砸东西，微波炉被她抱起来摔了，等离子电视被她砸了，全套紫砂茶具被她摔了个粉碎，饮用水净化器被她砸了，空气加湿器被她踢倒了。谁都不知道她哪来那么大力气。没东西砸了，她开始翻箱倒柜，从抽屉里找到一个东西，举起来要摔，可最终她哭着倒在地上，那东西被她紧紧地护在怀里。

"现在韩新和何琪来了，你也快起来吧，再撒泼装疯别怪我不客气了。"张林上前踢了蔡娟一下，伸手扯她的胳膊。蔡娟手里的东西"啪"一声掉在地上，张林捡起那东西一看，一下子低下头，眼眶红了。

那是刚毕业时张林给蔡娟买的手机，当时他第一个月拿工资，想

173

着得给蔡娟买个礼物，问蔡娟想要什么，蔡娟说，你给我买个手机吧，我的手机刚被小偷偷了，还没来得及买新的呢。

张林存了个心眼，没给蔡娟买最好的，只买了个摩托罗拉早期型，八百多块钱，现在拿到二手市场去卖，五十块钱都卖不出去，可蔡娟把家里值钱的东西都砸了，就是舍不得砸这个破手机。后来蔡娟换手机的时候，坚持把那个破手机放在家里，张林还笑话过她，说她过穷日子过惯了，捡个破烂当宝贝，可蔡娟说，那就是我的宝贝，是你给我买过的最好的东西。

张林摩挲着那个手机，思虑万千，可再多的恩爱也不能弥补那一晚的背叛啊，这一点难道蔡娟意识不到？明知张林已经不可能和她生活在一起了，她还在坚持什么？她无谓的坚持只会让两个人在最后的时光里互相伤害，互相厮斗，把对方心里的每块肉割下来，然后撒上辣椒面，撒上盐，放在火上蒸烤，恶狠狠地吃掉，给对方的人生刻上最深的伤痕，然后互相仇恨一辈子。

这样的坚持有什么意义？

韩新忙过去想要劝说一下张林，没想到躺在地上的蔡娟一把抢过张林手里的手机，紧紧握着往后退，谁过去拉她她就踢谁，直到退到阳台边，韩新觉得事情不对，悄悄从旁边绕过去。果然，一脸惊恐的蔡娟突然转身，跑到阳台，伸腿就要往护栏上爬，那可是八楼啊，一旦跳下去，保证把骨头架子都得摔零散。韩新猛跑两步，抱住蔡娟的腰，把她从护栏上扯下来。撕扯中手机掉到楼下了，蔡娟失了魂似的，趴在护栏上看着楼下哭。在那个阳光明媚的午后，小区里几个人看到八楼一个女人正看着楼下疯狂地哭泣。他们在笑，在欣赏这场闹剧，是啊，我们的生活在外人看来都不过是一场闹剧，我们哭了笑了，我们来了走了，我们的开心，我们的心碎，只是一场表演。难道只有谢幕时，人群散去，躲在幽暗角落哭泣的我们，才是那个真实的自己？

那天蔡娟一直在哭，一开始是呜呜的声音，后来变成一下一下的抽泣。何琪试着给她用热毛巾擦脸，可刚把手送过去，她抓住何琪的手就咬。

174

直到天快黑了，哭累闹累的蔡娟才沉沉睡去，她的睡相有些吓人，张着嘴，皱着眉，在灯光里看起来那么陌生，这种陌生感不光张林有，何琪和韩新都有，甚至多年以后，张林偶尔想起那天晚上蔡娟的睡相，都觉得蔡娟在那一刻变成了另外一个人，这让他心生惧意，甚至对自己的过去都产生了怀疑。

　　韩新临走时劝张林把蔡娟送到医院里检查一下，毕竟她得抑郁症已不是一天两天了，至少得给她拿点抗抑郁的药。张林低头不语，他眼神里有种说不出的味道，像是残忍，又像是柔软。

175

第十四章

由于这些天发生了太多事情，韩新上班时一直心不在焉，总有一种紧张感和压迫感。高总已经开始和黄振华洽谈项目签约的事儿了，这让他心里稍微松了口气。张大伟和廖晨分手了，这是张大伟跑到韩新办公室亲口说的。

"为啥子分手？"韩新有些惊讶。

"还能为啥子？你又不是不晓得，高总和廖晨经常成双成对，谁敢保证他俩没发生过什么？反正我不信。有一回他俩在金牛一家宾馆里一起出来，也巧，正好被我一哥们儿看到了，回头跟我一说，我立马就跟她分手了。"张大伟说得心安理得，甚至有些得意洋洋。

碰巧高总到他们办公室找人，张大伟忙站直身，很亲热地喊了声："高总。"他眼神里没有一丝芥蒂。高总走后，韩新问他："我怎么看不出你生气？"张大伟嘿嘿一笑："这生啥子气，有必要吗？不过是个女人而已。"

后来，张大伟和廖晨抬头不见低头见，可俩人硬是相处得很自然，看不出亲热，也看不出生分。据张大伟说，有时候他寂寞了，还会找廖晨陪他到酒吧喝酒，廖晨有时候还陪他睡觉，可就是不让他脱裤子，能摸不能上。这让韩新很是感慨了一阵子。

176

这世界就那样，感情那东西可真可假、可浓可淡、可有可无、可长可短，有蔡娟那种视爱情如生命的，也有张大伟那种视爱情如粪土的。用张大伟的话来说："哪个也别装，都是脱了裤子就上床的人，谁敢说一辈子也不干那事？就是说了，谁比谁高尚啊？"

　　韩新很羡慕张大伟对爱情拿得起放得下的态度，可这种心理素质不是一般人能具备的，自己谈婚论嫁的女朋友很有可能被老总睡了，他还能对老总那么客气，那么贴心，这样的事有几人能做到？

　　有些人太看重爱情，为情所累，甚至把自己一辈子都毁了，蔡娟是那样，韩新又何尝不是那样？

　　等高总准备去重庆与黄振华签约的时候，梁碧华突然给韩新打来电话。那天是星期四，天气闷热，办公室里空调声嗡嗡直响，韩新正处于心情烦躁不安的生理周期，心里一阵一阵闷得慌，可梁碧华的电话让他的心一下子凉了下来。

　　梁碧华一开始在电话里还东拉西扯地说了半天，最后才问："韩新，我就是有件事想问问你，那天晚上和我一起的是不是你？"

　　"哪天晚上？"

　　"就是那天晚上，你来重庆的第二天，我喝醉了。你说，是不是你？"

　　"当然是我，这还用问？"

　　"可是，方玉成，哦，就是黄振华的秘书昨天喝多了，打电话找我，说是让我去陪陪他，我问他为啥子，他说反正上次都陪过了，这次再陪陪也无所谓了。他这话是什么意思？"

　　"你别听他瞎说，哪有那回事啊？他就是想趁机占你便宜，可别答应他。"韩新心里咯噔一下，觉得情况不妙，可还是嘴硬，愣是不承认。

　　梁碧华长长地叹了口气："韩新，你能不骗我吗？我就是想找你证实一下，有些事从你嘴里说出来我更舒服一些。"

　　"可那天晚上的确是我，你不信……"

　　"别说了，瓜娃子！"梁碧华突然怒火中烧，大声嘶吼，"那×娃儿都知道我胸脯上有块伤疤，左屁股上有块胎记！我怎么能相信你，

177

你说啊韩新，我看你怎么说！"

韩新脸上的汗一下子给逼出来了，嗫嚅了一下说："那是黄振华的事，你找我做啥子？"

"你说啥子？要不是为了帮你，我能被他们迷奸？你他妈还有没有良心？好好好，我算看透你了，你就是一个无耻下流的混蛋，老娘绝不会放过你，你等着吧！"说完，电话挂了。

韩新拿着手机愣怔了半天，心里有什么东西被抽走了似的，空得慌。他不知道梁碧华说那话是什么意思，难道她想报复韩新？她能用什么办法报复？找几个地痞把韩新打一顿？或者给何琪打电话，拆穿他们的关系？

反正情况不是太妙。接下来几天韩新一直小心翼翼，回家的时候先看看何琪脸色有没有变化，没变化的话就说明梁碧华还没找到何琪，心里就会踏实一点。有时候他和何琪一起的时候会严重走神，一直在琢磨梁碧华可能会采取的行动。

日子在惴惴不安中过得很慢。直到星期六那天，何琪在家上网，打开韩新公司网站的论坛，一个名叫《我与韩新在回龙沟》的帖子吸引了她的注意。打开帖子一看，何琪的心一下子被提了起来，脑海里一片空白。那里面有几张韩新在回龙沟的照片，其中两张照片上韩新搂着一个女人，一脸幸福安详。看完一遍，何琪不敢确定似的又从头看了一遍，韩新的每个笑脸，每个动作都深深刻在她脑海里，她甚至想从这些照片上确定那不是韩新，虽然恍惚中感觉照片中的人越来越陌生，可她能肯定那就是韩新。

韩新正在客厅看杂志，韩万和去菜市场买菜了，电视上正放电视购物节目，窗外有孩童玩水的打闹声，远处传来一阵阵蝉鸣。在这个悠闲的周末，本该心情舒畅的何琪突然陷入一种病态的焦灼中。

她一张一张地对比照片，仔细回忆韩新脸上和身体上的具体特征，比方说他眉心有颗红痣，照片上看不出来，比方说他眼球稍微有些突出，照片上看着不是很明显，比方说他头发长一点，照片上剃的短发。反正她就是不愿接受这个事实，想证明照片里那个男人不是韩新。到了后来，她眼睛红了，腮红了，牙齿咬得发酸。

178

你都把手放那狐狸精的屁股上了，我还在这儿替你开脱，你都单独和人去野营了，我还觉得你对我一心一意。我这是他妈犯得什么贱？

"韩新！"看到最后，忍无可忍的何琪大喊了一嗓子，"你给我滚进来！"

"怎么回事？"韩新手里拿着一本杂志，磨磨蹭蹭地进来了。

"你说，你背着我做什么事了？"何琪冷眼看着韩新，手指着电脑。

"我能背着你干什么事啊？"韩新还是一副吊儿郎当的模样，"我不就把你开心网上的玫瑰花偷走了吗？大惊小怪！"

可一看到那个帖子，韩新眼睛眯了一下，心脏一阵悸动。那是他和梁碧华游回龙沟时拍的照片，怎么在网上出现了？犹豫了一下，他故作镇定问："这又怎么了？不就是拍了个照片吗？"

何琪盯着他的眼睛，想知道韩新会不会说谎："怎么了？你看你的手，都搭人家屁股上了，你说这是谁？和你什么关系？"

韩新眼睛粘在电脑屏幕上，尽量用轻松地语气说："噢，那是一个客户，回龙沟景区的，我们那次不是到回龙沟踏勘项目嘛，这个女的负责接待，就一起拍了几张照片。"

"拍照片怎么把手放她屁股上？"

"当时喝多了，头有点晕。好了老婆，咱不看了，都是我不好，以后绝对不敢了。陪我看会儿电视怎么样？"

韩新拉何琪，何琪趁机上来扭了他的胳膊两下："我让你搂别的女人，让你搂！"

起身后，何琪被电脑桌绊了一下，差一点摔倒，她死死抓住韩新，一撇嘴就要哭："小新，你跟我说实话，你是不是跟那女人有一腿，你是不是变心了？"

韩新心里一疼，想到了寻死觅活的蔡娟，意识到这种原则性问题坚决不能承认，忙抱着何琪坐在床上，安慰了老半天，发了很多毒誓，什么要是和那女人有一腿就不得好死呀，就烂小鸡鸡呀，就喝水喝死吃饭吃死睡觉睡死啊等等。发了半天誓，何琪情绪才稍微稳定下

第十四章

来，不过她眼睛里还是闪过了一丝犹疑。

晚上睡觉前，韩新叫何琪去洗澡，何琪说身体不舒服，今天就不洗了。韩新不以为意，自个去了洗手间。等洗完澡出来，拉开门，正看到何琪一脸恓惶地站在洗手间门口。

何琪把他堵在洗手间里，皱着眉，一字一句地问："韩新，梁碧华是哪个？"

韩新从小就聪明，用老汉的话说，这孩子心思重，歪心眼多，用脑过度，眉头皱着，眉毛连在一块。这种人聪明是聪明，就是心胸不开阔，易钻牛角尖。这句话让韩新记忆犹新。韩新很小的时候，韩万和算是个文学中年，喜欢写点诗词歌赋什么的，抒发一下对祖国大好河山的无尽赞美。

有一次韩万和写了一首诗，放在写字台上："一重锦官叹千年，西岭残雪诗心寒。继往开来盛世见，自此不羡天上仙。"韩新看到后，在后面歪歪扭扭地写了一行字："放屁放屁放屁。"韩万和气得一整天都耷拉着脸，可他就是没训韩新，这样反倒让韩新心里忐忑不安了，赶紧找老汉承认错误。

还有一次，韩新把老汉的派克钢笔摔到地上，笔尖给摔裂了，韩新若无其事地把钢笔放好，没找老汉承认错误。老汉还把那支钢笔卡在中山装上，卡了好几个月，可就是没见他把那支钢笔拿出来用过。

韩新觉得不是滋味，找个机会给老汉道歉，老汉才把那支坏了的钢笔扔了。还笑着说："一支钢笔无所谓，我就是想让你有所担当，错了就要承认，你呀，从小就嘴硬，死不认错，早晚要吃亏。"

韩万和对韩新的教育可谓苦心孤诣，其中最重要的一条就是不能撒谎。韩新曾经也是个讨厌撒谎的人，可从什么时候他开始变得谎话连篇？什么时候，他开始抛弃曾非常看重的东西，比如朋友，比如理想，比如心底里那一丝让人温暖的善良？

十七岁时，他总是在公交车上给老人让座，看到不让座的，他能和人吵起来；二十七岁时，他从不给人让座，看到老人他会假装睡着。十七岁时，朋友在他眼里是重要的人，为了朋友可以放弃很多东

180

西；二十七岁时，交朋友只是为了相互利用，随时准备着出卖或被人出卖。十七岁时，他会为了说一句谎话脸红半天；二十七岁时，他已经分不清自己说的是谎话还是真话。

刚和何琪一起的时候，有一次约会迟到。何琪问他为什么迟到，他说玩游戏忘了时间。何琪嗔他，你就不能骗我吗，傻瓜！你说你看错时间了也行啊，那样让我好受点，省得我老是觉得在你眼里我还不如电脑游戏重要。

韩新很郑重地说，我一辈子都不会骗你。

时隔多年，韩新想起来曾经的誓言，还在心里暗骂自己：虚伪，你娃就是虚伪无耻的小人。

现在，无耻小人韩新站在何琪面前，表情呆滞，脸色苍白，两手不知该往哪儿放，心里扑通扑通乱跳。人在极度紧张焦虑时，往往会做出一个看起来正确，其实是最错误的反应。他脱口而出："我不认识梁碧华！"

何琪面色阴沉，语气冰冷："韩新，你撒谎！"

韩新不知何琪从哪儿得知梁碧华的，出于趋利避害的本能，他否认自己认识梁碧华。可何琪已经趁韩新洗澡的空当，在网上调查了韩新的通话记录。通话记录显示，韩新有一段时间和一个重庆的手机号码通话时间很长，在何琪的印象里，韩新很少和重庆那边有联系，除了那次的项目谈判。

凭女人的直觉，何琪感到那个号码有点不同寻常，就试着拨过去，里面传来一个女人悦耳的声音："韩新？"

何琪没说话，想听听对方会说什么。

梁碧华又说："韩新，你看到我发的图片了吗？怎么样？对了，你不说话也没关系，反正我已经查到你老婆的电话号码了。"

"你是哪个？"何琪努力喘了口气，低声问。

"你不是韩新？"对方很惊讶，"你又是哪个？"

"我是韩新的老婆。你查我电话号码做啥子？"

"哦，是你啊，我叫梁碧华，你问问韩新就知道原因了。"听起来对方对何琪有所戒备，说完就把电话挂掉了。

181

即使到了现在，何琪还抱有一丝侥幸，认为梁碧华或许只是韩新的客户什么的，虽然心里不安，她犹豫了一会儿，还是开口问韩新，没想到韩新矢口否认，这反而证实了何琪的猜测，如果韩新心里没鬼，怎么会否认他认识梁碧华？

　　何琪被韩新气得笑了，她拿出韩新的手机，拨通了梁碧华的电话，一上来就问："请问你认识韩新吗？"

　　梁碧华说："认识啊，啥子事情嘛？"

　　何琪说："韩新说他不认识你，要不你跟他说句话确定一下？"

　　"他认不认识我关我啥子事？别骚扰我了，你们两口子的事情，我不想管。"

　　"行，我只想确定一个问题，你和韩新是什么关系？"

　　"朋友关系，很好的朋友关系，明白了吧？"

　　何琪脸色一下子变得苍白，挂掉手机，故意给韩新撒谎："小新，她说她和你发生过关系。我想听你给我讲实话。你说有没有？有几次？"

　　韩新不知道何琪和梁碧华说了什么，谎言被戳破的尴尬和恐惧感让他忐忑不安，大脑里接近空白，心里唯一的念头就是后悔，甚至一度要逃。他不知道何琪那么阴险，会编造谎话来诱供。最终他心一横，低头认错："老婆，我错了。"

　　"你真和她有过？"到了这会儿，何琪反而无比镇定，可语气里的失望和冷漠让韩新心里一疼。

　　"有过，只有两三次。"

　　"两三次……两三次，瓜娃子，两三次……"何琪不停念叨，两眼发黑，手脚冰凉，眼泪一下子溅出来，"韩新，你他妈不是人！"

　　韩新过去抱住她的肩膀，想哄哄她，没想到何琪往后一撒身子，一脚踹在韩新腿上："你的脏手别碰我。你滚，你他妈给我滚！"

　　韩新逃离家门的时候，何琪已经哭得上气不接下气，韩新半敞着屋门，站在门口听何琪骂，哭了一会儿，何琪开始给梁碧华打电话，在电话里把梁碧华骂了一顿，什么难听骂什么。估计梁碧华把手机关掉了，何琪停了一下，接着把手机扔了，"砰"一声砸在门上。

182

韩新不敢走远，怕何琪想不开，怕老汉回来了不好交代，在门口踌躇了一下，还是回到卧室。何琪哭累了，低着头坐在地板上，根本不看韩新一眼。过了一会儿，何琪站起来，脸上还挂着泪痕，头发蓬乱，背起包，捡起摔成几块的手机，有些留恋地看了看卧室，眼光自动绕开韩新，看完，转身就走。韩新忙上前拉了她一下，却被她恶狠狠地扇了一个耳光。

　　韩新脸上火辣辣地疼，疼得他眼泪都快下来了，心里酸麻酸麻的。可他什么都顾不上，跟在何琪屁股后面问："你到哪儿去？"

　　何琪不说话。

　　过一会儿，韩新还问："你说嘛，到哪儿去？"

　　何琪还是不说话。

　　走到街上，看来来往往的人安详悠闲的表情，韩新心如火煎，本来他也可以和那些人一样，安闲度日，只有失去了那种生活才知道自己是个蠢驴，该珍惜的没去珍惜。想起当时韩万和和李卫红吵来闹去的生活，韩新心生绝望。即使他能挽回何琪的心，两个人还能回到过去吗？在自己余下的生命里，就要和何琪互相折磨至死吗？如果不能挽回何琪的心呢？如果他们离婚了呢？那种生活韩新想都不敢想。

　　何琪就像一块秤砣，压在他心上，平时习惯了何琪的重量，感觉不到，可一旦把这块秤砣拿掉，那种轻飘飘的失重感让他的心很没着落。

　　往前走了一会儿，是个丁字路口，何琪开始转弯，韩新赶紧上前拉她："老婆，我错了，你别走，行不？"

　　何琪转过脸来死死盯着他，他甚至能看到何琪眼角细细的血线。何琪说："你别再跟着我，要不然我就死给你看。"

　　"好好，老婆，我走，我走，行了吧？"

　　虽然这样说，韩新还是跟在何琪身后。何琪转身看着他，嘴角挂着一丝嘲弄的笑，一步一步向马路中间退去，来往呼啸的车流从她身边淌过。隔得远远的，韩新看见何琪嘴唇翻动，正在说什么，就在韩新还没反应过来的时候，何琪突然转身，猛加速往路中间跑。一辆车嘎吱停在离她不远的地方，马路上划出一条刹车痕。

司机嘴唇紫青，一下车就骂："瓜娃子找死啊！"

何琪没理他，韩新已经冲过来了，抱住近乎脱力的何琪，一个劲给司机道歉。把何琪抱回路边，韩新坐在马路牙子上，心里酸得要命，不停说："对不起，对不起……"说到后来，他开始哭，何琪只是坐在他身边，两眼无神，过了一会儿说："你知道我刚才说什么吗？"

韩新擦了擦眼泪："老婆，我看到你说话了，可没听到。"

何琪说："我刚才说，小新，再见，小新，再见。"

韩新把何琪抱在怀里，咧开嘴哭，边哭边嘶嘶漏气地说："别给我再见，我不让你走，就是不让，我舍不得你！老婆，跟我回家好不好？"

"可是，可是……"何琪皱着脸摇了摇头，"我还有家吗？你都不在了，我还有家吗？"

"在，我在，我就在这儿呢。"韩新心里所有的恐惧、难过、后悔都化成眼泪流出来。许多行人在那个中午都看到路边一个哭泣的男人，紧紧抱着一个女人，不顾形象，不顾嘲笑，趴在女人肩膀上哭。女人的脸是死灰的，没有生机，她眼里的空洞让人难过。

"我们走吧，老婆。"韩新摸着何琪的头发央求她。何琪说："不了，小新，我想我妈了。我回我妈家。"

韩新不让她走，她又说："不让我回我妈家，我会死。"

那天下午，韩新忍着心里的难过，把何琪送到温江，何琪妈看何琪脸色不对，问韩新怎么回事，韩新支吾着说两个人吵架了，惹来何琪妈一阵白眼："你们这些小青年啊，日子好好的，吵什么架呀。两个人眼睛都红着，都哭了吧，行，先让何琪在我这儿过两天，你想通了再来接她。"

韩新上车的时候，何琪妈妈提着一兜营养品追出来，塞到他车里："何琪那丫头性子急，我看你脸上红着，被她打了吧，拿点罐头回家吃，补补。"

韩新忍着心里的酸楚，赶紧道谢，一脸歉意。

韩万和不知道刚发生的事，还是做了三个人的饭，碗筷依次摆好。韩新回家的时候，一看到这个场景，心里的酸楚再也忍不住了，站在门口，眼眶里热乎乎的。老汉有些莫名其妙："怎么了小新？怎么哭了？"

"没哭，没哭。"韩新忙低头关门，"爸，咱俩先吃吧，何琪回她妈家了。"

"哦。"老汉和韩新坐在餐桌前吃饭，韩新下首放着何琪的碗筷，谁也没动，两个人相对沉默，都不知道该说些什么。韩新每吃一口都觉得噎得慌，直到吃完，放下碗筷，老汉才说："小新，我明天就回咱家。"

"哪个咱家？"韩新有些诧异。

"就是我和你妈家。"老汉点上一根烟，眼神落寞。

"为啥子？"

"不为啥子，小新，我就是想让你和何琪好好过日子，不要因为我伤了感情。"

"都什么时候了，你添什么乱呢。我们不是因为你，不是，本来我们就没什么事。"韩新心情烦躁，急着回卧室给何琪打电话，撂下一句就走。

何琪的手机已经关机，韩新躺在床上，看着吊灯，光影里都是何琪临走时那绝望的眼神。他还是一遍一遍地给何琪拨电话，侥幸地希望何琪的手机会突然开机。直到夜色渐深，韩新脑子已经开始涨疼，才放弃联系何琪。

百无聊赖中，他给张林打了个电话，两个同样落魄的男人相约到酒吧喝酒。

张林还是那样，看起来有些郁闷，喝酒时他们都小心翼翼的，不愿提到蔡娟和何琪。直到两瓶啤酒下肚，张林才长叹一口气说："韩新，你知道吗，我快疯了。"

那天蔡娟在家里疯闹了一回，一觉醒来后，像是大彻大悟，开始胡乱花钱，也不和张林 AA 制了，拿着张林的卡去逛商场，今天刷卡买个钻石项链，明天刷卡买个 LV 包包，几天下来，花了将近十万块。

张林把卡拿回来，她又开始狂刷信用卡，看起来她根本就不想过日子了。更让人难以忍受的是，她还当着张林的面给秦川生打电话，在电话里胡言乱语，不管秦川生愿不愿意，她一会儿说自己好寂寞，真想有个人陪陪，一会儿给秦川生喊老公。张林被她气得直想哭。

张林不敢跟她提离婚的事，一提这茬她就往阳台上冲，好几回她的腿都伸出护栏了。可不提离婚的事，张林又不知道该跟她说些什么，两个人就像最熟悉的陌生人，同住一室，却无话可说。

有一天晚上张林实在受不了了，再也不愿从那个冷冰冰的家里呆着受罪，就出去找旧情人，没想到半夜里他旧情人的门一直被人敲，张林打开一看，没人，过了一会又有人敲门，他那个旧情人被吓坏了，缩在被窝里瑟瑟发抖。直到凌晨，张林才飞快地打开门，正看到蔡娟站在门前，一脸呆滞的笑。

蔡娟真的疯了，她给张林的手机开通了 GPS 功能，用肉鸽程序监控张林的电脑，甚至在他车里也放上了窃听设备。

有一天张林和他的秘书小赵在车里开了一句玩笑说："你怎么还没找男朋友啊，不会是在等我吧？"小赵性格开朗，白了他一句："是啊张总，咱公司女同事都等着你离婚呢。"

因为这句话，蔡娟当天就杀到张林公司，抓住小赵扇了两个耳光，还把他们的对话重复了一遍，张林才知道，他早已经被蔡娟监控了。

张林不知道蔡娟这样做为了什么，难道蔡娟不知道，她控制欲越强，越想把张林抓住，就只会把张林推得更远吗？

为此，张林回家后和蔡娟大吵一架，甚至动起手来，两个人打得精疲力竭，张林说："别疯了你，我明天就把你送到精神病院去治疗。"

听到这句话，蔡娟呆坐在地上，眼泪一下子就涌出来："张林，你真的认为我疯了吗？"

"你不疯，你不疯就别寻死觅活的，不疯就跟我离婚。"说完这句话，张林赶紧站到阳台前，怕蔡娟冲过来。

"好。"蔡娟擦了擦眼泪，吸着鼻子说："我同意离婚，不过，离婚前，我想和你再谈一次恋爱。"

"怎么谈？"张林被她气得笑了，"再谈一次恋爱，还不如让我去死。"

蔡娟惨笑了一下："你还记得咱们谈恋爱的过程吗？"

说完，她从抽屉里拿出纸笔，写写画画："张林，咱们是从学校里确定恋爱关系的，那时候你对我真好。后来咱们去西安旅游的时候，开始住到一起，那天你有坏心眼，在旅馆里就订了一个房间，我还不知道，到了晚上旅馆里就客满了，我只好住你房间里。"

"蔡娟……你别说了。"张林有些动容，歪头看着别处。

"不，我要说，要说。快毕业的时候，我第一次去你家，提了两瓶酒和两条烟，你爸妈拉着我哭，说你从小受罪，上小学的时候每天要走十多里山路，回家还得割猪草，有一次割草不注意，把小脚指头削掉了，疼得晕过去，差一点就死在荒山上。还记得我后来给你说了什么吗？"

张林没说话，可眼睛红了。

"我说，臭狗蛋，虽然你少一个脚指头，算半个残疾人，可我不嫌弃你，我一辈子都好好疼你，把你受过的苦都给补过来。你拉着我的手，哭得都岔气了，你还记得吗？"

张林开始掉眼泪。

"后来，咱们准备结婚，是在银厂沟拍的结婚照，你捏着我的脸，你那时候就爱捏我的脸，让我像小鸡一样说话，你说结了婚咱们就有了家，我在哪儿，家就在哪儿。"

张林捂着眼睛，咧开嘴大哭起来："蔡娟……你……"

蔡娟还是惨笑着说："臭狗蛋，我很久没这么叫你了，你能再陪我到这些地方都走走吗？学校的操场，西安的珍珍旅馆，你的重庆老家，银厂沟的农家乐。就这几个地方，咱们的爱情就留在这几个地方，我就想过去找找，找不到我就死心了，回来就安心和你离婚。行吗？你看，路线图我都画好了。"

蔡娟举起手里的纸摇了摇，张林心里已经疼得快裂开了："娟，我陪你去，咱们再去找找，再去找找……"

在零点酒吧里，张林怅然若失地说："小新，你说，咱们曾丢掉的东西，还能找回来吗？"

这句话让韩新心里一颤，却无言以对，只是猛灌啤酒，过了一会儿他自说自话："是啊，我们弄丢了太多，可我们为啥子会弄丢呢？"

张林翻来覆去地说："疯了，都疯了，还要重现恋爱场景，还要重游恋爱路线，一脑子浪漫，却看不到现实的差距。"

"啥子？"韩新喝多了，有些耳鸣，"啥子恋爱场景？"

张林摇摇头："没啥子，我在说蔡娟。"

韩新说："我知道，不就是想重新和你恋爱吗？如果有机会，我是说如果何琪也能这样想，我也想和她重游恋爱路线。到咱们学校，到青岛，到三亚，到我俩热恋时去过的地方走走，看看那里都发生了啥子变化，回忆一下曾经的美好感觉，这样能稳固两个人的感情。"

"你怎么啥子都跟我们学？"张林嗤笑了一下，"前段时间我就听蔡娟说，何琪也和你搞 AA 制了？你们真是闲的，我和蔡娟搞，那是因为在经济上不太信任她，你们搞这些有啥子意思嘛？"

"我也不想搞啥子 AA 制，可我说不过何琪，她这人太拗了。AA 制好不好，我也不知道，说什么经济独立性，说什么女权主义，两口子过日子，这算啥子嘛。人啊，社会性太强，从众，自我，觉得自己是对的，别人都是错的。还不如动物，简简单单，反而不容易迷失。"

张林低头摆弄着酒杯："是啊，要是当初我不逼着蔡娟搞 AA 制，说不定我们现在不会发生这些事。有了 AA 制，总觉得心理上离她越来越远。"

"我也是这种感觉，她跟我 AA 制的时候，我总觉得在她心里的地位下降了，总想做点出格的事让她重视。我估计蔡娟也和我有相同的感受。"

张林没说话，他像是想到了什么，在闪烁的镭射灯光里，他的眼神忽而暗淡，又忽而明亮。

第二天酒醒后已几近中午，韩新起床后的第一件事就是拨打何琪的手机，可对方还是一直关机，韩新心里空落落的，有些发慌。吃完

188

午饭，他想开车去温江找何琪。韩万和知道他和何琪之间一定出现了问题，追出来问他："小新，是不是跟何琪吵架了？"

韩新面无表情，低头说："没有。爸，你别瞎操心。"

"嗯。"韩万和低低应了一声，又说，"你要是去找何琪，就给她带着电暖宝，她不是经常腰疼吗？让她暖腰。女人需要哄，别怄气。两个人都顶着来的话，很容易出问题，该让步时就让步。"

"知道知道。"韩新有些不耐烦，可有些话又不好对老汉说明白。韩万和还是嘟嘟囔囔地说："我刚看了一篇文章，说是在黑夜里接女人下班，你带着一把刀走路过去，比开着宝马去更让女人感动。不知道有没有道理。小新，你去接何琪的时候，注意语气，多关心她，别发牛脾气……"

韩新怕韩万和说起来没完，赶紧下楼，开车到何琪妈超市门口的时候，何琪妈正坐在门口打麻将，看到韩新下车，她一推麻将，转身就往屋里走，脸色阴得难看，韩新讪讪地跟在她身后，刚进超市，就听何琪妈喊了一声："何琪、大牙、二子，那瓜×娃儿来了。"

韩新强笑着喊了一声："妈。"

何琪妈妈转身就扇了他一个耳光："别喊我妈，我不认识你这样的畜生。"

韩新脸色变了几变，想发作，却克制着自己，耳朵里一阵轰鸣，脸上热辣辣地疼。他知道何琪肯定把他出轨的事情告诉她妈妈了，刚想开口道歉，就看到何琪的两个表弟从二楼冲下来，抓住他衣领就把他推搡到屋外，大牙一脚踹到他腿上，二子转身从墙角摸出一块砖，冷笑着向他走来。

"有话好说，都是亲戚，别先动手。"韩新向后躲着，着急地解释着，看来何琪妈早有准备，想替何琪出口恶气。

"谁跟你亲戚？谁认识你这个锤子？"二子说完举起砖头就往韩新头上砸，韩新手快，抓住二子的手腕，"二子，你打我行，别下死手，会出人命的你知道不？"

大牙从后面抓住韩新的头发，一把把他揪到路边，二子趁机踹了他一脚，又举起砖头往下拍。

"你们疯了！打什么打？"何琪哭着冲出来，拦在韩新面前，怒气冲冲地瞪着二子。

"何琪，你让开，让二子和大牙教训教训这个不长眼的狗东西。"何琪妈仰着脸，眯眼看着韩新，"我们家何琪对你咋样？你他妈就是这么对待何琪的？就你那盛不了四两香油的小样还在外面偷腥？你这个瓜娃子，二子，给我狠狠地打。"

"不许打，你们谁也不许打！"何琪脸上都哭花了，死死拦在韩新面前，瞪着二子和大牙嘶声高喊，"他是我男人，谁敢打他，老娘跟他没完！老娘日他先人！听到了吗二子？有本事你朝老娘头上砸啊，你怎么不砸啊，砸死我算了，我活够了！韩新，你快跑，你个锤子怎么不跑，二子是个愣头青，他会打死你的，你快跑啊你！"

韩新讪讪地站在何琪后面，周边看热闹的人越聚越多，冲韩新指指点点，让他无地自容。何琪妈过来拉何琪，边拉边骂："你这瓜×，他都那么对你了，你还护着他？"何琪甩开她妈，拉着韩新就走，边走边说："我的事不用你管。"

两个人走出人群，走到一个僻静的角落。想到刚才的一幕，韩新心里什么滋味都有，他紧紧握着何琪的手说："何琪，对不起，跟我回家吧。"

何琪盯着韩新看了很久，眼神陌生，她说："你走吧，永远别来找我，我不会原谅你。"

韩新想拉她，却看到她哭了，泪水在眼眶里盈盈欲滴。韩新心里如同千刀万剐，疼得发麻发木。他那会儿想到的都是何琪的好，每天早上何琪用豆浆机打一大杯热乎乎的豆浆，强迫他喝下去。每天晚上何琪像小猫一样趴在他怀里，跟他说说笑笑。每到周末，何琪都会和他抢电视频道，何琪喜欢看综艺节目，他喜欢看新闻，争执不下时俩人就会猜拳，只要他赢了，何琪就会耍赖。

时光就像温暖和寒冷的交错，每一丝回忆都让韩新心里倏忽一暖，又骤然疼痛。可现在，他脑海里没有了往常对何琪的哪怕一点点怨念。那个势利的何琪，变成了那个善解人意的何琪，那个爱钻牛角尖的何琪，变成了那个温柔的何琪，那个虚荣的何琪，变成了那个真

190

诚的何琪，那个让他哭的何琪，变成了那个让他笑的何琪。所有的过去像汹涌的波涛撞击而来，把他硬似礁石的心淹没、击碎，让他痛不欲生，让他想拿出所有一切换取何琪的回心转意。

可何琪说什么也不跟他走，看来何琪真的对他死心了。说到后来，他突然冒出一句："何琪，你回咱们家吧，我走，那两套房子都是你的，车也是你的，我什么都不要。"

何琪正甩开他往后走，听到这句话，停了下来："这个问题，我考虑考虑。"

韩新突然愣在那里，本来那句话只是他因为着急，慌不择言才说出来了，可看起来何琪当真了。人活着是不能较真的，较起真来，很多人会发现活着还不如死去——韩新妈活着的时候经常感慨，你说人活着什么意思呀，吃饱了又饿，睡醒了又困，反正就是吃和睡。

"何琪，你真的这么想?"

"怎么想?"

"就是那么想，像我刚才说的那么想?"

"你刚才说啥子了?"何琪表情有些愤怒，还有些尴尬。

"何琪，就是……"韩新突然领悟到何琪知道他刚才说的什么，他们都明白这些问题，两个人真的该考虑分手后的生活了，财产的归属是个绕不过去的坎。

可是韩新怎么也不相信何琪面对这些问题时的态度，冷静，理智。这种态度让韩新心里百味杂陈，对何琪有了一丝怨念："何琪，你真要是想要那些东西就直接跟我说，为啥子遮遮掩掩的。"

"什么我想要，这话又不是我说的，不知哪个瓜娃子说的。"何琪本来想走，听韩新开始斤斤计较，她又一步步逼近他。

"好好好，是我说的，是我说的，房子和车子都给你行了吧? 咱家的东西都给你行了吧? 你何必在我还没走的时候就这么势利，这么迫切，你就不能掩饰一下自己的贪心吗?!"韩新又急又气，眼眶红了。

"韩新!"何琪大吼一声，"你给我说明白，这个话题是谁提出来的，是哪个瓜娃子提的? 我说一句和车子房子有关的话了吗?"

那天在韩新的记忆中有些模糊，他们一直在吵，吵房子的问题，吵车子的问题，吵对方的性格问题，吵对方的人品问题。像所有的面临决裂的恋人，忍着心头的痛楚和不舍，与对方针锋相对、互相撕扯，伶牙俐齿如刀锋剑刃，把对方往崩溃的边缘上逼。

韩新的本意不是这样的，他是来向何琪道歉的，是来求何琪回家的，可只因为一句话，他们又吵了半天，是什么让他们变得如此尖酸刻薄？曾经的那些柔软呢，它们藏到哪儿去了？

它们藏在那本被当废纸卖掉的六级模拟试题里吗？

它们藏在毕业时那疯狂而焦灼的夜晚里吗？

它们藏在领结婚证时两个人甜蜜的争执和对未来的幻想里吗？

张林那个堕落的淫棍曾在韩新宿舍里高声吟唱：你用你的柔软，包裹我的坚硬，我只愿享受今夜的温暖，哪怕为此枯守一世的青灯。

张大伟曾说：靠，廖晨的奶子是我见过的最柔软的了，严重下垂，跟生过孩子的一样。

大学时的蔡娟叹着气说：我不知多少次想和张林分手，不是我不喜欢他，是我父母那关过不去。可一看到他难过的样子，我心一下子就软了。

现在的何琪说：你背叛了我，你把我伤透了，我不会为你心软了，永不！

韩新说：我这辈子心里最柔软的时候是房子刚装修完的时候，送走最后一拨装修工人，何琪在新房子里这儿看看，那儿摸摸，到了最后，她眼睛红了。她说，韩新，咱们终于有自己的家了。我心里那会儿软得，真他妈的，都快化了。

第十五章

　　那天两个人是赌着气分开的，韩新坐在车上，忍着眼泪，从后视镜里看何琪气冲冲地越走越远，看何琪走了一会儿后突然转头看，看何琪越走越慢，到后来蹲在地上抱着胳膊哭。韩新心里酸得要命，可他不知道该怎么走出现在的困境，他没有勇气追到何琪面前，请求她的原谅，他怕无休止的争吵，怕两个人最终会面对他爸妈的结局。

　　当车子发动的时候，他看到何琪正起身，背影里一片凄凉。

　　星期一上班的时候，韩新见高总和几个策划师商讨重庆那个项目方案，基本上他们就是在韩新"金庸乐园"的策划基础上进行了一定的拓展。等高总开完会，韩新到他办公室询问项目问题。

　　高总对韩新的态度很热情，招呼韩新："来，坐下，这次你娃表现不错，黄总对你的策划方案很看重，要求我们就按你的构思操作。"

　　"高总，项目签约的事情定下来了？"

　　"定下来了，不过我们只签了重庆的那个项目，项目费用初步定在一百万。"

　　"一百万？"韩新差点跳起来，"不是说好两百万的吗？"

　　"你娃儿急啥子。"高总皱着眉，"干咱这行你又不是不知道，纯粹就是创意行业，成本低，但是竞争激烈，除了咱们，黄总还联系了其他几家策划公司，同行业竞相压价，听说上海一家公司已经把价格压到八十万了，一百万你还嫌少？"

"不是少不少的问题，高总，我本来已经和黄总把价格定下来了，为啥子还会出现变故？他也太不讲信用了吧。不行，我得打电话问问。"

"信用？"高总面带愠色，死死盯着韩新，"你娃儿入行那么长时间，怎么还那么天真，你说说信用值几个钱？你认识那么多客户，有几个认真给你讲信用的？客户就是上帝，不讲信用也是个不讲信用的上帝，我告诉你，你少跟客户瞎掺和。"

韩新无言以对，但他很不甘心，甚至心头大痛，毕竟少了一百万，他就要少拿十万块的提成，对一个普通白领来说，这绝对不是个小数目。可不甘心有什么办法，游戏规则是别人制定的，奖惩制度是别人制定的，自己就是端着破碗讨钱的乞丐，别人施舍已经是仁至义尽了，再讨价还价就只能惹人嫌。

回到办公室，韩新垂头丧气，在心底日了黄振华这个贱人一百次。自从何琪离家出走，他心头就没好过过，睡觉少了就觉得头疼发木，睡觉多了又觉得这个世界很虚幻。有时醒来他要考虑半天活着的意义，越考虑越觉得活着根本没有意义。

张大伟中午吃饭的空又蹿到他办公室抽烟，看办公室里没别人，那瓜娃子神秘兮兮地说："这次去重庆签约，我和高总还有廖晨一起去的。我给那对狗男女当司机。"韩新说你娃爽了，在后视镜里就能看"人与兽"了，俩人在车上干没干？

张大伟一脸不自在，说你狗日的说话怎么那么难听，廖晨不是那样的人。不过他们在宾馆里干没干我不知道，反正我半夜敲廖晨的门，她不给我开。韩新说，她要是开了，你们不就3P了吗？

张大伟笑得有些尴尬，看来他也不是表面上看的那样放得开。抽了一根烟，张大伟含含糊糊地说："这次签约不是那么简单。本来高总一口咬定二百万的策划费的，后来不知怎么的，降到一百万了。听廖晨说，高总在里面至少要吃三十万的回扣。"

"吃回扣，那×娃儿那么大胆？"韩新心里一沉。

张大伟说："你又不是不知道，咱公司是个下属单位，大部分利润都要上缴市局。高总不吃回扣能挣到钱？"

"可是……"韩新一摔手里的招标书，站起来就要走，"我得去问问。"

张大伟拦住他："你娃怎么还那么心急，问啥子问？问了有用吗？不说别的，你现在动动嘴皮子就挣了十多万，比别人强多了，只要还在这公司干下去，以后你还有机会挣更多钱。要是把高总惹恼了，他把你一脚踢出去，你上哪儿找这种挣钱的工作？到其他策划公司？你肯定还得干老本行，做策划，一个月几千块钱。哪家公司能和咱们公司一样，还凭空搞出个业务经理来？"

韩新停下来，恨恨说："真不甘心啊！"

下了班，韩新给张林打电话，想找他去酒吧喝酒，张林说他陪蔡娟到母校去了，暂时不能回成都。韩新问他母校有变化没，他说学校北门拆了，那些地摊、小吃店、短租房的老板都在学校外闹事，还有，张林说学校变陌生了，校外的小路还是坑坑洼洼，校内的情人湖还是遍地避孕套，男生宿舍楼里还是鬼哭狼嚎，但学校陌生了，他一个人都不认识了，到处都是新面孔，傻×烘烘却朝气蓬勃。

张林说，咱们老了。韩新心里咯噔一酸，他说老了，我们老了，日子过得真他妈快。

北门也被拆了，那里有小吃一条街，有成片成片的短租房，有练歌房、台球室、网吧，有很多和年轻有关的记忆，都被拆掉了。韩新心里有些难受，给何琪发了条短信，不管她能不能收到，他就是想发：老婆，你还记得学校北门吗？

何琪两天没回家，韩万和也猜到他们发生了什么，见了韩新笑得比哭还难看，几番欲言又止，晚上吃饭时说："小新，要不你去把何琪接来吧。"韩新不说话，一个劲闷头吃饭，米饭噎得食道生疼。韩万和重重地叹口气。

晚上睡觉前，韩新接到一条短信，他有些愣愣怔怔地打开手机，一看是何琪的，脑子里激灵灵清醒了不少。何琪说：韩新，我想辞掉工作，离开成都。咱们离婚吧，这次是认真的。

195

胸口像被锤子擂了两下，闷闷地疼。他赶紧把电话拨过去，何琪这次接听了，但声音还是有些冷。

　　"老婆……我错了，我真的错了……我……"韩新心里有很多话，可就是不知该怎么说。

　　"唉，有些错是不能原谅的，你怎么还不懂。"

　　"我懂，我真的懂。可是……我离不开你。"

　　"算了，还是分开吧，我妈说得对，地球离了谁都不会停转，没什么人是离不开的。你慢慢地就习惯了。"

　　"老婆，我就想问你一句话，就一句话，你对我还有感情吗?"

　　电话里是长时间的沉默，韩新呼吸都不顺畅了，胸口憋闷。

　　最终何琪没有回答那句话，电话挂断了。韩新握着手机，愣愣地躺在被窝里，再给何琪拨电话，她怎么也不接了。那一夜韩新怎么也睡不着，一度想到自杀，活着真是太痛苦了，承受着希望破灭的痛苦，承受着被人背叛的痛苦，承受着失去的痛苦。他起身下楼，开出车，在午夜的街头，他恍惚地四处乱窜，冷清的街边有一些卖烧烤的摊贩，正热气腾腾地烤肉串，旁边网吧里灯火通明，和外面的孤寂夜色交互辉映。韩新感受到了从没有过的深入骨髓的孤独。

　　把车停在路边，韩新给梁碧华打了个电话，本想把梁碧华臭骂一顿的，可电话拨通了，他又不知道该骂她些什么。梁碧华在电话里喂喂喊了两声，见韩新不愿开口，说了声"神经病"就把电话挂掉了。韩新愣了半天，想再给梁碧华打过去，可拿起手机，他却没有了拨号的勇气。他从来没有想到那个口口声声喜欢自己的女人会骂自己是神经病。这个世界是怎么了? 身为同学的路海涛坑害自己，身为上司的高总欺骗自己，身为情人的梁碧华辱骂自己。是这世界错了，还是我自己错了，是我对世界要求太多，还是这世界给我的太少。韩新想这些问题想得头疼欲裂。后来干脆不想了，把车发动起来，油门一踩到底，呼啸而去。

　　又漫无目的地开了一个小时，韩新恍然发现自己竟然把车开到了温江。何琪家的超市已经关门，他的车灯照着一扇白色卷帘门，门上很脏，还有人用黑笔写了一些电话号码和骂人的话。以前怎么没发现

196

何琪家的卷帘门上有这么多字？韩新点了一根烟，使劲往下缩着身子，他觉得冷。

一根烟抽完，韩新掏出手机给何琪打电话。铃声响了很长时间，何琪接听了。

"老婆。"韩新一张嘴，声音已经哽咽了。

电话里还是沉默。

"老婆。"韩新又喊了一声。电话里莫名其妙地响了一阵子，何琪叹了口气说："韩新，你怎么又打电话了。"

听到何琪的声音，韩新心里一热："老婆，我想你了。"何琪哦了一声，不知道为什么韩新总觉得何琪的声音里透着一种生分："我知道了。"

"老婆，我就在你家楼下，我想见你。"

韩新在电话里听到何琪的呼吸有些沉重，他几乎是屏住呼吸听何琪说话。想了想，何琪说："好吧。"这句话对韩新来说犹如天籁，何琪还愿意见他，就说明事情还有挽回的余地。他赶紧朝车厢里喷了喷空气清新剂，打开空调，把头发捋了捋，焦急地等何琪下楼。

卷帘门被人吱嘎吱嘎打开的时候，已经过去半个小时了，何琪被车灯照得有些眼花，拿手护着眼，从卷帘门下钻出来，有些踌躇。楼上传来何琪妈妈模糊的声音："哪个在楼下？"何琪回应了一声："是我，妈，没事。"何琪妈妈又嘟嘟曩曩骂了两声，楼上就没动静了。

韩新觉得空气有些闷，喊了一声"老婆"，上前抱住何琪。何琪从他怀里挣开。他又抱住，何琪挣了挣，没挣开，就不再动了。韩新说："老婆，咱们上车吧。"

何琪没说话，韩新觉得不对劲，扳开何琪肩膀，看着何琪的脸，何琪低着头，脸上已经泪湿了。韩新心里刀剜似的难受，刚想给何琪擦泪，她却一头扎进韩新怀里，拱了拱头，呜咽着说："我想走，我再也不想见到你了，我恨死成都了，想和你离婚，可心里又那么难受。瓜娃子，你是瓜娃子。"说完，她一下子哭出声来。

韩新眼睛里噙着泪，紧紧抱着何琪说："我是瓜娃子，老婆，我是瓜娃子，都是我不好，是我不好。"

两个人上了车，一时间谁都不说话，过了一会儿，韩新说："老婆，你还记得以前放假的时候，我来你家楼下约你的情景吗？"

何琪说："记得，你那时候真好，可为什么后来就变了呢？"

是啊，后来怎么变了呢？上大学的时候，他们俩的恋情还没对家人公开，放假的时候，每当韩新想何琪了，就天色擦黑的时候跑到温江，假模假样地去何琪家的超市里买东西，往往都是挑来捡去老半天，惹得何琪妈妈对他白眼相加。何琪明明看到他了，可就是赖在楼上不下来，故意让他难为情。

想起这些，两个人心里都一阵酸楚。时过境迁，曾经的温馨回忆只能徒增惆怅。我们失去的不光是时光，还有在那些时光里的幸福心境。韩新说："老婆，跟我回家吧，我以后全心全意对你，要是再有那种事，让我开车撞死。"

何琪惨笑一声："不用发誓的，韩新，我会和你回去的。我本以为可以离开你的，可是……"她语气里透着一种不信任感："我得回去跟我妈说一下。"

韩新看着何琪下车，回到卷帘门里。天地间一下子空阔起来，韩新缩在座位上，脑海里突然闪过他爸妈吵架的情景，韩万和和李卫红纠缠在一起，李卫红的眼珠血红，表情扭曲，韩万和面色颓唐，敢怒不敢言。何琪会和他妈妈一样吗？会把他折磨得生不如死吗？想到这些，他心底一片黯然。

何琪背着包，不管她妈妈在楼上絮絮叨叨地说话，笨拙地弯腰锁卷帘门，韩新赶紧过去帮她，她生硬地说："我自己能行。"

两人开车走到女子医院的时候，韩新停下车说："老婆，下车。"何琪歪头问："干啥子？"韩新说："不干啥子。"何琪说："这大半夜的，我怕。"

韩新不管她，下车，转到副驾驶位置上，打开车门，把何琪拉下来。何琪急了："韩新，你到底想干啥子？你娃有病啊。"韩新不管她，弯下腰，一下子把她背起来，快步往前走。何琪挣扎着喊："车，你把车门锁上。"

韩新不说话，脚下加快速度，几乎跑了起来。到了十字路口，他

198

又跑回来，累得气喘吁吁，肺泡都快炸了，呼吸怎么也不够用的。从跑到快走，从快走到慢走，一步一步，在午夜的街头，一个男人一言不发地背着自己的女人，他想说我要背你一辈子，永远不会丢下你。可那些肉麻的话他怎么也说不出口，热汗从额头流到眼睛，辣得眼睛生疼，泪水一下子流出来，他也不擦，任各种水分在脸颊上纵横流淌。

何琪一开始还挣扎，后来就不动了，还伸手擦了擦韩新额头的汗。直到韩新后背上也湿透了，他才停下来，由于停得猛了，他眼前一黑，一下子趴到汽车上。何琪从他背上下来，觉得不对劲，试探着喊了一声："小新?"韩新动了动，想站起来，可还是又趴了下去。何琪晃了晃他说："小新，你怎么了？你别吓我。"等眼冒金星的感觉过去，韩新心里又一阵恶心，他忍了两下没忍住，哇一口吐了出来。

何琪不知该怎么办，只是在后面抱住他。等韩新彻底清醒过来，说："老婆，我想多背你一会儿，怕你以后不让我背了。"在深沉而凄冷的夜里，韩新潸然欲泣，脑海里幻听般想起张林的歌：

> 上帝创造了男人，
> 又怕我们过于孤单，
> 于是创造了女人，与之相依相伴。
> 上帝创造了希望，
> 又怕寒风熄了火焰，
> 于是创造了阳光，送给我们温暖。
> 上帝创造了爱情，
> 又怕我们善于遗忘，
> 于是创造了思念，使得心有所牵。
> 幸福来得简单，我们不愿珍惜，
> 于是上帝创造了无穷的灾难，
> 从此女人学会了难过和流泪，
> 从此男人懂得了悔恨和伤感。

199

石倩倩是何琪的大学同学，找了个有钱的老公，前段时间怀疑自己老公有外遇，给何琪打电话诉苦，问何琪该怎么办。何琪教给她怎么查男人的手机通话记录和银行取款明细，还苦口婆心地教育她如果发现男人有外遇，就要狠下心来一刀两断，长痛不如短痛，要不然最后受伤的肯定是女人。

那时候何琪相信韩新对自己是忠贞的，相信他就像相信自己的眼睛，可是谁知道最终欺骗自己的竟真的是自己的眼睛。当自己面对抉择的时候，她却怎么也狠不下心来，韩新成了一个魔障，两个人在一起的时候痛苦，失去了却更痛苦。

回到家的时候已经凌晨了，两个人都很疲惫。进了屋，韩新有些拘谨地对何琪笑。何琪问："你笑啥子？"韩新说："没啥子，看见你，高兴。"何琪像是到了一个陌生的地方，四处打量着说："哦，高兴。"韩新又说："就是高兴。"何琪抬头看他，眼睛里水雾一片："我累了，要不你请假吧，看来明天咱俩不能上班了。"韩新说："不着急。累了？要不快睡觉吧。"说着过来抱住何琪，何琪低低地惊呼了一声。韩新停住，何琪说你干啥子嘛。韩新说不干啥子，可手脚开始乱动，解何琪的衣扣。

何琪说你就这么急吗？韩新心头一冷，已经硬邦邦的下身一下子软了下来。何琪趴在床上，身子一抽一抽的，韩新心里难受，问了句："老婆，哭了？"何琪说："没有。"韩新伸手扳过何琪的脸，看到她一脸阴郁，却没有泪。韩新不敢提自己出轨的事，甚至不敢向何琪道歉，怕一个字说不好都会让何琪联想起以前的种种不愉快。何琪看韩新尴尬的表情，想笑，却扁了扁嘴，差一点哭出来，她说："韩新，你不用那样对我，不习惯，还是和以前一样吧。反正过日子就那样。"说完，她表情恢复冷漠，自己脱光衣服，呈大字形躺在床上，两眼看着天花板，一副逆来顺受的模样。

韩新一愣，明白了何琪的意思，心一下子崩塌了下去。他从何琪的话里听到的是一种看破红尘似的平静。这个对生活那么挑剔的女人，竟然臣服于生活的威严之下，不再对韩新，对他们的生活有什么苛求。在韩新看来，何琪这种冷漠的态度还不如大吵大闹更让他安心。

不管怎么说，何琪回家了，他们前段时间的日子应该像是何琪口袋里的巧克力，被吃掉了，希望未来不会再有什么波折。从阳光中醒来的韩新，看着身边正瞪眼看他的女人，突然觉得刚过去没几天的事情都已经那么遥远。看似脱离轨道的生活又复原了。

何琪说："真亲切。"韩新笑着问："啥子？"何琪说："我是说真亲切，家里的感觉，只有到了这儿，才觉得自己活着。"韩新有些感动，抱紧她："老婆……"何琪嘴巴一撇，哭了："昨晚上我没来得及看自己的家，醒过来那感觉太熟悉了……可是，可是……"韩新知道她想起了梁碧华的事，忙像以前那样哄她："老婆，乖，不哭哈，看怪叔叔给你变个糖吃。"

以前何琪喊他怪叔叔，他也经常捉弄何琪，假装在身上搓灰，说是给何琪变糖。可不管韩新怎么哄，何琪就是开心不起来。

接下来的日子里，韩新总是小心翼翼，想要在精神上补偿何琪。他想让何琪过上好日子。跟何琪抢着干家务，给何琪做饭，工作也比以前卖力了，虽然他想过要找高总讨回公道，高总太贪心了，吃那么多回扣，可现在也只能作罢，他还想在美华公司干下去，要付两套房子的贷款，准备给何琪买一件超贵的衣服，他的生活经不起任何的折腾了。可是只要他愣神，何琪就会突然问他："你在想啥子？"语气里充满紧张，甚至还有一点点厌恶。

韩新知道她为什么这么问，她怕韩新会想起梁碧华。哪怕韩新几秒钟的走神，她都认为韩新在回忆和梁碧华做爱的情景。

这个女人已经在生活的打磨下，蜕变成了彻头彻尾的家庭主妇。她所有的精力都放在老公身上，想要控制老公的一切，甚至思想。

记得很久以前何琪曾很认真地对韩新说，我要是能在你脑子里放一个芯片就好了，你想什么我都能看到，就跟看电视一样，你要想我了呢，我就奖励你一下，你要是敢想别人呢，我就让你弹小鸡鸡弹到死。韩新说要是你从电视上看到一个光屁股女人，那是我想做爱，要是从电视上看到一群光屁股女人，那是我正做爱，要是从电视上看到一片雪花，那就说明——我疯了。何琪说疯子的脑子里不会想雪花，

201

他们才单纯呢，想的都是正在海边看日出的小松鼠和会说话的小白兔，哪个像你那么不要脸。你要是疯了就好了，我就可以天天看动画片了。

曾经的戏语犹在耳边，可心境已经大有不同。韩新相信，如果真的有那种能控制人思想的芯片，何琪会毫不犹豫地把它植到他大脑里。曾经何琪也有很强的占有欲，但那时候的占有欲和现在的绝对不同。那时候的占有欲是源自依赖，现在的占有欲源自一种复杂的心境——痛苦、失落、不甘、不舍、依恋……

两个人刚恋爱的时候曾闹过分手，原因是什么，韩新记忆里有些模糊了，好像是因为他帮系花占座，和系花聊了一会儿，让何琪看到了，生气吃醋，两个人因为那点事吵来吵去，最后赌气分手。分手后两天学校就放假了，两个人在网上遇到，说了很多。

何琪问："要是我想你想得很痛苦怎么办？"

韩新边偷笑边假模假样地玩深沉："你就忘了我，忘了让你痛苦的事情。"

"你是说忘记就可以不痛苦？"

"对啊，痛苦不就是因为有记忆吗？当然，还因为有希望。"

"哦。"

"哦？"

"可问题是，我知道道理是这样，可我还是忘不掉。"

"那是时间太短，时间长了就能忘掉了，时间就和流水一样，水里有块大石头，不代表水冲不走它，那只是因为它被水冲刷的时间太短。或许你只要闭上眼，就把所有的事情都忘了呢。"

"可是我活不了多少年啊，说不定过几年就死了，那时候我还没忘掉你，我不就是痛苦至死了吗？所以你说得不对。"

"是啊，我们能活的时间太短，几十年光阴，一晃就过去了。所以你就想开点，别痛苦了。"

"我也不想痛苦啊，可是一想你就痛苦。"

"哦。"

"所以啊，我痛苦的根源就在于你，解决痛苦的方法只有两个，

202

一个是你重新和我好，我原谅你的不忠。另一个是我杀了你，杀了你我也痛苦，可那样你就一辈子都属于我一个人了。我心里好过点。"

"不行，你占有欲太强，和你一起我有压力。再说我哪有什么不忠了，不就是跟人家说了一会儿话吗？"

"那是说了一会儿吗？都整整仨钟头，和我说话都没那么兴高采烈过。"

"好好好，不说了行吧，一和你吵我就痛苦。是不是我痛苦你就开心了？"

"是，怎么着吧，小样，你以为躲起来我就找不到你了，隔着电脑屏幕我都能闻到你的臭脚丫子味。"

想到这些，韩新突然觉得人生就是一个恐怖的轮回，曾经的一幕再次上演，何琪还是那个痛苦着却无法摆脱痛苦的何琪，韩新还是那个难过着却不愿表现出难过的韩新。与以前不同的是，韩新那次是被冤枉的，这次却真实地伤害了何琪，那次的分手带着戏谑的成分，这次的疏远却是心与心产生了距离。

现在的何琪生活上也有些小心翼翼，甚至不愿意与韩新回忆过去，她生怕碰触到心底最软的地方，怕想到韩新出轨的事实。她回家的第二天就拿出那张"AA 制协议"，一点点地撕碎。韩新开玩笑地说："老婆，以后真的不 AA 制了？本来就该这样嘛，我保证向那些好男人学习，一切收入交给老婆，一切思想汇报给老婆，一切家务都自己做，全心全意为老婆服务。"

"不用哈小新，我不懂得理财，挣多少花多少，还是把钱交给你吧。"

"为啥子？"

"不为啥子，小新，我那时候想跟你 AA 制，没想太多，就想多攒点钱，改善一下家里的经济。后来觉得这样做会让你不开心，算了，只要你能开心就好了。"

韩新心里有些难受，何琪比以前善解人意了，可这样的何琪还是何琪吗？韩新想起前天何琪给他发的短信，问："老婆，你是不是在现在的单位干得不开心？"何琪说："有一点，太无聊了，不过没啥子。"韩新劝她："要不咱就换个工作？反正我这几天就能拿到十万块的项目款，暂时也不缺钱。"何琪说："不用了，我现在干得挺好的。"韩新想让何琪换个环境，说不定能转变一下心情，可何琪什么也不换，说到最后，何琪叹了口气说："反正在哪儿工作都一样，怎么过日子都一样，那还强求什么，就这么过呗。"这句话惹得韩新一阵自责和心酸。

由于何琪回家，韩新对韩万和也好了很多。有时候他会拿自己和韩万和比较。比较来比较去，韩新心里有些悲哀，觉得两个人真是父子啊，都犯过同样的错误，都把自己的女人折磨得性情大变，铸成大错后又后悔不已。韩新开始理解韩万和，虽然想起妈妈来心底还有些不快，但毕竟那是自己的父亲，再加上自己也犯过这种错误，明白了妈妈去世后老汉心里的痛苦一点也不比他少。

星期五，财务室通知韩新已经把项目费打到账上了，虽然心里有些遗憾，他该拿到的不止十万，但他跑到银行一查自己的卡，看到账面上一下子多出那么多"零"，还是激动了老半天，如果他只是安安分分地搞策划，规规矩矩地拿工资，这些钱够他攒两三年的。这世界人和人就是不同，有人动动嘴巴就能挣大钱，有人累死都不能养家糊口。感慨了半天，赶紧给张林打电话表示感谢，说要好好请张林喝一顿。张林已经到了重庆，语气有些疲惫，对韩新的谢意只轻描淡写地应付了两句。

韩新问他蔡娟的状况，他说蔡娟抑郁症加重了，精神不太好。开车回家的时候，韩新停在路口等红灯，看到张大伟正搂着一个女人穿过人流如织的斑马线，往鱼头火锅店里走。女人表情看起来很祥和，张大伟的肚皮已经腆了起来，越来越接近高总的体形。韩新没喊他，只是微笑着看他走远。

那刻他想，能像张大伟那样没心没肺地生活也不错，至少自己不会烦心，把伤害都留给别人了，自己就是吃吃喝喝，耍耍女人，打打麻将，和别的男人吹牛打屁，反正天塌了有人顶着。可自己永远也做不到这一点，他太在乎身边的人了，在乎他们过得开不开心，在乎自己在他们心目中的形象，最后把自己搞得那么累。

204

想了一会儿，韩新突然觉得右腹有些疼，一开始是隐隐作痛，后来像被人在里面割了一刀似的疼，再后来是一阵阵的钝疼，他捂着肚子，浑身冒冷汗，直不起腰了。绿灯亮了，后面响起一片鸣笛，催他快走。韩新发动车子，开到路边停下，抖抖索索地给何琪打电话。电话一接通他就哭了："老婆，我……我可能不行了。"

"怎么了小新？你啥子意思？"

"老婆，我难受，疼。"

"别着急哈，你说说你现在的方位，我去找你。"

等何琪打的过来时，韩新已经疼得快晕过去了，脸色蜡黄，牙根紧咬，乱翻眼白。何琪啊一声惊叫，两手捂着嘴就要哭。韩新虚弱地冲她摆了摆手："老婆……"

"小新，别说话，我送你去医院，咱们上医院检查一下，现在医学那么发达，再说你那么年轻，别瞎担心。"何琪把韩新移到副驾驶的位子上，开着车，脑子里一片纷乱，语气里带着哭腔，"不会的，小新，你不会有事的。"

到了医院急诊室，看医生给韩新打针、输氧、做 CT 检查，何琪心脏都快跳出来了。韩新会不会和他妈一样，突然就不行了？要是没有了韩新，我该怎么办？各种各样奇怪的念头在她脑子里盘旋。想了一会儿想起还没给韩万和打电话，忙到病房外给韩万和打电话说了一声。止疼针起了作用，没一会儿韩新蜷着的身子就舒展开了，平躺在床上，有些依赖地看着何琪。

医生问："你叫啥子名字？"韩新说："韩新。韩国的韩，新中国的新。"医生拿笔记下来，又问："你最近是不是经常呕吐恶心？"韩新点了点头说："是。"医生又问："你是不是上班比较早，经常不吃早餐？"韩新又说是。医生说："你的病没啥子，就是急性胆囊炎，现在的上班族很常见的一种病，饮食不定时，加上长期坐在电脑前，经常熬夜，胆囊容易发炎。没事，住几天院，打点抗生素就可以了。"

韩新明显松了口气，何琪表情欲哭欲笑，紧紧握着他的手。韩新从未体会过那种疼痛，发病的那会儿他还以为自己真不行了，甚至有一阵子他出现了幻觉，觉得身上一会儿冷如冰窟，一会儿热如烈火，一会儿感觉妈妈来了，抱着他笑，一会儿感觉何琪来了，对着他哭。他那会儿只想到自己还有那么多事没做，没有孩子，事业没成就，只留下一个孤苦伶仃的老父亲无人照顾，留下一个被自己伤害很深的女人和一屁股按揭贷款。做男人做到这份上真是悲哀。

医生宣布病情后，韩新心里豁然开朗，能健康活着就好，以前计较那么多有什么用，等生命的最后时刻到来，会发现曾经那么多的愤怒、悲伤、绝望都多么不值一提。

韩新刚住进病房，护士给他打上点滴，就看到老汉一脸惊慌地站在病房门口。何琪忙站起来招呼他："爸。"韩万和眼睛一直盯着韩新，眼泪都快下来了，三步两步走到病床前，一把抓住韩新的手："小新……"接着转头问何琪："检查完了吗？"他不敢问是什么病，怕听到坏消息，只问检查情况。

何琪赶紧安慰他："爸，检查完了，没什么大病，就是急性胆囊炎。"

"肝脏呢，检查了吗？"

"都查过了，没大事。"

"哦。"韩万和明显松了口气，"我一看到小新那脸色，都成蜡黄色了，以为是什么大病。没事就好，没事就好……"何琪说："爸，你吃饭了吗？"韩万和说："还没，刚买了一条乌鱼，想给你们做乌鱼汤喝，没想到小新就病了。何琪，你先看着小新，我去买点饭上来吃。"何琪忙站起身往外走："不用，爸，我去买，你腿脚不利索。"

何琪提包出门后，病房里的气氛一下子冷了下来，这爷俩谁也不知道该说些什么，韩万和坐了一会儿，给韩新打了点热水，把毛巾渖热，贴在韩新胳膊上："打针，药水凉。"韩新心里有些感动，看着老汉忙来忙去，老汉老了，头顶光秃，满脸老年斑，腰身佝偻，穿衣服也不像以前那样得体，再新的衣服也挡不住一身暮气。韩新心里难受，鼻子那儿有点酸。韩万和坐下，掏出一根烟，叼在嘴上，看了看周边环境，又讪讪地把烟收到口袋里："小新，你身体不好，以后少喝酒，少熬夜，尽量戒烟。"

韩新点点头说："爸，要不给何琪打个电话，让她买副象棋吧，

206

我有点闷得慌，想和你下棋。"

韩万和手明显抖了抖，给韩新整理了一下床单："唉，我这就给何琪打。"他想笑一下，可只是抽动了一下嘴角，眼眶有些热。

韩万和不太爱打麻将，是个象棋迷，可在成都这地方，找个人下象棋非常难，为了过棋瘾，韩新上小学的时候就被他拉着学下棋。就这样，韩新十多年来一直是他的陪练，有时候韩万和自己也明白，他以前天天盼韩新回家，让韩新陪他下棋，过棋瘾是次要的，他更喜欢父子俩其乐融融的感觉。两个人因为对方走了一步好棋而由衷赞叹，因为有人要悔棋而争得面红耳赤，一盘棋下完两个人探讨一下那步死棋还有没有活路等等，下到天快黑了，李卫红把餐桌摆好，冲这爷俩嚷嚷："两个棋疯子，别磨蹭了，快吃饭。以后不许下棋了，要不我掀了你们的棋盘。"或者在边上埋怨韩万和："老韩，你还小啊，跟孩子争什么争。多让着小新，要不看我怎么收拾你。下一盘不许你赢了，听到没有？"

自从李卫红去世，韩新再也没有和他下过棋，韩万和明白，那是韩新在和他赌气。现在韩新和他下棋，说明韩新已经从心底里原谅他了。

韩新住院的几天，一直都是韩万和在照顾他，何琪还要上班，只是下班后过来替换韩万和一下。打完针的时候，韩新都要到院子里走走，看来来往往的病人、医生、家属，医院是个小社会，什么人都有。这几天韩新见过一个有洁癖的女人，成天担心自己吃的东西里有细菌，结果饿成了胃溃疡；见过兄弟俩把快病危的老汉扔在病房里，为了遗产分割的问题差点打起来，那个可怜的老人在病房里老泪纵横；见过一个老婆婆去看生病的孙女，一见到孙女就哇哇大哭，大骂带孙女看病的亲家公，可孙女让她帮着交一点医药费，她却扭头就走；见过一个自杀的男人喝完农药又喝了烈酒，在院子里啊啊大叫，骂他那个红杏出墙的老婆……

人情冷暖，世态炎凉，大千世界，纷纷扰扰，本来就有人哭有人笑。有些事情看得多了，人心就会麻木。韩新出院那天，何琪还在上班，是老汉帮他办的出院手续，没想到竟在医院里遇到了梁碧华。梁碧华一点也没变，气质优雅，皮肤白皙，卷发柔软，看起来风情万种。韩新走过大厅的时候，她正拿着一份体检表低头走过。

韩新有些不好意思地看了看身边的老汉，喊了声："小梁。"

梁碧华抬头一看，瞬间有些慌乱，停下身，表情立刻恢复平静："韩新，是你呀？"

"是我，你……"

"噢，我例行体检，这边的医生比较熟。"

"还在重庆？"

"嗯，好了韩新，我得赶时间，医生快下班了，改天聊。"说着，梁碧华瞥了韩万和一眼，给韩新摆了摆手，匆匆进了电梯。

韩新看着电梯往上走，心里有些失落，没想到与梁碧华的再次相遇竟是这般模样，梁碧华没问他任何问题，他为什么在医院里？他过得好不好？他有没有生她的气？都没问，好像梁碧华已经成了陌生人，与他的人生不会有什么纠葛，或者说从来就没有过什么纠葛。

这样也好，韩新笑了笑，避开韩万和疑虑的眼光，扶着他，边走边说："爸，我以前的同事，你别多想。"

"嗯，小新，和人交往的时候要多长点心眼，别让人骗了。"

"知道知道，你怎么越老越爱管闲事了，跟我妈一样。"说完，俩人都笑了，笑得眼睛里都有些湿润。何琪一下班就开车赶过来，刚把车停在医院门口，就看到韩新爷俩相依着，眼睛红红地往外走。阳光明媚，人来人往，看到这个情景，何琪的心情都开始好起来。

何琪给韩新爷俩打了个招呼，打开车门，让他们上车。快到家的时候，韩万和有些犹豫地说："何琪，你们年龄不小了……要不……唉，算了。"

"啥子事情嘛，爸？"

"我是想说，你们要是有个孩子就好了。"韩万和有些不好意思，转脸看了看韩新，像是在征询他的意见。韩新忙说："爸，你急啥子嘛？这事过阵子再说，是吧老婆？"

"不，小新。"何琪叹了口气说，"爸说得对，我也想要个孩子了。我刚才就是在想生孩子的事，没想到和爸想一块去了。"

208

日子总要过下去，卖了第二套房子，生个孩子，看着孩子长大，读书，谈恋爱，有了自己的家庭，我也就老了。想到这些，何琪心里一阵惆怅。

第十六章

韩新回家的第二天是周末，想到还没请张林吃饭，他中午给张林打了个电话。张林已经回成都了，不过他拒绝了韩新的邀请，只说有些累，想休息几天。韩新觉得他情绪不太对，想多问两句，张林没等他开口就把电话挂了。

张林躺在自己家空旷的房子里，关掉手机，丢到床头柜上，掏出一根烟，抖着手点着，猛吸一口，吐出两个烟圈。烟雾中他仿佛看到一张脸，在天花板上，在吊灯的光晕里，那张脸在对他说话："你找到我们的爱情了吗？你说，快说，说你还爱我。"

我爱你？张林猛吸一口气，肺里有些疼。我给蔡娟说过"我爱你"这三个字吗？没有，从来没有。只说过"我喜欢你"这句话，喜欢和爱表达的意思一样吗？爱是什么？是依恋？是生理冲动？是灵魂的交融？

好像什么都是，又好像什么都不是。以前和韩新讨论爱情的时候，我最爱说一句话："爱不是说出来的，是做出来的，做得久了，不爱也成了爱。"是这样吗？当我把手指伸进一个个年轻的身体时，我爱上那些年轻的身体了吗？当我和一个女人做完，起身给她掏钱时，我爱上那个女人了吗？

210

没有。我转身就把那些女人忘掉了。我甚至记不清前天晚上和我同床共枕的女人叫什么名字了，叫什么来着？黄芊芊还是罗晓丽？都不是，黄芊芊早就出车祸成了植物人，要不是因为她结局太悲惨，我肯定连这个名字也记不住。罗晓丽呢？她又是谁？是不是大学毕业时缠着我让我给买房子的那个？不对不对，我能记住她，是因为她认识蔡娟，曾威胁我要把我出轨的事告诉蔡娟。那时候蔡娟不知道我在外面有女人，我整天为了罗晓丽提心吊胆，后来给她一万块钱封口费，是这样吗？应该是。

为什么蔡娟这个名字占据了我那么多的生活呢？甚至我只要一想到女人，脑子里第一个出现的就是蔡娟，和她经历的一切都在我脑海里萦绕不去。是什么原因？我真的爱她吗？

我什么时候开始追求蔡娟的？哦，记起来了，那年我上大三，有过一个女朋友，可她跟别人网恋了，我很不开心，加上那时年轻，荷尔蒙分泌旺盛，很想做爱，每天晚上都自慰，自慰完了又空虚。所以我想勾引女生，什么爱呀喜欢呀都是假的，我就是想做爱。我看到学校舞会上的女生多，就经常去。我不会跳舞，沿着舞池边瞎转悠，看有没有好看的女生。蔡娟也在舞池边学跳舞，没有舞伴，只能模仿着别人的动作轻轻摇动，她的腰真软，我当时都看到她腰上的皮肤了，很白，很性感。

我是因为瞬间冲动才上去和她闲聊的吗？应该是的，当时聊了很多，还说到我喜欢写歌，想自己组个乐队，四处流浪。我知道单纯的女生喜欢有漂泊感的男人，所以才那么说的。不对不对，当时我真的想组织乐队，唉，年轻真好，有那么多梦想，无论多么不切实际，毕竟曾那么认真地憧憬过。

我当时真傻，都不知道请蔡娟找个地方坐下，就那么站在舞池边聊到舞会散场，蔡娟肯定累坏了，两只脚蹦来蹦去，可她谈兴很浓，说女生宿舍里的一些趣事，几个女生怎么闹矛盾啊什么的，反正都是因为一些鸡毛蒜皮的小事，她说她们老三不喜欢武汉，说了很多武汉的坏话，她因为这个和老三吵起来了，因为武汉是她家乡。还有她们老二明明喜欢一个男生，还不好意思说，偏造谣说那个男生对她有意思，后来男生有了女朋友，老二在宿舍里喝得酩酊大醉，哭着给那男生打电话诉衷肠，男生也哭了，说喜欢老二整整两年，却一直没勇气说出口……

走的时候我问蔡娟要电话，蔡娟不给，歪着头，眨巴着大眼睛问我："干吗要我电话？"我说我不要你电话，是要你电话号码。她说电话号码也不行，谁知道你是不是变态，整天给我打骚扰电话怎么办？我就说要不我把我电话号码给你吧，希望你能打电话骚扰我。蔡娟想了想，答应了。没想到第二天半夜一点多，她真的打电话骚扰我了，捏着鼻子说，请问你是张林张先生吗？我说是。她说张先生，我们中国电信推出了一项新业务，负责半夜里叫您起床上厕所，现在是一点半，到了上厕所时间了，请张先生按时起床，不要憋坏了身体。本次电话不收费，一个小时后我再通知您。

我当时哭笑不得，觉得这个女孩真是可爱，不知不觉有些喜欢她了。后来我才知道，她神经衰弱，半夜里睡不着，又看我比较老实，才拿我当猴子耍着玩的。我当时没那么想，以为一个女孩半夜三更给我打电话，肯定对我有意思，于是开始追她。

我们的爱情起源于一个误会，可我们的结束呢，也是因为误会吗？

我真的是因为误会才和她恋爱、结婚、买房、买车，一步步走到今天的吗？我对她没有喜欢吗？

不对。我喜欢蔡娟，在心底里依赖她。我刚创业那会，在北京呆了几天，每天蔡娟都给我打电话。有一天我手机没电了，蔡娟联系不到我，急得抓狂，挨个给我同学、同事、朋友打电话，让他们找我。后来电话一打通她就哭，说以为我跑了，以为我出事情了，以为我死在北京了。她在电话里骂我、怪我，诅咒我那该死的手机，我一点都不生气，我心里比什么都暖和，在寒冬腊月的北京，我在火车站大厅里，和几个盖着报纸的流浪汉一起过夜，那个晚上我蹲在一个柱子后面，一直抱着手机轻声喊："娟，娟，娟……"

喊着喊着我开始流泪，还边擦眼泪边傻乎乎地笑。

从北京回成都，蔡娟在出站口接我，在熙熙攘攘的人群里面，一

212

把把我抱住，说什么也不松开，勒得我胸口生疼。我把脸埋在她头发里，她身上有母亲的味道，很温暖，暖得我心都碎了。

蔡娟对我一定是真心的，虽然她一开始的时候有些虚荣，看不起我，虽然她有抑郁症，性格有些偏激……可她对我是真心的，父亲去世的时候，她按照我们农村的风俗，陪我在灵前跪了一夜；每次我出差，她都一个接一个地给我打电话；毕业时，她爸妈逼她回武汉，可她想和我一起，每天晚上都抱着我，边哭边说，你说我该怎么办呀，我该怎么办呀。

娟，我找到咱们的爱情了，在重庆老家的时候就找到了，我只是不愿说出来，有些话我说不出来，不是我不想说，我就是说不出来，就像刚恋爱的时候，你逼着我说我爱你，我就是说不出口，为此你还和我吵了很多次架，你忘了吗？

张林脑子里各种回忆纷至沓来，乱纷纷一片，他对着眼前的虚空喊："娟……"一张嘴，泪水就溢出眼角。屋子里蔡娟的味道还没散去，枕头上有她的头发，衣柜里有她的衣服，梳妆台上有她的化妆品。张林转身趴在床上，闻了闻床单的味道，真好闻，张林想，我很久没体会过蔡娟的体香了。本以为已经厌倦了这个女人，可想起她来，为什么还会心如刀割？

十天前，愤愤不平的张林跟蔡娟回母校体会他们的爱情之旅。蔡娟的想法在张林看来很幼稚，都老大不小的了还找什么爱情呀。再说他本来就没相信过什么狗屁爱情，爱情这两个字在他心里等于做爱，他对蔡娟一点性欲都没了，还有什么爱情？他之所以陪着蔡娟进行那次荒唐的旅行，为的就是能和蔡娟平平稳稳地离婚，像是临终关怀，都该离婚了，尽量满足她一些愿望，毕竟夫妻一场，男人不能走得太决绝。

可他没想到，这次怀旧之旅能勾起他那么多的回忆。校外的树林里，他吻了蔡娟，把手伸进蔡娟内裤；学校的开水房里，他每天晚上给蔡娟打热水，可现在开水房里不再用水票，改为刷卡；自习室里，他每天和蔡娟上晚自习，每做一会儿英语试题，他就要溜到走廊里抽支烟；课桌上，他用黑笔写了一个大大的"娟"字，至今痕迹犹在；蔡娟的宿舍楼下，那棵沧桑的大榕树更加枝繁叶茂，它是否还记得有个青涩的农村娃曾在它身边呆呆站着，等某个女生下楼；西安的珍珍旅馆里，老板娘还是那么彪悍，看到情侣入住就咋呼你们记得戴套啊，别射得床单上那么脏；重庆老家，蔡娟第一次来的时候，张林的父亲杀了一只鸡扔到院子里，那只断脖的鸡还扑腾着翅膀满院子跑，蔡娟吓得脸发白，一口鸡肉都吃不下，现在家里的院子已经破败，父亲长眠于村头地下……

那些走过的脚印，深深烙在张林生命里。他本以为这些事情都已经淡忘了，不会再影响他现在和未来的人生。可是，当他又回头去看那些脚印，却被一种感伤包围着。他也曾和一个女人走过许多年，自己的喜怒哀乐都维系在那个人身上。现在，他却要离开那个女人。

在农村老家寂静的夜色里，蔡娟问："你找到我们的爱情了吗？"张林已经不知道这是蔡娟第几次问他了，他本想说已经找到了。可一想到那天晚上蔡娟躺在秦川生怀里的模样，心里有些火气："找到啥子嘛？吃饱了撑的，我公司里那么忙，一天几十个电话找我，你到底想干啥子？咱明天就回成都，你过你的，我过我的。想要什么条件，你给我说明白。"

那天晚上蔡娟一夜未睡。

第二天一早，张林起床时发现蔡娟不在了，就他妈一个人做饭，忙出门去找，正看到村口围着一伙人，过去一看，张林脑子里一下蒙了。他看到蔡娟披头散发，脸上沾着黄土，头发上沾着草叶，正兴高采烈地摆着腰："刚才我唱的是《月亮代表我的心》，下面我为大家表演脱衣舞。"说着她一把脱下小背心，上身只穿着乳罩，胸脯一颤一颤的。人群里有些骚动，有人说："这婆娘疯了，是谁家呀？"另一个人说："是村西头老张家的，昨天我看到老张家的儿子开车带着这婆娘回来的。"

张林忍着心头的厌恶和愤怒，过去拉住蔡娟："你干啥子呀你？疯了？跟我走！我叫你装疯卖傻！叫你出来丢人！"

蔡娟突然呼天抢地："流氓呀，大家快抓流氓呀！"张林不管她在身后扑扑打打，使劲拉着她回家，他手上胳膊上被蔡娟抓出一道道的血印子。回到家，张林觉得蔡娟像是疯了。张林和他妈根本不能靠近她，像个癞皮狗缩在墙角，身上披着一床薄被子，满眼惊恐，有人靠近就发出一种瘆人的怪叫，跟个猫头鹰似的。张林端了一碗饺子，刚走到离她三米远的位置，她一下子跪在地上磕头，嘴里叨咕着："你饶了我吧，我不敢了，再也不敢了……"额头砰砰地撞在水泥地上，让人看了有些揪心。

张林把饺子放在地上，仔细看着蔡娟："你……娟，咱不装了行吗？以前都是我错了行吗？你这样把一家人都折磨得那么痛苦又何必呢？我妈被你吓坏了，到土地庙求神去了，娟，不管你多生气，你总得吃点饭吧！"蔡娟不为所动，还跪在地上，一会儿朝张林笑，一会儿像见鬼似的发出瘆人的尖叫。

张林心里被憋坏了，站起来暴走，什么都砸，屋里家具少，没东西砸了，他又快步走到蔡娟面前："你装，我让你装……让你折腾。你不就是不想离婚吗？行，我跟你耗上了，你不怕被耗死，我也不怕，看谁死谁手里，到时候你别求着我离婚就行，瓜×娃儿，我日你先人……"他伸手要打蔡娟，可一看到蔡娟惊恐的目光，巴掌最终还是没有落下，愣了一下，他握拳捶着自己胸口，嗷嗷大哭。还不顾蔡娟的挣扎，把她拉起来，死死抱在怀里，身子一抽一抽的，泪水进流，哭完了，他伸手摘掉蔡娟头发上的草叶，摸着她的脸，哄孩子似的哄她："娟，咱不怕哈，不怕……咱去医院看看，看看有啥子病，乖……"

等蔡娟情绪稍微稳定一点，他开车带蔡娟去重庆一家精神病医院检查，确诊为心因性精神障碍，是大脑受到刺激引起的精神分裂和人格障碍。

蔡娟爸妈第一天接到张林电话，第二天就赶到重庆，没给张林好脸色，听医生和张林解释完蔡娟的病情，蔡娟爸对张林又抓又挠，蔡娟妈恨恨地指着神志不清的蔡娟："早跟你说过那男人不是东西，你不听，怎么样？现在要跟你离婚了吧？一个农村娃有什么出息？要么你就跟他一辈子受穷，要么他挣点钱就学坏，比城里人坏得更彻底。

215

你就是不听，就是不听，为你结婚的事你爸的心脏病都犯了，差点死过去，你还护着他，白眼狼成不了看家狗，早晚得咬你一口……怎么样？"

看蔡娟妈秋后算账的神情，蔡娟爸都看不过去了，在一旁说她："你说这些干吗？孩子都这样了，你上来就训她，她是你女儿，不是你的学生娃，有你这么当妈的吗？"

蔡娟在医院接受治疗的同时，她妈拿着她的病历，以第一监护人的身份要求张林离婚。张林不想离，说要对蔡娟负责，等蔡娟病好了再说。蔡娟妈这些年来对张林的愤恨和不信任得到爆发，指着张林的鼻子冷笑："我知道你心里打的什么主意，你前段时间想和蔡娟离婚，我们都知道，为什么现在不想离了？因为现在蔡娟管不到你了，不离婚你也能自由了，把蔡娟往精神病院一扔，你在外面花天酒地，谁管得着？可要是离婚呢，你就要把家产分出去一半，不，绝对不止一半，我还要把你告上法庭，要求你赔偿蔡娟的精神损失费，她的病都是你逼的。你打得好算盘啊，早就想把蔡娟逼疯了吧？蔡娟好不容易怀个孩子，你还非让她打掉，你以为你做的那些腌臜事我们都不知道啊，蔡娟什么都跟我们说。你就是一个畜生。"

"妈……"张林被她气得欲哭无泪，死的心都有，可还得忍气吞声和她说话，"我绝对不是那个意思，我从心底里不想和蔡娟离婚，可如果你非要这么想，我也没办法。"

"你不想离也没用，离婚的话，咱们私了，赔偿费和医疗费我可以少要点，不想离，咱们就法庭见。"

张林心里很无力，突然发现有些事情他怎么也改变不了，他哀求蔡娟爸妈，让蔡娟跟他回成都，他会好好给蔡娟治病，只换来蔡娟爸妈的辱骂和诅咒。他想就这么和蔡娟离婚，可心里怎么也放不下，蔡娟不生病还好，生了病这辈子就完了，只能孤老终生，她爸妈能照顾一时，不能照顾她一世，他怎么放得下？

不管张林怎么解释，蔡娟爸妈还是坚持把蔡娟接到武汉去治病了，说要找个律师和张林打官司。走的那天，天上正下着小雨，张林看着蔡娟爸妈搀扶着蔡娟走出医院，他在后面跟着，给蔡娟打着伞，

216

雨淋湿了他的头发和肩膀，蔡娟不时回头看他一眼，眼神里少了一份惊恐，多了一份呆滞。

蔡娟爸开车拉着蔡娟经过张林身边的时候，张林透过车窗，突然看到坐在后排座位上的蔡娟，心里一阵刺痛。蔡娟死死盯着他，眼神里充满依赖，不是女人对男人的依赖，是孩子对父母的那种依赖，像是在问张林，你怎么不上车跟我一起走？

张林把车拦下来，拍着蔡娟的车窗喊："娟，娟，记得回成都，回咱家，病好了就回家……娟！"车子发动，在雨雾中越走越远，张林呆呆地站了一会儿，像是想起什么，伸手擦眼泪，眼泪越擦越多，直到他抱头痛哭，像疯子一样大喊大叫。张林心里突然变得很空，空得他手脚有些麻木，浑身每一个细胞都没着没落的。

他想跟蔡娟去武汉，可又怕他去了，只会逼得蔡娟妈更早让他离婚。或许等蔡娟爸妈冷静几天就会想开了，或许蔡娟的病很快就能好，或许明天总会比今天好一点，或许……

剩下的几天韩新忙着和何琪制造后代，可是不管韩新多么卖力，何琪情绪总是不高。她以前有些轻微的性冷淡，可一旦调动起情绪来，也有点如狼似虎的劲头，让韩新有灵魂交融的感觉。现在的何琪很配合，只是情绪上总是淡淡的。

有一天晚上，韩新算着那天还是何琪的排卵期，天一黑就拉着何琪上床做爱，一开始何琪还哼哼唧唧地配合，后来就没动静了。韩新低头一看，她正瞪眼盯着天花板愣神，韩新问她在想什么，她回过神来说没想什么。韩新也没了情绪，草草做完，点上一根烟，又问："老婆，你刚才到底在想啥子？是不是想到什么不好的事情了。"何琪说："没有，小新，你别瞎猜。"韩新心疼地摸着她的脸说："老婆，最近你情绪总是不好，多吃点山药啥子的补补。"何琪犹豫了一下："小新……那个……梁碧华比我好吗？我是说……那个啥子的时候。"

一句话说出口，韩新脑子里一片空白。果然，何琪在想梁碧华，每当他们做爱的时候，她都在琢磨自己在这方面是不是比不上梁碧华。韩新把脸埋在何琪头发里："老婆，咱不提这个了行吗，咱们说

217

了以后好好过日子的。"何琪没说话，韩新伸手摸着她的脸，却发现手上沾满了泪水。

梁碧华成了何琪的心魔，虽然何琪和李卫红走上了相反的道路，不是跟韩新大吵大闹，而是对韩新更加顺从，她似乎认定是自己以前对韩新太苛刻才导致他出轨的。所以她在经济上不再提什么要求，还把所有收入都交给韩新，但心魔总是在心里肆虐，挥之不去，谁也不知道什么时候心魔会爆发，何琪会变得跟李卫红一样，和韩新闹个天翻地覆。

韩新非常后悔，他想如果世界上真有时光穿梭机就好了，他带何琪穿越到一年前的时空，那时候一切都没发生，他和何琪过着斤斤计较却其乐融融的生活。幻想终究是幻想，早晨起来，他看到何琪还没醒，睡梦中的何琪眉头皱着，像是在承受着什么痛苦。何琪以前总说，你要是敢和别的女人干那种事，我就切了你的小鸡鸡。事情真的发生了，她却再也不说这句话了。是不是最终每个人都要向生活妥协？

上班时，韩新接到张林的电话，说想和韩新聚聚。韩新问他蔡娟怎么样了，他说蔡娟还在武汉，不过蔡娟父母不再要求他离婚了，只说不能让蔡娟回成都，得等她病情好转再说。他们还要求张林承担蔡娟的医疗费和精神损失费。

蔡娟爸妈狮子大开口，让张林给他们老两口八十万的医疗费和精神损失费。张林知道这俩老人对亲情的呵护已经开始让位于经济上的考量了，这种事他也见过很多，有的孩子把父母当成了存钱罐，有的父母把子女当成了摇钱树？存钱罐能砸烂，摇钱树能晃断根。经济社会啊……

张林很晚才下班，俩人见面时路灯已经亮起来了，张林说很久没在路边摊吃过烧烤，想去路边摊吃，俩人随便找了个摊，点了五串牛肉、二十串排骨、四条烤鱼还有几个鸡腿，张林说你身体不好，我们得多吃蔬菜，所以又点了一把青菜，外加两打啤酒，他们喝着酒，抽着烟，谁也不说话。几个苍蝇在桌上飞来飞去，脏兮兮的，赶又赶不走，遍地都是脏纸巾和菜渣，地上还有一块痰液，他们也懒得管，吃

218

得很开心。旁边的理发店正在放一首很嘈杂的摇滚歌曲。

张林说："他们放的歌真难听。"韩新说："啥子?"张林又说："我是说隔壁放的歌真难听，现代人越来越没品位。上大学的时候我整天听《二泉映月》，听一次我哭一次。"韩新啃着一个鸡腿说："是啊，不过《二泉映月》不如贝多芬的《命运》好听。"

张林半天没说话，他不知道说些什么，最后憋出一句："为啥子?"

"贝多芬的有感觉，你不会听，听的时候闭上眼，想象自己在一个风雨交加的夜晚，走在泥泞的荒野里，跌跌撞撞，没有灯，没有人，没有方向，风雨漫天，还有……黑夜无边，你又冷又饿，快绝望的时候，看到一个小木屋，点着一根蜡烛。"

"现在都是电灯了，没有蜡烛。"

"林哥，听音乐的时候要有代入感，你要感觉自己就是贝多芬，要活在他那个年代。你走进小屋，看到一个老婆婆，满脸皱纹，很慈祥，就像……就像你妈妈!"

"我妈妈没那么老。"

"我知道，这是形容。她给你找来干净衣服，让你睡一觉，摸着你的脸给你说了很多话，那种时候是人最想哭的时候，可你先别哭，过一会儿你妈妈会送你继续上路，她说，孩子，风雨再大，命运再苦，你也得把路走下去。你很想哭，但最好别哭出来，哭出来就不是命运了，你还得一头扎进外面的风雨里。我一般都是听完音乐，回味的时候才哭。看书也是那样，往往做别的事情的时候，比方说我们现在正吃饭，我脑子里突然想起听过的旋律，或者在小说里读过的一句话，就哭了。"

"可你现在没哭。"

"我是在打比方，那么较真干吗，林哥，来，碰个杯。"

"我就是不如你会说，我还是觉得《二泉映月》好听。"

"是啊，《二泉映月》好听，可我一般不听《二泉映月》，受不了里面的悲怆，还有……寂寞，就是，那种渗到骨头缝里的寂寞，像在心尖子上用针轻轻扎，又麻又疼。"

听到韩新的形容，张林的眼睛红了，他猛喝一口酒，趁势拿手搓了搓眼睛，可韩新还是看到他眼角有一片水渍："小新，我真想蔡娟啊……"

后来两个人喝得多了，舌头开始打卷，嗓门也大了，说来奇怪，嗓门越大，耳朵越是听不清楚，总觉得嗡嗡作响，各种稀奇古怪的声音在耳边嘈杂，好像很近，可又很远很空。张林突然很认真地说："小新，咱们曾有的东西已经丢失了。"

韩新闭眼甩了甩头："丢什么了？"

"别不信，咱们真丢了，我记得咱们都有过一些理想。你还记得不，那时候我在你宿舍，咱俩还讨论了半天，我说我想去北京搞乐队，当北漂，你说你想成为国内一流策划师。"张林笑着看韩新，但韩新怎么都感觉他有些不怀好意。这些有什么意思？理想？韩新笑着扭脸看别处，烧烤摊旁就是个垃圾箱，上面堆满了白色塑料袋和脏乎乎的烟头、痰液，一个佝偻肮脏的老头光着膀子在垃圾箱里搜寻着什么，身上黑一块白一块，像一条正脱毛的狗，对他来说，理想就是垃圾箱里一只别人用过的避孕套或者还盛着一些不明液体的易拉罐。夜色一块一块落在树影里，马路上灯光明亮，照得眼睛有些疼。

张林像个得了癔症的疯婆子，絮絮叨叨说他们曾经的理想。烧烤摊上没别的顾客，可能因为张林的表现太像个疯子了，把想来吃饭的顾客都吓跑了。四十多岁的老板娘苦着脸看张林撒酒疯，张林也不在意，后来他又开始唱他大学时写的歌："你走过窗台的那天，我如果不放手，你是否永远不会走？如今窗台依旧，我却白了头，只能笑着回忆你温暖的手……"

那天他们俩都喝醉了，天气燥热，韩新站在马路牙子上，晃着身子，提着裤子，很邪性地冲一个骑自行车的女人喊："妹子，陪哥们儿玩玩。"

"流氓！"那女人吓得猛蹬两下，离他们有十多米远了才逆风喊出一句，呛得直咳嗽。韩新哈哈大笑，打着嗝，抹了抹油汪汪的嘴，对张林说："怎么样？谁都知道我是流氓。我哪有那些该死的理想啊，都什么年代了，林哥？林哥，你还是当流氓吧，成了文化人真是，真是他妈的。"

晚上回到家，何琪和老汉都已经睡了，韩新往沙发上一躺，天花板在他眼睛里旋转，太阳穴那儿的血管在疼，像是要爆裂了。他想他要是死于太阳穴爆裂就好了，一边一个血洞，像被子弹穿透了，警察还查不出死因来，即使查出死因来，也是死于自我爆炸。多震惊的新闻啊，这哥们儿喝酒太多，最后被自己炸死了。胃里也不舒服，辣乎乎油乎乎的液体一个劲往嗓子里涌，辣得嗓子有点疼，一喘气就疼。

理想？张林这狗东西还有过理想？韩新突然哧哧笑起来，一个人傻笑了很久，边笑边骂张林这个不可救药的傻蛋，真不识趣，真不识抬举，真猪油蒙了心。理想值几个钱，还不如站街女的一个浪笑值钱，他还把曾经的理想当回事。又笑自己也是傻蛋，乖乖坐那儿听另一个傻蛋给他讲了半天理想，竟没有把手里的酒瓶拍到他脑瓜上。笑着笑着韩新眼睛就热了，鼻子酸得难受，眼泪一个劲往下掉，他把靠枕抽出来，蒙在脸上，突然间嚎啕大哭。哭完开始反胃，呕吐，眼泪和着鼻涕往下淌，还有一块一块的污物粘在脸上，嘴里鼻腔里都又苦又酸，麻得难受，他能做的就是使劲咳嗽，使劲吐，使劲哭。

人生像是一场梦。梦里清晰无比，醒来就成了一个个破碎的片段。我们曾为了能牵到一个女孩子的手而紧张得浑身颤抖？我们曾说过要和一个人过一辈子？我们曾考试作弊过？我们曾偷过别人的苹果？我们曾得过拾金不昧的奖状？我们曾为了一条小狗的死而哭过？我们曾在某个雨夜里思念过什么？我们曾在 KTV 里撕心裂肺地唱过黄家驹的歌？我们曾突然想起过某个人或某个地方，恍然若梦？

一切都似乎有过，一切都似乎从未发生。

221

图书在版编目（CIP）数据

AA 制婚姻/张无花著. －北京：作家出版社，2010.5
ISBN 978 － 7 － 5063 － 5307 － 6

Ⅰ.①A… Ⅱ.①张… Ⅲ.①长篇小说 － 中国 － 当代
Ⅳ.①I247.5

中国版本图书馆 CIP 数据核字（2010）第 054129 号

AA 制婚姻

作　　者：张无花
责任编辑：王婷婷
装帧设计：回归线视觉传达
出版发行：作家出版社
社　　址：北京农展馆南里 10 号　　邮码：100125
电话传真：86 － 10 － 65930756（出版发行部）
　　　　　86 － 10 － 65004079（总编室）
　　　　　86 － 10 － 65015116（邮购部）
E － mail：zuojia@ zuojia. net. cn
http：//www. zuojia. net. cn
印刷：北京京北印刷有限公司
成品尺寸：152×230
字数：180 千
印张：14.25
印数：001 － 10000
版次：2010 年 6 月第 1 版
印次：2010 年 6 月第 1 次印刷
ISBN　978 － 7 － 5063 － 5307 － 6
定价：25.00 元